21世纪文学之星丛书 2018年卷

散文集

# 蓝渡

张雪云／著

作家出版社

**作者简介：**

张雪云，女，苗族，湖南沅陵人，毕业于湖南师范大学中文系，从教十余年，目前供职于毛泽东文学院。有多篇文学作品发表于省内外各报刊杂志。

# 目录

## 第二辑 长歌起处：阳雀子叫了一整天



## 第三辑 踮起脚尖：未央的流年刚刚好

## 第四辑 微尘苍茫：一朵雪飘落在云上

# 总 序

袁 鹰

中国现代文学发轫于本世纪初叶，同我们多灾多难的民族共命运，在内忧外患，雷电风霜，刀兵血火中写下完全不同于过去的崭新篇章。现代文学继承了具有五千年文明的民族悠长丰厚的文学遗产，顺乎20世纪的历史潮流和时代需要，以全新的生命，全新的内涵和全新的文体（无论是小说、散文、诗歌、剧本以至评论）建立起全新的文学。将近一百年来，经由几代作家挥洒心血，胼手胝足，前赴后继，披荆斩棘，以艰难的实践辛勤浇灌、耕耘、开拓、奉献，文学的万里苍穹中繁星熠熠，云蒸霞蔚，名家辈出，佳作如潮，构成前所未有的世纪辉煌，并且跻身于世界文学之林。80年代以来，以改革开放为主要标志的历史新时期，推动文学又一次春潮汹涌，骏马奔腾。一大批中青年作家以自己色彩斑斓的新作，为20世纪的中国文学画廊最后增添了浓笔重彩的画卷。当此即将告别本世纪跨入新世纪之时，回首百年，不免五味杂陈，万感交集，却也从内心涌起一阵阵欣喜和自豪。我们的文学事业在历经风雨坎坷之后，终于进入呈露无限生机、无穷希望的天地，尽管它的前途未必全是铺满鲜花的康庄大道。

绿茵茵的新苗破土而出，带着满身朝露的新人崭露头角，自然是我们希冀而且高兴的景象。然而，我们也看到，由于种种未曾预料而且主要并非来自作者本身的因由，还有为数不少的年轻作者不一定都有顺利地脱颖而出的机缘。其中一个重要的原因，乃是为出书艰难所阻滞。出版渠道不顺，文化市场不善，使他们失去许多机遇。尽管他们发表过引人注目的作品，有的还获了奖，显示了自己的文学才能和创作潜力，却仍然无缘出第一本书。也许这是市场经济发展和体制转换期中不可避免的暂时缺陷，却也不能不对文学事业的健康发展产生一定程度的消极影响，因而也不能不使许多关怀文学的有志之士为之扼腕叹息，焦虑不安。固然，出第一本书时间的迟早，对一位青年作家的成长不会也不应该成为关键的或决定性的一步，大器晚成的现象也屡见不鲜，但是我们为什么不在力所能及的范围内尽力及早地跨过这一步呢？

于是，遂有这套“21世纪文学之星丛书”的设想和举措。

中华文学基金会有志于发展文学事业、为青年作者服务，已有多时。如今幸有热心人士赞助，得以圆了这个梦。瞻望21世纪，漫漫长途，上下求索，路还得一步一步地走。“21世纪文学之星丛书”，也许可以看作是文学上的“希望工程”。但它与教育方面的“希望工程”有所不同，它不是扶贫济困，也并非照顾“老少边穷”地区，而是着眼于为取得优异成绩的青年文学作者搭桥铺路，有助于他们顺利前行，在未来的岁月中写出更多的好作品，我们想起本世纪20年代和30年代期间，鲁迅先生先后编印《未名丛刊》和“奴隶丛书”，扶携一些青年小说家和翻译家登上文坛；巴金先生主持的《文学丛刊》，更是不间断地连续出了一百余本，其中相当一部分是当时青年作家的处女作，而他们在其后数十年中都成为文学大军中的中坚人物；茅盾、叶圣陶等先生，都曾为青年作者的出现和成长花费心血，不遗余力。前辈们关怀培育文坛新人为促进现代文学的繁荣所作出的业绩，是永远不能抹煞的。当年得到过他们雨露恩泽的后辈作家，直到鬓发苍苍，还深深铭记着难忘的隆情厚谊。六十年后，我们今天依然以他们为光辉的楷模，努力遵循他们的脚印往前走去。

开始为丛书定名的时候，我们再三斟酌过。我们明确地认识到这项文学事业的“希望工程”是属于未来世纪的。它也许还显稚嫩，却是前程无限。但是不是称之为“文学之星”，且是“21世纪文学之星”？不免有些踌躇。近些年来，明星太多太滥，影星、歌星、舞星、球星、棋星……无一不可称星。星光闪烁，五彩缤纷，变幻莫测，目不暇接。星空中自然不乏真星，任凭风翻云卷，光芒依旧；但也有为时不久，便黯然失色，一闪即逝，或许原本就不是星，硬是被捧起来、炒出来的。在人们心目中，明星渐渐跌价，以至成为嘲讽调侃的对象。我们这项严肃认真的事业是否还要挤进繁杂的星空去占一席之地？或者，这一批青年作家，他们真能成为名副其实的星吗？

当我们陆续读完一大批由各地作协及其他方面推荐的新人作品，反复阅读、酝酿、评议、争论，最后从中慎重遴选出丛书入选作品之后，忐忑的心终于为欣喜慰藉之情所取代，油然浮起轻快愉悦之感。“他们真能成为名副其实的星吗？”能的！我们可以肯定地、并不夸张地回答：这些作者，尽管有的目前还处在走向成熟的阶段，但他们完全可以接受文学之星的称号而无愧色。他们有的来自市井，有的来自乡村，有的来自边陲山野，有的来自城市底层。他们的笔下，荡漾着多姿多彩、云谲波诡的现实浪潮，涌动着新时期芸芸众生的喜怒哀伤，也流淌着作者自己的心灵悸动、幻梦、烦恼和憧憬。他们都不曾出过书，但是他们的生活底蕴、文学才华和写作功力，可以媲美当年“奴隶丛书”的年轻小说家和《文学丛刊》的不少青年作者，更未必在当今某些已经出书成名甚至出了不止一本两本的作者以下。

是的，他们是文学之星。这一批青年作家，同当代不少杰出的青年作家一样，都可能成为21世纪文学的启明星，升起在世纪之初。启明星，也就是金星，黎明之前在东方天空出现时，人们称它为启明星，黄昏时候在西方天空出现时，人们称它为长庚星。两者都是好名字。世人对遥远的天体赋予美好的传说，寄托绮思遐想，但对现实中的星，却是完全可以预期洞见的。本丛书将一年一套地出下去，十年二十年三十年五十年之后，一批又一批、一代又一代作家如长江潮涌，奔流不息。其中出现赶上并且超过前人的文学巨星，不也是必然的吗？

岁月悠悠，银河灿灿。仰望星空，心绪难平！

1994年初秋

# 序

## 与一条河流有关

叶　梅

湘西多河，它们的美丽出现在沈从文的笔下，沅江、沱江、酉水，近水人家多在桃杏花里，春天时只需注意，凡有桃花处必有人家，凡有人家处必可沽酒。以至于他在清澈见底的河上荡漾而爱意绵绵，“我行过许多地方的桥，看过许多次数的云，喝过许多种类的酒，却只爱过一个正当最好年龄的人”。

人们从沈从文先生的笔下得知了湘西那些知名的河，如今我们又从一个湘西女子的描述中知道了一条小溪，一条叫蓝溪的小溪。蓝溪相对那些知名的河流，就像环绕大树而去的藤蔓，小巧但更加缠结多情，也有奇迹，自然的大胆处与精巧处，使人神往倾心。

苗族女子张雪云自幼生长于湘西凤凰山下、蓝溪河畔，她出生的年代正是改革开放初始的1979年，她顺利地完成了学业，毕业于湖南师范大学中文系，在沅陵县的一所中学从教多年，对读书写作的喜爱成为她最为钟情的选择，渐次在多家报刊上发表诗歌散文。迄今为止，她的作品多是从她的家乡蓝溪生发开来，感受土地深处的呼吸，体现湘西的脉动与温度，在平常事物与百姓生活之中感悟到诸多深意，以小见大，从乡村到城市，又从城市回望乡村，以对土地与自然的真诚守望而发声，让心灵中的蓝溪所奔往的大江大河长流不息。同时，她描绘着有血有肉、阳光明媚又风雨交加、幸福与痛苦同在的乡村地理，勾勒出湘西特别的雾朦胧、湿漉漉的山水，以及在那片土地上生生不息的魂魄。她的散文集《蓝渡》入选“21世纪文学之星”丛书，其中的篇章均是她这些年的精心之作，正是试图以土地河流为经，以苍生万物为纬，织一幅湘西地域风情的图画，从中显示出其独有的乡土精神和自我意识，表达她对乡村人物骨子里坚忍精神的敬重和承接，对湘西乡村独特风物的呵护，对乡村与城市在现代化进程中的碰撞融合及变迁的若干个人思考。

显然，一抹乡愁是这幅图画的底色，张雪云以一个灵秀女性的敏感细腻，兼之深情灵动的笔触，浓墨重彩地描绘着自己的家乡。“从蓝溪出发，溯游而下，相望千年的沅江、酉水两岸，如一幅水墨画卷，亦如一部典藏的古籍善本，徐徐展开，直扑人眼，不用泼墨点染，也不用刻意着色，左岸右水的原貌便成了画中的经典，氤氲出一片清澈的云水与禅心。”她小时候日夜相守的蓝溪看着她长大，蓝溪很蓝，她的童年也很蓝。虽然后来的日子里走过许多的路，看过许多的风景，但仍然一遍遍梦回那山清水秀、林木繁茂、鱼鲜笋嫩，想象在曲院风荷的葱绿烟霭中，咀嚼银波碧浪的涟漪。从乡愁中寻回祖先、父母传下的魂魄和希望，还有下一代蓝色的梦想，在时光脚步中捕捉到蓝溪深处的生命喧响，从而坚定自己的求索。读者可以从她对乡愁的书写中觉察到当代人的情感诉求，并从中体味到惺惺相惜的精神共鸣。

湘西是一个民族历史文化厚重的地方，张雪云没有忽略得天独厚的文化优势，进行了积极的艺术开掘，穿越时代隧道的屏障，领略到意味深长的哲学价值。蓝溪口面对的沅陵位居五溪山水交汇之所，荆南要冲雄峙之地，素有“湘西门户”“南天锁钥”之称，所谓“天下积储在楚，楚之咽喉在辰，辰安则楚安，楚安则天下安”。战国时，楚置黔中郡，屈原曾经来此，面对沅水感叹：“沅有芷兮澧有兰……观流水兮潺湲”；展救世安民之略的王阳明在此留下诗文；大唐而兴的龙兴讲寺的暮鼓晨钟依然在心中日日敲响，古城古寺，即使城墙不再，砖瓦难存，但凝望处蒹葭苍苍，让人获取某种庄严宁静、喜乐和力量。她常见的水边情形化作心灵的一个渡口，泊在月光下，那月光自然已有千年万年，自然会引人思想“江畔何人初见月？江月何年初照人？人生代代无穷已，……不知江月待何人”。灵性的山水，即是一本自古而来的大书，于沉默中散发出悠远的气息，给每一个端详的人以尊贵，以气度，以历久弥新的相思相知。

对人性的关照与体贴在《蓝渡》的字里行间比比皆是，体现了作者与普通人的密切联系，彼此相通的温情。人民从来不是一个抽象的符号，而是一个个具体的有血有肉的人，在张雪云的笔下，他们挑担背篓从沅水河边走入读者的视野：“早些年，我窗外的文昌码头处，是沅水流域一个重要的集散中心。周边十里八乡的农民将自己生产的桐油、菜油等农副产品从山里担来，驳船靠岸，到这里倒卖，……那些挑油的汉子，穿着对襟布衫，包着白布头帕，脚穿自制的草鞋，从弯弯山道上挥汗如雨而来。妇女梳着粑粑髻，背着大背篓，弯腰蹒跚而来，背篓里面装着板栗、花椒、木耳、黄豆、花生等各种山货。他们打着手势，嚼着土语，彼此交换着各自的生活所需与小小的欢乐。……他们起早贪黑、任劳任怨地在水边忙活着简单的日子，……成为沅水流域独特的一景。”张雪云在多年从教的岁月里，关注的目光除了教室里的孩子们，就是市井百态：卖菜的婶子、摆地摊的小贩，大清早聚集守候雇主光临的中年汉子，常在烟雨潇然、人车混杂之间，泥泞湿沥、霉味弥漫的街道，熙熙攘攘的芸芸众生，为生存奔波忙碌，或如蓬草，或如劲竹，却无论多么艰辛困苦，总能度过四季凉热，总有一份朴素的希冀与梦想。她以蓝溪为人生之河，揣摩每个人心中都有一个自己的渡口，如自己的蓝渡。四季一如既往地变迁，流年似水无声无息，然而世间万物皆有自己渴求的境界，一条河有起伏变化的深浅，一朵花有自由开放的姿态，一棵树有别样的风骨，一个人的生命究竟应该赋予怎样的意义，要以怎样的跋涉，才能从自己的渡口抵达彼岸？

张雪云的文笔清婉朴实，恰如湘西山水幽深灵泛，时而若山静穆厚实，时而如水柔和细腻，且又酣畅淋漓。既能蹈大方，观大势，又能凝静气，清气氤氲。在书写中不乏对文体的探索，在虚实深浅或轻或重之间反复掂量，并做出了有益的尝试。

张雪云与河流的对话、日前的问答汇成了这本散文集《蓝渡》。生活其实没有唯一的答案，所有一切都在不断的摆渡之中，她的文字和思考也因此偶见重复，但愿今后在重复之中更有新的拓展和发现，如此，或许她心中的河流将会更加澎湃，将会描画出更为深刻独到的风景。

是为序。

2019 年 4 月于北京

# 第一辑

# 席水而居：泊在月光遍地的水途

从蓝溪出发，溯游而下，相望千年的沅江、酉水两岸，如一幅水墨画卷，亦如一部典藏的古籍善本，徐徐展开，直扑人眼，不用泼墨点染，也不用刻意着色，左岸右水的原貌便成了画中的经典，氤氲出一片清澈的云水与禅心。

# 蒙湖蒙，蓝溪蓝

未见蒙湖之前，先喜欢着她的名字。

蒙湖本身不是湖，只是几湾断断续续的蓝溪水，并不招人眼。后来，因为修了岩屋潭水电站，断断续续的水，开始接二连三地粘连，有些清浅地宽起来，厚起来。日渐宽厚的水，环山绕村，碧波荡漾，似乎有了湖的模样。水厚时，蓝蓝的水映着翠翠的山，人见着，脸上免不了泛起水淋淋的笑；水薄时，湖岸便白出一大圈，横石头压着竖石头，长石头叠着圆石头，石头上锈了色调深浅不一的苔藓。黄昏时分，偶有几只小船轻泊慢摇，待霞光漫漶，渔舟唱晚的镜像“海上升明月”般地从眼帘浮出来，几只白鹭从湖心小岛翩翩掠过，生动着远处若有若无的炊烟，也让许多幽深的遐思漫起了一层蒙蒙的水。

小时候，蓝溪看着我，我也看着蓝溪长大，蓝溪很蓝，我的童年也很蓝。

从我家背后的老街往下走，穿过祝家坪的田埂，便是蓝溪。蓝溪的上游是蒙湖，蒙湖的上游还是蓝溪，蓝溪比一般意义的小溪丰盈一些，也是因了蒙湖。蓝溪水面由窄而宽，临近张家村时，乱石嶙峋，流水澄澈浅散。附近有几处沙洲，长满繁茂的灌木丛及青草。野惯了的黄牛、水牛到了溪边，便不再使性子，总是气定神闲地啃着嫩草，嗞嗞的，津津有味。牧童或三五成群地在草坪打滚嬉戏，或在溪里捕捉鱼虾，嬉乐至极。河岸以外，有一马平川的沃野平畴。“清溪流过碧山头，空水澄鲜一色秋。”蓝溪的景致及韵律，像一首歌，似一支曲，在长满庄稼的两岸恰到好处地弥漫。

第一次听母亲说起蒙湖，我尚小，正趴在屋后棕榈树上，摘刚抽出的穗苞，嫩黄嫩黄的。差不多是端午时节，母亲扯回一背篓的箬叶，汗长水流的，准备包粽子。包粽子需要新鲜的棕叶捆扎。摘棕叶的事，自然就交给我了。我虽然是个姑娘，母亲却常常把我当小子养，我也乐得有“野”的机会，老屋、老街及田畴后的蓝溪，自然成了我的乐园。母亲说，包完粽子带我去看蒙湖。母亲轻轻柔柔的一句话，立即就让一个从未谋面的“湖”，一下子定居在我以后很长一段时间的记忆里。

去蒙湖，其实要爬过几座山，要走很远的路。每个山头，仿佛一个巨大的粽子。路是山道，弯弯曲曲，恍若条分缕析的棕叶，捆了缚了山头，恰似朝天粽。我们沿途经过云丛洞、樱桃湾、林科所等地。母亲弯腰背着细竹篾背篓，背篓里装着一串棕叶缠裹的糯米粽子。我在母亲的身前身后雀跃着，满眼都是新奇与渴望。途中遇见的杉木、松树、南竹很多，皆高大茂盛，青翠欲滴。雷公花、牵牛花、杜鹃等各色花儿也竞相绽放。母亲沿路指给我看，这是什么，那叫什么，遇到连母亲也叫不出名字的花鸟草虫，我就顺口取上一个名字，什么“一摇就落花”“太阳草”等，我颇为自己的创意自豪，也惹得母亲乐呵呵地直吻我的额头。

许是刚刚下过端午雨，母亲在草丛岩石的缝隙，可以捡拾到一种近乎墨绿的植物，铜钱般大小，贴地而生，柔软、肥厚、温润，似不规则的墨玉。母亲说，这是地衣，又叫地木耳，一种贴地而生长的藻类。每逢雨天，它都会很神奇地从疏落小草覆盖的地面冒出来，一簇一簇，雨至而滋生、膨胀、蓬勃，阳出而委顿、收缩、消失，反反复复，星星点点，缀满了岩石的表层，或是潮润的地面。

我觉得好奇，轻轻一抓，嫩嫩的，湿湿的，滑滑的。母亲笑着说，老人家都讲地衣是雷公屙的屎呢。我连忙缩回了手，觉得脏，不肯去捡。母亲倒是捡了满满一篮子。待回家后，细细地清洗，将泥沙小心翼翼去净，浸泡一个晚上，第二天在开水中烫一下，捞出，挤干。吃时，配上剁碎的酸辣椒、大蒜、生姜等爆炒。出锅时，便见黑里透着星星点点的黄、红、绿，一律油润润的，观之秀色可餐，闻之香气诱涎，食之美味怡然。

采完地衣，继续行走。正当筋疲力尽的时候，眼前突然一亮，一湾碧蓝的湖水安静地躺在群山环抱之中，很梦幻，很空灵，与蓝溪相似而不同。蓝溪是调皮的，弯弯曲曲，想怎么流淌就怎么流淌；蒙湖是温婉而阔大的，优优雅雅，从从容容，一副波澜不惊的样子。我一时不知道，到底是水掉进了山里，还是山掉进了水里，那么柔，那么清，那么蓝，那么静。

坐在水边小憩，母亲取出背篓里的糯米粽子充饥，吃完的青绿棕叶被我扎成小船，漂在水中。母亲顺手摘下一朵金黄的野花缀在鬓边，十分好看，又将沿路采摘的一束杂花编成花环戴在我的头上，花仙子、公主一样。水岸的芦苇丛生，很是丰茂。母亲采下一支芦苇秆，用指甲细慎破开，魔幻般地折出一只活灵活现的蚂蚱。蚂蚱放在草地上，似乎要蹦跳起来。接着，母亲将一株油碧可人的太阳草编织成一只闪闪发亮的草戒指，戴在我嫩白的指上……这一切，新奇而好玩，勾勒起懵懂的童心，心香四逸。

你来，蒙湖就在；你在，春天就来。之后，母亲凝望着“水在山中，山在水中”近在咫尺的遥远，两眼慢慢地润汪起来。母亲在想些什么呢？是我和姐姐波光漂洗的前程，还是夏夜微凉的命运？不得而知。我只依稀地晓得：很快我就玩累了，趴在母亲的腿上睡着了，迷糊中，只有背篓里的粽香伴了一地的月明，一湖的青素。

也许，我与蒙湖的结缘，就是从那个时候而起，只有起点，没有终点。

许多年过去了，蒙湖并没有长大，我却与日俱增地长大了。

毕业工作的第一站，是一所乡村学校，恰好要经过蒙湖，心有期待，也有感伤。我似乎让母亲失望了，理想与现实的苦涩让我的行走有了一些犹豫。每每去乡村学校，车到蒙湖，需要过轮渡。轮渡并不按时，完全看车辆多少情况而定。有时刚刚赶到渡口，轮渡却载着其他的人与车，轰隆隆地开向对面的码头。乡亲们扛着木材，或是挑着南瓜、板栗、菜油，或是母鸡、旱鸭、猪崽，相互吆喝着，趔趔趄趄、顺顺当当地上码头、下码头，生活的忧或喜，全在这一上一下之间。

坐等轮渡的时候，我常常会呆呆地看着蒙湖，坐在母亲曾经坐过的地方，看一湖硕大的水时涨时消。“独行潭底影，数息树边身。”“巴童浑不寝，半夜有行舟。”我忽然觉得，母亲多年前带我看过的蒙湖似乎是有深意的。穹顶之下，天地之间，“云日相辉映，空水共澄清。”“野旷沙岸净，天高秋月明。”一湖慎独慎初的水，一头连着城市喧闹，一头守着乡村宁静。也许，一湖溪水，就像一首宋词，上阕是生命生存的空间，下阕是安放灵魂的栖所。面庞开始红润的我，试图读懂它的沧桑、蓬勃和热闹，寻觅这块土地生生不息的秘密。

春天的阳光，忽然就没了，一把雾雨，从天空飘摇欲下。

烟雨空蒙，远山近水，恍如披上一层湿漉漉的白纱。一场太阳雨之后，我扯了一簇摇曳的狗尾巴草，像母亲一样，编成一枚尘世间独一无二的草戒指。草戒指毛茸茸的光泽，活泼了一个女孩的心思，那是我畅想的未来与明天，摇曳的生机似乎随山随水瞬间盎然。青春那么美，湖水那么清，黯淡的眸子里，依然倔强闪现出来的，不是忧伤与颓唐，而是惊喜和欣慰。无言的光辉，总能令我在许多不堪的日子里，将那些有关乡村学校生活的艰辛，轻巧地淡化了影子。

后来的日子，我走过许多的路，看过许多的风景，读过许多的书，听过许多的述说。我一边梦回着蒙湖的山清水秀、林木繁茂、鱼鲜笋嫩，一边在曲院风荷的葱绿烟霭中，咀嚼银波碧浪的涟漪。山南水北的村庄，如一把荞麦撒在山水涵虚的皱褶中。我以清风明月的方式，漂洗一个人的沧海桑田。“无数失眠之夜 / 留下来痛苦的回忆 / 我推翻一道道定义 / 我打碎了一层层枷锁 / 心中只剩下 / 一片触目的废墟……”舒婷的诗，我记得这几句，每每想起，秋风吹醒树叶，落叶深吻大地，既安静，又从容。当这个世界寂静无声的时候，月下，我总能听到多年后的某一天，有人在我耳边低语，倩笑盛满月光，所有悲伤飞离我的身旁，只剩额头有点微烫。

再次站在蒙湖边，我也已成为母亲。天似乎特别蓝，我眯着眼，想看清时光柔软的样子。母亲带着我，我带着女儿，女儿带着憧憬。日出月落，人来人往。一些俗世的风景，已经翻天覆地；诸多粗犷纯粹的山水，却只沧桑了那么一点点。蓝溪的蓝，蒙湖的蒙，既像是母亲殷切的寄望，又仿佛是女儿玲珑的心思。水湄边采撷蒹葭的悠味绵长，渗透了心尖那个婀娜多姿的地方。

如今的我，心将流水同清净，身与浮云无是非，只想安静在属于我的蒙湖岸，在长满紫云英的坡岸，看鱼游枝头鸟宿水，听四周唧唧的虫鸟声。挖一些洞穴，种上希望，也种上母亲的希望，还有女儿蓝色的梦想。让时光的脚步缓一缓，再缓一缓，这样，我就可以听到蓝溪深处闹腾的生命喧响，完成流年一场最为长情的凝眸与陪伴。

# 窗外的河流

窗外这条河流，只要你看一眼，就再也离不开了。

闲暇的时候，我会拉开浅淡的百合窗帘，推开那扇画框似的窗，让一条河散发出清远神秘的流香。远方青山逶迤连绵，近处碧水旖旎清澄，相望千年的沅江两岸如一幅水墨画卷，亦如一部典藏的古籍善本，徐徐展开，直扑人眼。不用泼墨点染，也不用刻意着色，左岸右水的原貌便成了画中的经典。

当初，从繁华的都市回到这座面容清丽的小城，可以说，与窗外这条名叫沅江的河流不无关系。很多次，我在城市的夜空醒来，心烦意乱地坐在梳妆台前，窗外的灯火与人流，欲语还休，欲去还留。家与家，户与户，人与人，始终隔着一层永远不会打开的窗户。我没有时间微笑，也没有闲情悲伤，路上所有的人生，除了匆忙，还是匆忙。曾经多少次，我在想，不甘命运安排的自己，应该有一个自己喜欢的模样——于淡淡清风中，笑语嫣然。可以在河滩上光着脚丫放肆地奔跑，可以在春天的百合花中无所顾忌地将喜爱绽放，可以撑着雨伞在青石板小巷轻吟浅唱，也可以在一簇雪花里刻骨蚀心地等待一个温润的远方。

当窗外的这条河流兀自缓缓流过，我突然发现，自己已经很久很久没有这样耐心而平静地注视生活，生活中那些时光雕琢的细碎，细碎中透出的敦厚温柔。静静地看着这条沅水河，畅想这条河的前世今生与人的命运。席慕蓉说过：“生命是一条奔流不息的河，我们都是过河的人。”我终回到我的小城，回到我最初的河流，并且将视为珍宝的礼物留给自己，那就是隐匿在心灵更深处的归来与希望，为生命的河流，找到渡口。

小时候，我在蓝溪河畔长大，蓝溪在一个叫蓝溪口的地方，风姿绰约地注入沅江。蓝溪口的对面，就是被历史烟云湮没的楚时黔中郡遗址。沅水娉娉婷婷地环着群山，拐了一个大弯，然后，又将流经数百里与之汇合的酉水温柔以待。蓝溪口东岸有座并不高的山，叫兴龙山。登山而眺，临流意远，可以越过秦汉的战火硝烟，在某一个瞬间捕捉到屈子路漫漫求索问天的叹息。酉水拖蓝的虎溪云树中，有座特别古旧的寺院，叫龙兴讲寺，内有王阳明先生曾讲授心学的虎溪书院。龙兴讲寺敕建于大唐李世民时期，如今繁华落去，偏安于时间的逻辑之外，随便飘零的一片落叶，都可以梦回大唐，将一处梵音天籁缥缈成暮鼓晨钟。

早些年，我窗外的文昌码头处，是沅水流域一个重要的集散中心。周边十里八乡的农民将自己生产的桐油、菜油等农副产品从山里担来，驳船靠岸，到这里倒卖，换回一些银两或布匹、食盐等物品。特别是清晨，那些挑油的汉子，穿着对襟布衫，包着白布头帕，脚穿自制的草鞋，从弯弯山道上挥汗如雨而来。妇女梳着粑粑髻，背着大背篓，弯腰蹒跚而来，背篓里面装着板栗、花椒、木耳、黄豆、花生等各种山货。他们打着手势，嚼着土语，彼此交换着各自的生活所需与小小的欢乐。码头边，人车繁忙，众语喧哗：乡下情侣打情骂俏的，妇抚儿乳啼笑晏晏的，老母长唤儿孙归家的，挑箩掮筐大呼借道的，自然还有篾篓里的猪崽哼哼唧唧的，背篓里稻草拴翅缠脚的鸡鸭突然打鸣的，好不热闹。小商小贩们，成群结队，为挣几个零用钱，推着货架，挽着提篮，卖茶叶蛋、槟榔、山果、烤红薯、瓜子、香烟什么的，叫卖声此起彼伏，不绝于耳。此番景象，全然一幅现代版《清明上河图》，一时呼啦啦地在渡口码头的水面铺陈开来，又随一行白鹭点出的涟漪漾出很远很远。他们起早贪黑、任劳任怨地在水边忙活着简单的日子，既丰富着自己单调的生活，也丰富着沅水的民情风俗，成为沅水流域独特的一景。

河对岸的凤鸣塔，一袭白袍，飞檐翘角，在凤凰山的朝霞里伫立眺望，眼里有我看不懂的哀伤。再远一点，是河涨洲上的龙吟塔，鹿溪口常安山顶的鹿鸣塔，三塔呈一线分布，两两相对，恋恋不舍，颇有来历。清晨时光伴着忙碌，黄昏追赶着落日，晚霞洇染着天边，有人走在回家的路上，有人牧着梦中的白云。云水往事不会留影，风花雪月自然有情。我开始不止一遍地想，想着远古的水岸人家，是用一双双怎样灵巧的手，把贫瘠的山坡变成大地的诗行，那些富于音韵的盘木车水号子，又如何交织幻化成最初的洪荒。三垴九洞十八滩的沅水，又如何流出众多的城市与村庄，意义与方向。我似乎看见，茫茫山野中，祖辈漆黑的脊梁上滚动着无数颗太阳。《背山谣》里的妇女们，衣襟上别着命运的徽章，把对生活的祈盼固守成辰州府里荣耀的城墙。溪子口，通河桥，中南门，下南门。临河而建的吊脚楼，鳞次栉比，宛如一群栖岸而息的鹭鸶。老城，老街，老屋，一色的灰砖青瓦，马头墙，云钩檐，雕梁画栋。一块块青石板从岸上一直铺到河边，沿着宽阔的台阶拾级而下，河里的货运船、渔舟、竹筏，川流不断，河边的棒槌声、涛声、桨声，声声动听。

“浔阳江头夜送客，枫叶荻花秋瑟瑟。”这是白居易的渡口。“春潮带雨晚来急，野渡无人舟自横。”这是韦应物的渡口。“执手相看泪眼，竟无语凝噎。”这是柳三变的渡口。“渡口旁找不到一朵可以相送的花，就把祝福别在襟上吧。”这是席慕蓉的渡口……沅江的渡口码头，远没有这么诗情画意，我读出的全是烟火人间之气。懒散的阳光抖搂在我的窗台上，窗棂间的树影彼此喁喁互语。一袭乌黑的长发披拂胸前，一杯碣滩清茶透着幽香，德彪西的“月光”洒在书桌上，追忆过去，都已成往事。风吹着风，水依旧流着水。一条河流，从远古起始，在如此凉薄的世界，依然深情地流着，欢快地活着。我还有什么理由，不让心灵裂缝中某些遗落的美丽，氤氲出一片清澈的云水与禅心？

黄昏时分，绮霞漫天。轻晃慢漾的河水，波光粼粼。几只渔船闲散地泊在河中。渔人用长长的竹篙把一群鸬鹚“扑哧”一声赶下河，鸬鹚们争先恐后地跃入水中，上下翻飞。宽大而尖尖的喙，从水里叼起活蹦乱跳的鱼儿，生动一河的景致。若是涨了麻浑水，河中除了放排的，岸边少不了也有人支着罾网，徐徐将网收起，又缓缓放入水中，一收一放，宛如一幅图画悬挂眼前。网起网落，五彩斑斓的霞光尽收网底，十分动人。

在缥碧的沅水、悠悠的纤绳、摇动的桨橹中，多少个平常的日子被一页页翻过，又被一页页刷新，滋养和见证了祖祖辈辈多少生命的蓬勃和智慧文明的诞生，又收藏了多少荣耀的历史与骄傲的往事！沧桑之后，水依然会流走，岸依然还在，褪去古老的裙衣，换上时代的霓裳。那些水灵灵、鲜嫩嫩的日子，正从沅水码头的船上一筐筐、一篮篮地呈上来，带着泥土的芬芳……枕河而居的人家，天天都有“山的味道，海的味道”。风雨黄昏后，红泥小火炉烧着熊熊炭火，铁锅里煮沸着鲫鱼、鳜鱼、鲇鱼等，除了放些姜蒜，不加任何作料，随着炭火的炖煮，浓稠的鱼汤呼之欲出，其汁，浓若豆花，香如芫荽，轻轻一啜，唇齿留香，即在梦中，依然荡气回肠。入夜，一江河水，静静地流淌着家与家的温度。

就这样，梦里梦外，窗外的这条河流，时时映在眼里，淌在心头。有人在人生的河边作注，有人在心灵的“边城”出生。生活就像流水，淙淙地从你身边淌过，一生中的幸或不幸的时刻，早已蕴含在一条河的消长与岸边水草的荣枯里。既预告生生不息，也提挈落花流水。秀峰沉默，乱石相依，秋雨悄悄地缝合着万物。我突然觉得，自己更像一位归来的隐者，守候着一个得而复失的梦，装点着小桥流水的欢娱，滋生着老墙古巷的生机，哪怕凋零了小小的欢乐。

夜深了，我的小窗，似乎成了蜿蜒河流生动的坐标。凝望一条河流，更多的时候是在凝望自己，阅读生命本身，我想，是这样的吧。不管是虚度昨天，还是预支了明天，真正来过的人，即使丢失了一切，窗外这条永远朝觐生命的水也不会计较，因为你再也离不开了。哪怕偶尔的一个停顿，也只会勾起更多的归心。无论是城市还是乡村，无论是长亭还是短桥，拥有一条窗外的河流，相拥一方温暖的山水，找到自己生命的渡口，简直，一定是美的。

# 水底的故城

## 一

我习惯了去河边看那一片大水，也不仅仅是看水，更是看水底的故城。

冬天的早晨，八九点钟光景，沅江与西水的汇合处，庄严而妩媚的水依然有一种不可形容的静气。太阳并不着急从紫宸山升上来，或许早升上来了，雾蒙蒙的云气娇了她，宠了她，惯了她，缠绵悱恻了她，天边只是略略有了一丝羞涩的亮光，浅浅地，若隐若现，似有似无。湿雾，照例从河面升起来，缓缓地，如一匹轻纱，飘拂在河两岸巍穆迤逦的长山中，乳得温软，白得绵柔，梦一样，似人的初恋。水，清而婉，透出秀雅明丽。一些似雾非雾的水汽，丝丝缕缕的，厚薄并不均匀，紧贴着水面，漪来漾去，水深流速，舒急有致，变幻无穷，大泼墨、大写意一般，很是灵动。往来船只，迷蒙中，虽不能十分清楚地看见，却听得出船行“突突突”的声音，间或渔舟弄筏的歌呼声。

约半个时辰后，素颜的阳光勾勒出南岸的凤凰山、香炉山、咪子山寂静的轮廓，北岸的梧桐山、天宁山、鹤鸣山顿时遥相呼应生动起来。阔大的水面波光粼粼，从沅水江畔的舒溪口、丑溪口、沙金滩下行，柳林汊、清浪、朱红溪、北溶上行，以及酉水两岸各处下行的大小船只，开始俊朗地往来穿梭，犁出一道道白浪，涟漪互映，交相晃荡。

冬日暖阳中，我看一看南北两岸巍穆灿然的山，又望一望这片闳约宽博的水，水底一座令无数人感叹唏嘘的故城，瞬间湿了我的双眼。貌似多愁善感的我，免不了想起《牡丹亭》里的一句话："原来姹紫嫣红开遍，似这般都付与断井颓垣。"

印度有句名言："两河相交的地方，一定是智慧诞生的地方。"沅陵，作为一座千年古郡，自然有着自己不同凡响的前尘往事。事实上，每一座城池都有自己的故事，就像每个人有自己的故事一样，有智慧，有得失，有荣光，也有悲怆。每一座古城，浸泡在时光里，有的缓慢生长，有的转瞬死亡。站在岁月的拐角处，隔着陈年的月光，能够打捞出一些鸡零狗碎的往事，起承转合的忧伤，也不失为一缕梅香。让走过石板路，扶着老城墙的人们，嗅出一些有颜色的味道，咀嚼或回味，都是值得的。

沅陵，位居五溪山水交汇之所，荆南要冲雄峙之地，素有"湘西门户""南天锁钥"之称，历为郡、州、路、府、道和湘西行署治所，曾是湘西地区的政治、经济、文化中心，自古有"天下积储在楚，楚之咽喉在辰，辰安则楚安，楚安则天下安"之说。战国时，楚置黔中郡，汉高祖五年（公元前 202 年）置县，历史上曾一次封侯两次封王，自隋置辰州，沅始为附郭，邑城属府治。筑石为城，砌墙成邑。城开六门，曰朝阳、通河、拱辰、环碧、沐波、水星，角楼四座，曰双莲、飞霞、靖远、观澜。千余年损毁、修缮、倾圮，及至 1939 年抗战时，为便于民众疏散，所有城墙与城门，尽数拆毁。

这座古城，峨冠博带的屈原曾经涉江来过，朝发枉渚，夕宿辰阳，看着桀骜不驯的沅水河发出感叹："沅有芷兮澧有兰……观流水兮潺湲"，歌词很短，忧伤很长；颠沛流离的王阳明来过，带着格物致知的仁心于虎溪山麓"杖藜一过虎溪头，何处僧房问惠休？云起峰间沉阁影，林疏地底见江流。烟花日暖犹含雨，鸥鹭春闲自满洲。好景同游不同赏，诗篇还为故人留"；虎门销烟的林则徐来过，壁立千仞，无欲则刚中满目风情，"一县好山留客住，五溪秋水为君清"；位高权重的董其昌来过，眼前佛国里大唐龙兴讲寺的暮鼓晨钟，遥远了月光遍地的水途。"不折不从，亦慈亦让，星斗其文，赤子其人"的沈从文先生来过、住过："由沅陵南岸看北岸山城，房屋接瓦连椽，较高处露出雉堞，沿山围绕，丛树点缀其间，风光入眼，实在俗气。由北岸向南望，则河边小山间，竹园、树木、庙宇、高塔、民居，仿佛各个都位置在最适当处。山后较远处群峰罗列，如屏如障，烟云变幻，颜色积翠堆蓝。早晚相对，令人想象其中必有帝子天神，驾螭乘蜺，驰骤其间。"（沈从文《沅陵的人》）还有"你是人间四月天"的林徽因来过："沅陵的风景，沅陵的城市，同沅陵的人物，在我们心里是一片很完整的记忆，我愿意再回到沅陵一次，无论什么时候，最好当然是打完仗！"

## 二

对于这样的一座老城，我从小充满了向往与渴望。我家住在蓝溪旁的小镇，离老城并不远，约二十里地。每次，当我考试优胜，作为奖赏，母亲便会带我来到老城玩上半天。到了南岸的驿码头，灰扑扑的码头上有炸灯盏窝、油粑粑、炒爆米花的、削甘蔗的、油砂炒板栗与五香瓜子的，围着青布围裙，笼着碎花袖套，各自卖力地吆喝，有腔有调，板眼十足。码头上方一个灰头土脑的小砖屋，当街一面墙上凿了个木格小窗，是卖过渡船票的。船票五分钱，起先是一枚烙有字印的小竹篾片，后来改成盖有糊糊的章子的纸片。过渡时，先从码头下到趸船上候着，眼巴巴看着老气横秋的渡船气喘吁吁地靠过来，轰的一声撞在趸船两侧绑着的橡胶轮胎上，晃得人直打趔趄。船停靠三五分钟，船上一胡子拉碴的老汉开始“嚯嚯嚯”地吹响口哨，大腔大板地吆喝：“开船啰，开船啰。”于是，码头上急着赶船的人肩扛、背负、手提各色货物，鸭子下水似的慌里慌张扑下来，待到上了船，船却并没有立即开，于是就有满脸汗水的妇人开骂道：“砍你个脑壳的，催，催，催，催死啊！”吹哨的老汉也不作声，偶尔还会咧嘴一笑：“催生不催死呢。”渡船到中南门靠岸，人们从一块或好几块（视水位高低）跳板走过去，跳板一端固定在码头石阶上，一端搭在趸船船舷上，众人呼啦啦从跳板上走过时，摇摇晃晃必不可免，故也常常会有毛里毛躁手脚不稳当的人掉下水的，狼狈不堪地湿了鞋裤，引得众人哄堂大笑。

老城街巷纵横，码头众多。主要的街道就称城内大街。从西关城外起到文昌门止，分别是县前街，上南门正街、二府街，中南门正街、考棚街、义仓街，下南门正街、文昌门正街。东边文昌门外至街尾称东关大街，西边从西关出溪子口称西关大街。西关大街由通河桥正街、游府街、大西街、清泰街、太平街、溪子口组成。西关大街和城内大街、东关大街东西贯通全城，是沅陵正街。在正街之南，由店铺、居民住家相隔，又有一条河街。东从文昌门至下南门段称下河街，下南门至中南门段称中河街，再往上到上南门称上河街，再上到通河街口称通河桥街，从通河街口再上到当铺台段统称河街。民国时期沅陵老城流行的民谚：西城的豆腐东城的酒，西城的烟馆东城的妞；北城的学生看风景，南城的船排水中游；城中官衙雄赳赳，城中大户坐轿走；夜里逛逛戏园子，美旦小生样样有。可见当时的热闹。

老城的北面巷子，从城西大王庙算起有：大王庙冲杨家巷、卷桥口巷、小施家巷、大施家巷、龙兴巷、火神庙巷。火神庙巷后是榆林坡、马坊界、虎溪桥、杖藜坞、阳明读书台、红坡山。然后，依次是清泰巷、铁炉巷、内铁炉巷、柳营坪巷、小同文巷、马良巷、同文街（其中同文街内有三条大的横巷由外至里为：大同文巷、嫁家巷、西冲巷）。同文街后面是西冲、小营门、新村、把关坡。在所有街巷中，比较著名的有：牛肉巷、城隍庙巷、甲第巷、府坡横巷、杏浒冲、总爷巷、尤家巷、马路巷、五甲坪等。这些曲里拐弯、变化无穷的古旧老巷，无疑成为这座古城的毛细血管，流淌着数不尽的楚风乡韵。斑驳的墙角，陡峻的飞檐，长满青苔的青石板小径，旗帜似东张西挂的各色衣物，持一壶茶或酒闲摆龙门阵的老者，打纸板或陀螺的小孩，庭前的一丛疏竹，三两树寒梅，积蓝耸翠，明黄有间，无一不在诉说光阴的故事。

中南门，往往最热闹。下猪脚粉的、包饺子馄饨的、挑担剃头的、焊锡补锅的、扯白糖姜糖的、卖花生瓜子烤烟的、抽着风箱打铁的、叮叮当当锤金锻银的、卖各色印花布匹的、扯着喉咙来两嗓子辰河高腔的，还有卖针头线脑各样百货的。人们夏天摇着蒲扇，冬天抱着火笼，各自为着某种不可逆的生计，做着无论天晴落雨都十分精彩的努力。

河边的吊脚楼最是风致，高高低低，歪歪斜斜，参差有韵。推窗而望，可见群峰竞秀，积翠凝蓝，大小溪流萦回，种种漱流款款。东城湾的木排，溪子口大码头的缆绳，任凭目光随意掇拾，浑身舒爽惬意得很。我那时，喜欢看那一街的花花绿绿，纷纷攘攘，时不时蹲下来，瞅得眼珠子差不多快掉下也不愿起身，直到母亲非揪了耳朵，方才心不甘情不愿地踽踽而行。逢到口渴，会到尤家巷的龙头井掬上几捧凉水，沁甜沁甜的，既饱肚又解渴。电影院旁的小人书摊，花上五分钱，什么《西游记》《地道战》《鸡毛信》等连环画应有尽有，足可打发整整一个下午的时光。每逢这时，母亲就可以放心大胆地去买些家里所需的油盐酱醋，纳鞋垫的布壳、丝线、顶针，回头再到书摊前找我回家。每次上街回来，都会兴奋得好几天睡不着觉。

## 三

后来长大一些，我读到沈从文先生写沅陵的诸多文字：“就中最令人感动处，是小船半渡，游目四瞩，俨然四周是山，山外重山，一切如画。水深流速，弄船女子，腰腿劲健，胆大心平，危立船头，视若无事。同一渡船，大多数都是妇人，划船的是妇女，过渡的也是妇女较多……这些女子一看都那么和善，那么朴素，年纪四十以下的，无一不在胸前土蓝布或葱绿布围裙上绣上一片花，且差不多每个人都是别出心裁，把它处置得十分美观，不拘写实或抽象的花朵，总那么妥帖而雅相。在轻烟细雨里，一个外来人眼见到这种情形，必不免在赞美中轻轻叹息。天时常常是那么把山和水和人都笼罩在一种似雨似雾使人微感凄凉的情调里，然而却无处不可以见出生命在这个地方有光辉的那一面。”每看到此时，不知不觉地，泪水涌了出来。我想起了母亲，也想到了乡亲。母亲何尝不是这样的弄船女子，用一生的心血渡着我们的家园，渡着我们的幸福，也承载着我们的忧伤。我们至今还没有完全长大，而母亲，却一天天无可置疑地老去。如今，母亲脸上开始布满时光研磨的皱褶，缕缕白发在风中渐显，当她在太阳底下纳着鞋垫，要我帮她穿针的时候，我的泪，一下子又来了。

上世纪 90 年代，因为沅水流域五强溪大型水电站的修建，沅陵老城大部分街巷沉入水底，只有高处的龙兴讲寺、虎溪书院、胜利公园、马路巷宗教一条街等处得以幸存，成为古城记忆复苏的原点。“高峡出平湖”，一湖蓄谋已久的水终于如愿以偿地吞噬了一座老城，这座被誉为“南方海上丝绸之路”起点的千年古郡，将一座城池的荣耀与尊崇悄然隐于水底，让所有曾经看见过他或是再也没有机会看见他的人，在回想中痴念，在未知中浮想。

正午的阳光，灿烂温和。卡尔维诺《看不见的城市》道出了一组城市的编码：城市与记忆，城市与符号，城市与名字，城市与眼睛。其中有这么一句话：“记忆中的形象一旦被词语固定，就被抹掉了。”我在想，如果记忆不能被词语表述，记忆又会存在于哪里呢？也许，相对于记忆，更多的目光，需要触及无限的远方和未来，而与时光流逝密切相关的种种，需要某一段时空的覆盖、掩埋和沉淀，如年轮深藏在树木的纹理中。看不见的城市，看不见的空间，或许更适合一些无法想象的流淌，无可相遇的回溯。

一滴水，落在春天，可以姹紫嫣红；一滴水，落在江湖，可以拍岸惊涛；一滴水，落进命运，可以惊鸿四起。故城，在水底，仿佛没有离去，似乎也不会归来。透过蒹葭苍苍的水边回响，静静地凝望一处远方，默默地获取某种庄严、平静、喜乐和力量，这样，也许会给每一个栖身于他的人，以尊贵，以气度，以温暖，以希望。

# 二酉藏书与岳麓山

## 一

未去岳麓山之前，我先去了二酉山。

二酉和岳麓两座山，一座在城市，一座在乡村。我出生在乡村，最不缺少的是山，又席水而居，丰饶的自然还有水。从一座山到另一座山，从一个乡村到一座城市，我简慢轻缓地走了整整二十年。

二酉山，我并不陌生，小时就听母亲说过，这座山如何如何地神奇，也听一些去过二酉山的伙伴说过，这座山如何如何地索然寡味。神奇也好，寡味也罢，总得自己去一趟，才会知晓。

去二酉山，坐车是没有意思的，得坐船。船并不大，逆酉水而行，也不快，慢吞吞的。因为慢，许多事物才有味道。水是慢的，岸是慢的，山是慢的，吊脚小楼是慢的，鸬鹚鹭鸶的飞翔是慢的，橹歌而行的心情也是慢的。

二酉山，并不极负盛名，隐于酉水一隅，

一派风致，一派静气。或许，一座山是不需要名气的，有了名气，反而会为名所累，为名所伤。二西山很会隐藏自己，一条酉水，一湾酉溪，从东、西、北三面环着，隔了世俗，隔了烟尘。山，并不高，也无参天古木。或许，以前肯定是有的，它得凭借它们隐了身世，隐了前程，也隐了时光。

下得船来，我并不急着登山，而是有些朱黛黧然地静静端详。我想看到一些东西，遇到一些东西，或者更确切地说，遇到尘世中的另一个自己。

许多事物，说来真是奇怪。安之若素的二酉山，莫名其妙地，突然就与两千年前的一个朝廷、一个皇帝、一场烽火、一个书生发生了关联——荒野僻陋之所，竟然成了大秦帝国最大的“藏书馆”，既是有幸，也是不幸。

事情大致是这样的：据《郡国志》记载，秦始皇三十四年（公元前213年），秦始皇采纳丞相李斯建议，焚烧《秦记》以外的列国史记，凡博士官以外所藏《诗》《书》《百家语》，均在焚烧之列。有敢谈论《诗》《书》者弃市，以古非今者灭族，官吏知情不举者同罪，令下三十日不烧者判黥刑。一时之间，帝国上下到处浓烟滚滚，秦前文化突然遭遇了灭顶之灾。此时，一个名叫伏胜的朝廷博士官，面对咸阳城内连天的烽火，泪流满面。可是，仅有眼泪又有何用？一滴泪能浇灭“焚书坑儒”肆无忌惮的烟火吗？万万不可能。然而，伏胜不会甘心，所有的士子不会甘心。为保留文明薪火，拯救中华文化，伏胜领着家将伏安，冒着诛灭九族的危险，偷偷将千卷书简运出咸阳，择地而藏，车载船运，历尽千辛万苦，行至二酉山下，选中了二酉山半二酉洞作藏书之处。直到秦朝灭亡，才将全部藏书起出献汉。二酉山，亦因此而闻名天下（成语“学富五车，书通二酉”即典出于此）。

我一直在困惑，千年之前，万里之外，伏胜又是如何知晓，如何行至这座山、藏书这个洞的呢？我想，其实，伏胜偷运禁书出咸阳之时，他一定也不知道要将书藏于何处才会安全。也许是三闾大夫屈原的《涉江》所给的启示吧：“……入溆浦余儃徊兮，迷不知吾所如。深林杳以冥冥兮，猿穴之所居……”既然要藏书，那么只有选择猿穴所居之处躲藏，才能逃过大秦帝国的掌心。于是伏胜趁着月黑风高，将沉重的书简从渭河的破船搬运到牛车，取道终南山后，入汉水南运而来。既为朝廷博士官，伏胜自然博古通今，肯定会想起《庄子》所讲的在荆楚的酉水河岸，有一个叫乌宿的地方，那是太阳休息的地方，金乌每日巡毕周天，就到那里安眠，所以叫乌宿。更有传说黄帝曾在此藏书，尧舜时期的善卷为了“避让王位”而西来二酉山中，专门守护黄帝在此藏的书，并传于当地百姓，教化蛮愚。这二酉山不正好是最佳的藏书之所吗？于是，伏胜主仆二人日夜兼程，不辞辛劳，终将千卷书简藏于二酉山二酉洞中。

二酉洞，位处二酉山半山腰绝壁，是二酉山的精华所在，又名妙华洞，意即收藏精妙绝伦中华文化的地方，为古藏书处。洞，其实很平凡，不高深，也不宽大，分内洞与外洞。洞厅里有两块岩石，一块矩形石台，是从洞顶撬落下来的，相传为古人读书所用，另一块岩石，原始浑朴，形如菩萨，人称菩萨岩，上面凹凸不平，像是若干小尊佛刻，因年代久远，已无法辨别是人为雕刻还是天然生成。洞的外形有如“酉”字天然生成。然而，就是这么一个平淡无奇的洞，不经意间，却成就了传承中华文化的使命，成为儒家文化和中华古文明的摇篮。

后来，汉高祖刘邦在获得伏胜所献大量秦前书简时大喜，将二酉藏书洞御封为“文化圣洞”，二酉山立为“天下名山”。从此后，二酉山作为天下胜迹，成为读书人毕生向往和追求的地方。以后历朝历代文人墨客，前往二酉拜谒更是络绎不绝，留下了大量的诗词文章。山上一度建院立阁，修堂造亭，香火旺盛。可惜的是，因年代久远，山上的亭堂院阁均遭毁坏，仅在山顶善卷堂遗址旁留有“二酉名山”残碑一块，在山半石洞下方，留有原京师大学堂（1912年改名北京大学）总监督、湖南督学使者张亨嘉于清光绪庚寅年（即1890年）二月所立的榜书碑刻“古藏书处”四字。所幸的是，已被毁坏的藏书飞阁、仰止亭、伏胜殿、书天门、黄妙天等如今已经得到恢复。

二酉山，藏于武陵雪峰之间，除“藏书”有大智外，尚有大德。据史料记载：“善卷，枉渚人，帝尧时最有学问的人。帝尧南巡时，拜善卷为师，成为一代贤君。帝尧死后传位于舜，舜以为善卷是帝尧老师，比自己有能耐，欲让贤，请善卷当皇帝，善卷不受，先居武陵（常德），后居沅陵的二酉洞，八十而终，黎民感恩戴德，厚葬于山之巅。”宋真宗时，辰州通判欧阳陟敬慕善卷，上奏朝廷：“善卷有功于民，应予祠祀，以示崇德报功之意。”真宗诏许，下旨在二酉山巅立善卷堂，封善卷墓，建仰止亭。亭名“仰止”，源于“高山仰止，景行行止，虽不能至，然心向往之”一句。意即善卷的德行像山一样高耸在上，再也没有人能超过他，这是一座山文化内涵的另一至高境界。后又有明董汉策、王世隆在二酉山上创办“翠山”“妙华”私人书院，正谊修德，明道润人，堪为佳话。

既有智慧，又有道德，这才是真正的“二有”，“二酉”。难怪每至逢年过节或学生升学季节，山下方圆百里苗家、土家父母总要携儿带女爬爬二酉山，烧烧香以沾染二酉灵气，过过发蒙节，以求灵泛学达。一辈又一辈的乌宿儿女争相崇学求学，即使是普通农人都有一个理念：“养儿不读书，不如养头猪。”在这种浑金璞玉风气的带动下，二酉山下的乌宿村也就成为一个出知识出人才的地方。特别是近几十年，这里走出去了六十七名在全国甚至世界都有影响的教授、专家，成为闻名遐迩的“教授村”，实在是一方奇景，一个奇迹。

立于二西山前，我突然有些羞愧难当，甚至自卑起来。这么一座普普通通的山，一个平平常常的洞，竟然承载起如此浩大的使命与担当，隐藏着如此浩瀚的奇崛与响亮，这是我从来没有想到过，也从来不曾想象过的。一个手无寸铁的文弱书生，用一双脚、一只船、几辆牛车赢过了一场烽火，一位皇帝，一个王朝。也许，他这一辈子，只赢过这一天，但却胜过千年万年。他是自己的祖先，也是自己的后人，他设计了自己的将来，也继承了自己的过去，一派斯文，一派静气，胜过所有的孔武暴戾，这或许就是文化与文明的力量。而我，生于斯，长于斯，长久以来，多半沉湎于自己那些微小而确切的幸与不幸之中，竟然不曾好好地端详隐于世外的这座山、这个洞，实在是不应该的。

余霞铺洒在白河西溪上，几只渔船正在橙黄橘红的粼粼水波上悠然橹行。乌宿村边隐约传来老妇呼唤孙儿孙女回家吃晚饭的声音。我回头望望这座山，又低头看看自己，并不高的山，缓缓地高起来，而我自己，慢慢地矮下去。

## 二

二西山与岳麓山，原本并无丝毫瓜葛，更谈不上什么联系。只是因为我，从二西山出发去岳麓山，于是，二西山成为起点，岳麓山自然就是终点。起点与终点，自然就有了联系。

我知道，岳麓山的名望远远大过二西山。这也正常，人生在路上，走得太远太久，人们往往容易忘记当初为什么出发，而只是炯炯有神地关注将要到达的终点。很多时候，其实，也没有绝对的起点与终点。每一个起点都是终点，每一个终点，必将是下一次出发的起点。

岳麓山，与二西山一样，并不高大巍然，因其一面青山一面城而谓之“麓山巍巍，湘水泱泱”，其地，东瞰滔滔湘流，西临茫茫原野，南接衡岳，北望洞庭。据南北朝刘宋时《南岳记》载：“南岳周围八百里，回雁为首，岳麓为足。”故名岳麓。

吸引我去岳麓山的，当推“朱张会讲”。我知道，“朱张会讲”与“鹅湖之会”是南宋儒学史上的两件盛事。既然，朱熹可以在南宋孝宗乾道三年（1167 年），千里迢迢从福建崇安启程，抵达长沙，我为什么不可以从二西山出发，晕乎三百余里路程，去探赜索隐一下先贤大儒当年的对话？

夏日午后，当我汗流浃背徒步踽行至满目葱茏的岳麓山下，尚未来得及揩拭汗水，一处有点怪异的凉亭撞入我的眼帘。我心生疑惑，如此负有盛名的岳麓山，一个凉亭怎么如此静小而卑微，寒酸且简陋？似乎，有点不可思议。及至细看，猛地一惊：自卑亭。何所闻而来？何所见而去？在二西山原本有些自卑的心理，瞬间再次被击中。待细查，竟惊出了一身冷汗。原来，此亭最早于清康熙二十七年（1688 年），由长沙郡丞赵宁所建，得名于《礼记·中庸》：“君子之道，譬如行远，必自迩；譬如登高，必自卑。”其意为：欲修成君子的人格，犹如行万里路，必从近处开始；犹如登千尺山，必从低处开始。亦即志存高远者，必从小事做起。山长欧阳正焕曾撰《重修自卑亭记》，对亭名的原意进行了引申：“深造自得之境……如循绝磴，毋废半途；如陟层峦，毋阻一涧。卑之既尽，高不可逾矣。则所谓下学而上达，岂外是哉！”欧阳正焕以此强调品德的修养、学业的精进，是一个循序渐进的过程，将攀登自然的高峰与学业的云端联系起来。“卑之既尽，高不可逾矣！”

一个小小的亭子，寓意了一种远与近、大与小、高与低的辩证关系。在儒家思想中，欲治国平天下，须从个人的修身正心开始，并落实到日常的生活细节中，所谓圣人自小节出，与此竟是一脉贯通。再细查，古时从岳麓山脚自卑亭开始直到山顶，尚依次建有道中庸亭、极高明亭、赫曦台，寓示从低处开始，要先有自卑之心，然后有所明了，有所见地，直至见到学问的曙光。如今，其他三座亭台早已灰飞烟灭、杳无踪迹，今天的赫曦台也早已不是原来的赫曦台。唯有自卑亭仍然坚忍顽强地坐落一隅，显示出一种超乎寻常的静小而卑微的强大。是世事沧桑，只剩下“自卑”了吗？是中国人失去自信力了吗？或者是不敢面对中国原有的思想文化？或者是那些儒家中更高境界的“中庸”“高明”思想被凭空截取了？看来，一些事物，还是无须注解，不加猜测，不试图评论为好，否则，要么不自量力，要么自寻烦恼。

恰恰这一年，1688年，是不同凡响的一年。美国历史学家韦尔斯在《1688年的全球史：一个非凡年代里的中国与世界》中写道：康熙在紫禁城统治着大清帝国，彼得大帝建立了行将改变俄罗斯乃至称霸欧洲的政权，路易十四在辉煌的凡尔赛宫展示着法国的国力，英国发生光荣革命，斯图亚特王朝倾覆了。书中还专门提及这一年的牛顿、洛克、莱布尼茨在做着什么。站在“现代”门槛的世界图景面前，那时的中国正处康乾盛世，岳麓书院无论规模还是学术，进入了一个新的辉煌期。这一年，长沙郡丞赵宁受湖南巡抚丁思孔委托，在已启动两年的岳麓书院大修中，增建了御书楼、文昌阁等一批建筑，其中就包括自卑亭。

我忽然想到，“自卑”，其实没有什么不好。它其实更是一种崛起的精神。虚怀若谷是一种自卑；“一室之不扫，何以扫天下”是一种自卑；“从小事做起，绝不好高骛远”是一种自卑；“经世致用，格物致知”同样是一种自卑。这样的一种

“自卑精神”，其所昭示的，恰恰是一种内敛隽永，一种臻境修为，一种内在自信，一种高妙风范。面对一座座崇高的精神与文化之山，又如何能不望麓而自卑，望西而自惭？这样想时，登临二西山的自卑与困惑感，突然间在岳麓山找到了答案。

岳麓书院是岳麓山的灵魂。当庭高悬的“惟楚有材，于斯为盛”，既豪迈雄浑，又含蕴温润。驻足流连在讲堂与御书楼，那两把留有历史余温的座椅上，我似乎看到了“朱张会讲”的洪荒往事。“院以山名，山因院盛，千年学府传千古；人因道立，道以人传，一代风流直到今”。南宋孝宗乾道三年（1167 年），应岳麓书院山长张栻之邀，朱熹从福建崇安启程，抵达长沙。这一年，朱熹三十八岁，张栻三十五岁。两人正值风华正茂，却都已经是名满天下的理学大师。

张栻，系湖湘学派创始人胡宏的得意门生，是胡宏之后湖湘学派的代表。朱熹是继孔子之后的又一位文化巨人。朱熹和张栻实际上同出一门。因为周敦颐有两个著名的学生程颐和程颢，杨时是程颢的弟子。张栻的老师胡安国，是杨时的弟子；朱熹的老师李侗，也是杨时的学生。如此说来，则可以明白无误地探寻到“濂溪一脉”的含义。因为朱和张的师公同是杨时，都源自周敦颐的门下。门联“吾道南来，原是濂溪一脉，大江东去，无非湘水余波”，虽然跟“惟楚有材，于斯为盛”一样，有些豪迈，也有些狂妄，却也很有几分渊源和道理，道出了湘人的一种文化自豪。

“朱张会讲”时，两人的思想体系已经构建，但尚未完全定型。这次岳麓会讲，“举凡天地之精深，圣言之奥妙，德业之进修，莫不悉其渊源，而一归于正大”。尤其是对“中和”“太极”“仁”等理学中的一系列重要概念进行了深入探讨。他们常常“论《中庸》之义，三日夜而不能合”。听课的学生不计其数，以至于马匹把大门外池塘的水都喝光，留下“饮马池”的美谈。这是一次真正的绝世高手的过招，仅凭只言片语，便触发风云涌动。

《宋书》载：“(张栻)既见朱熹，相与博约，又大进焉。”而朱熹在张栻“未发是性，已发是心”的启发下，获得中和旧悟。对此，朱熹说：“盖通天下只是一个天机活物，流行发用，无间容息。据其已发者而指其未发者，则已发者人心，而凡未发者皆其性也……向非老兄抽关启键，直发其私，诲谕谆谆，不以愚昧而舍置之，何以得此？”朱熹由衷赞赏张栻：“钦夫之学所以超脱自在，见得分明，不为言句所桎梏，只为合下入处亲切。今日说话虽未能绝无渗漏，终是本领是当，非吾辈所及。”后来朱熹在一首诗中写道：“忆昔秋风里，寻盟湘水傍。胜游朝挽袂，妙语夜联床。别去多遗恨，归来识大方。惟应微密处，犹欲细商量。”真可谓：“烟云渺变化，宇宙穷高深；怀古壮士志，忧时君子心。”朱熹除了同张栻会讲，还应邀到湘江对面的城南书院讲学。张栻常常陪同朱熹横渡湘江，那个渡口，被当地人易名为“朱张渡”，成为最具文化意蕴的千古津渡。

淳熙七年(1180年)二月，四十八岁的张栻英年早逝。朱熹接到讣告，罢宴恸哭：“钦夫竞不起疾，极可痛伤。荆州之讣，前书想已奉阅。两月来，每一念及之，辄为之泫然。钦夫之逝，忽忽半载，每一念之，未尝不酸噎。”足见二者如俞伯牙、钟子期高山流水般厚谊深情。

“朱张会讲”所倡导与践行的自由讲学、互相讨论、求同存异的治学方式，给岳麓书院缔造了一座巨大的“道南正脉”的文化殿堂，此后，元朝刘必大、刘安仁、吴澄，明代陈钢、杨茂元、王守仁、张元忭、邹元标、吴道行，清代车万育、李文炤、王文清、罗典、欧阳厚均、王先谦，这些大儒先后在此主持讲席，使这所千年庭院，焕发出强烈的文化吸引力、教育熔铸力和思想创造力，四方学生接踵而至，致使岳麓书院名扬天下。这里走出过王夫之、魏源、曾国藩、左宗棠、郭嵩焘、谭嗣同、梁启超、黄遵宪、陶澍、蔡锷、陈天华、黄兴、沈荩、杨昌济、程潜、毛泽东、蔡和森……他们从这里直接走进了皇皇史册，成为影响和改变中国历史与民族命运的人。

相对于岳麓山，书院是小的。相对于文津道岸，书院是大的。“山鬼迷春竹，湘娥倚暮花。湖南清绝地，万古一长嗟。”千年以前，杜甫曾惊叹唏嘘湘楚山水和文化的神奇瑰丽。千年后，我独自站在书院，站在这座山上，在斯文一派中，默默领略湖湘人的独特霸气、豪气和傲气——“极目楚天，无湖湘人难舒。当惊世界，因湖湘人而殊。”这是一种谦恭笃实的“自卑”精神，一种“虽九死其犹未悔”上下求索的力量。想一想，我该远远地，静静地，纯纯地，悄悄地，将自己好好地回望、憬悟。

蓝涧。石濑。闻所闻而来，见所见而去。也许是与岳麓山有缘，多年后，我在湖南师范大学求学，在这座文脉深重的山下，一待就是四年。柳塘烟晓里，我承受着美妙无比的痛苦；桃花烘霞中，晾晒独立自尊的姿态；走过寂静无声的桐荫别径，嗅过清贵十足的风荷晚香，听过风情楚楚的曲涧鸣泉，当然，少不了，也会在某个比傍晚还晚的时候，碧沼观鱼，花墩坐月，待到竹林冬翠时，安之若素地拈断一些尘世的经纬，直奔人生诸多的要义。

从二西山到岳麓山，从起点到终点，一山一水，一草一木，一墙一瓦，无论是陋巷荒陌的宏谋远图也好，还是“直上云麓三千丈，来看长沙百万家”的经世致用也罢，我唯一能做的，也应该能做的，就是聆听先贤对话，接受洗礼，在一处参差错落的伟岸基因里，得到心灵的小憩，并感慨“年华供转徙，眼界得清新”，于是乎，无序的晦暗中，哄传遐迩新妍鲜润的光芒，结草衔环回报生生不息的万物丛生，轻倚轩窗，附耳倾听一个不念过去、不畏将来的自己。

更多的时候，我只想吹吹二西山的山风，淋一场岳麓山的山雨，然后，与造物同体，与天地并生，逍遥浮世，与道俱成。山风轻柔、烟雨撩人，适合偶遇的此时彼地，与源远流长的雄奇壮美无关，只与浓烈得近乎淡泊的肃穆静雅相连。

想来，大抵真是如此。

# 寻找芸庐

## 一

芸庐，离我很近，我寻它不见，却已是整整二十年。

曾经，这幢赫赫有名的房子，处在城中一个略微凸出的山角上，狭长如一条带子，屋前随地势划出一个三角形的院落，用矮矮的黄土墙围定，墙隅屋角都种有枝叶细弱的紫竹和杂果野花，院中近屋檐前，有一排髹绿的花架，架上陶盆中山茶花盛开，如一球球火焰。院当中有三个砖砌的方形花坛，花坛中有一丛天竺葵和两树红梅花，房子是两所黄土色新式楼房，并排作一字形，楼下有一道宽阔的过道相接，楼上有一道同样宽阔的走廊，廊子上可俯瞰全城屋瓦，远望绕城长河和河中船只上下。屋前附近是三个橘园，绿树成行，并种有葱韭菜蔬。橘树尽头教堂背后，有几株老皂角树，日常有孤独老鹰和牛屎八哥群鸟栖息，各不相犯，向阳取暖，呼鸣欢吵。廊子上由早到晚，还可接受冬日的太阳光……门前有株大青树，在对河码头上只需抬一抬头就可见那房子，两个大院子中还有好多花木。

这就是沈从文先生在沅陵的故居——芸庐。

1933 年，沈从文为将母亲从凤凰老家接来养老，由他出资，大哥沈云麓负责，在沅陵城北天宁山高地一隅修筑了“芸庐”。修建前期，沈云麓曾去信在北平的沈从文，索要建筑书，沈从文认为建筑书没必要，让大哥到上海看看新潮摆设，到北平看看旧摆设，就可以了。相信经过大哥之手建造的芸庐，必然“美丽动人”。后来，沈从文先生在《芸庐纪事》中说道：“他自己认为最得意的事情，却是六年前有一次用同一作风跑到青岛去……到家里时却从一大堆记忆印象中掏摸出一个楼房的印象来。三个月就自己设计，自己监工，且小部分还自己动手调灰垒石。在原有小楼房旁边的空地上造成了座半中半西的楼房……”文中的“他”即沈先生的大哥，人称“大先生”，那座非中非西的楼房便是“芸庐”。

我出生在离这幢“黄房子”并不远的一个小镇，很长一段时间，风里雨里讨生活的人们，并没有告诉我这座房子的存在。或许，即便告诉了，我也并不认为这栋房子会比我家的老屋来得高明。老屋院子里，有我更喜欢的棕榈、芭蕉、蝴蝶与蚂蚁，有我马尾小辫甩来甩去，阳光洒落一地的欢乐与嬉戏。直到我读了中学，读了沈从文，品了林徽因，吹了大唐的风，淋了宋时的雨，晒了南渡北归的暖阳，我才知道，美丽总是愁人的，这幢房子，曾经承载着先生一颗多么敏感而孤独的愿心，一种对未来命运的预感和担忧，一种对故土命运的思索和烛照。

只是，当我明白时，先生早已不在，芸庐也不在了。

## 二

这座不大不小的山城，静卧在沅水与酉水的交汇处，白墙黑瓦间照例高耸着一些高大的建筑，散发出车水马龙的现代气息。宽大的绕城长河如绸如镜，环出让每个日子都能看见的欢喜，蜿蜒东去。水中汀洲（河涨洲）与南北两岸香炉山、常安山顶上，三座颇为别致的白塔遥相呼应，散发出踮起脚尖四处张望的微光，佑护着这座曾经不可一世的千年古城。

现在眼见的只能是新城，老城随着五强溪水电站的修筑，大部分街巷沉入水底，只剩下高处为数不多的几条尾巷。小巷依山势拐角斜延，院墙、门楣多失去往昔的威仪，斑驳陆离中透出几分荣光尽失的苟且。间或翘檐瓦屋间，斜长着几株高大的紫檀、皂角或椿树，显出不可妄自菲薄的纪年。细白黄碎的枇杷花开得正盛，笨得有些玲珑的爬山虎四处延伸深浅不一的绿。庭院门扉多半上了老锁，低而矮的墙头，偶尔会蹿出几枝黄蕊蕊的蜡梅，伴着几丛篁竹，摇曳出时光渡中的几曲长歌，给错落有致的黑色瓦屋平添了些许流年未央的老味。

很多次，撇开现代与时尚的新城，我在近乎成为遗迹的古街老巷中逡巡，试图找出那栋别具一格的“黄房子”。

从居住的桃花岭下山，沿着飞霞巷，穿过小营门，再走一截滨江道，来到尤家巷龙头井边，看一眼那龙嘴里常年涎出的甘泉。龙头井边有两棵老树，一株是皮树，另一株应是檀木，并不蓬勃，却有些古意。顺井边一条小巷爬上去，是一片黑瓦残垣的居住区，统称伍家坪。伍家坪在马路巷的高处，这里是抗战时期湖南临时省会众多机关的集聚地。从民国国画大师张一尊故居往上再行百十步，有一口废弃的老井，井沿溜滑，内壁荒生了诸多深翠的蕨叶与细草。俯身凝望，井水浊旺，映了圆天，白晃晃的，小蝌蚪稍一摆尾，井中一片乱象，混沌了不大不小的一块天地。井台覆了略带赭褐的石板，一堵土褐色石砌的院墙上乱草横披，给人莫名的恓惶感。这就是“芸庐”仅存的一点遗痕了。这口“芸庐”的古井，当时供着沈从文先生一家人及周围数十户人家做饭、洗菜和饮水。沅陵一中退休教师赵儒贵曾在“芸庐”住过一小段时日，他告诉我说，那时，井前有棵大树，树下井口清幽，修砌得很精美，有石盆、石凳、石棚。井水清冽甜口，后来，随着城市发展与下水道开挖，井水都被污染了，真是可惜得很。

我长久地伫立井边，不禁有些悲凉，甚至痛苦。我一直苦苦寻觅的“芸庐”，竟是这般模样。我想起法国南部那个叫阿尔的小镇，那座同样只有两层楼高的黄房子。因为凡·高不朽的光芒，那里成为世界上最高的建筑，让每一位身临其境的人，除了仰视，还是仰视。而我身边这栋旷世的黄房子，并不沉于水底，而是在上世纪90年代初，百年学府沅陵一中因为要修建教师宿舍楼，一些人趁着月黑风高，一夜之间，将它悉数拆毁。后来，很多的日子，我对那栋教师宿舍楼都充满了敌意，虽然，我自己也是教师，但我终是不明白，那么多地方，修教师宿舍楼为什么要占用沈从文先生的芸庐？沅陵作为湖南版图面积最大的县，为什么就容不下先生一个既小又大的芸庐？！怪不得，先生曾说：沅陵，是个美得令人心痛的地方！难道真的是，一语成谶？

## 三

清晨的薄雾渐次散去，远山的脊线蘸了些许柔软的霞光，整个轮廓显得温和婉约。浅滩白浪处，江声、吆喝声和船桨的咿呀声不时隐约传来，仿佛可以浮了整座城池，融了或长或短的心事。

我眼前似乎浮现出十五岁的先生，投身行伍，第一次到达沅陵时，看见那个很满意的河街，满街使人惊心动魄的各色小铺子，卖船缆罾网的，卖棉麻油纸香火的，卖柴火桐油针头线脑的，硬木琢成的活车，小鱼篓、小刀、火镰、烟嘴，满地都是有趣味的物件。使得因幼时痼疾而身材消瘦的他，每次总去蹲到那里看个半天，如同绅士守在古董旁边一样恋恋不舍。

我似乎又看见人到中年的先生，于1934年，忧心忡忡急于还乡探望病重的母亲，再次经过沅陵时，目睹故乡的诸多人事，黑暗河面起了缥缈快乐的橹歌，河中心一只商船正想靠码头停泊，歌声在黑暗中流动。先生从歌声里俨然彻悟了什么，明白“我不应当翻阅历史，温习历史”，在悠长的历史面前，谁人又能够不感到惆怅？

一些隐忧在内心潜滋暗长，有点忧郁，有点寂寞，有点惆怅。

时隔四年，迫于形势，被逼南下的沈从文先生再次经过沅陵。这时，沅陵的新居“芸庐”已经落成。凡到过沅陵的人，在好奇心失望后，依然可从自然风物的秀美上得到补偿。由沅陵南岸看北岸山城，房屋接瓦连椽，较高处露出雉堞，沿山围绕，丛树点缀其间，风光入眼，实不俗气。大河上下，到处可以看到“满船烟草的秀山佬，载满水果的安江佬，贩运药材的铜仁佬，在码头停靠着即将满载而归。装满桐油的北河佬，板栗满仓的鳅鱼头，木炭成山的炭舶子，抽着旱烟的排古佬，穿着草鞋的纤夫，那长满老茧背码头的……”熙熙攘攘地，过街、穿巷、走船。

不止一次，在芸庐井边，我想象着，当初先生和他大哥一起弯腰打水的样子，也想象着先生的弟弟沈荃喝着这口井的水在家养伤的情形，还有“大先生”在这口井里汲泉煮水，给梁思成、林徽因夫妇一起泡了茶喝，当然，还有沈从文用这水煮了一锅狗肉款待闻一多，让那个雪天充满了围炉夜话的馨香。还有，当时的湘西王陈渠珍及众多政要来到芸庐，喝着这泉水，来聆听沈从文先生风尘仆仆从北平辗转回沅陵的见闻及对抗战形势的分析。

在芸庐，沈从文大哥沈云麓整天忙碌着。身材瘦弱，脸庞永远有点肮肮脏脏的，狭削的脸颊上嵌了一双红丝锁边的小眼睛，眼睛上套了一副黑胶边老凹光眼镜，看人时总迷迷糊糊……若是一个外来人，在山城中石板做成的一道长街上，为一个矮小、瘦弱，眼睛又不明，听觉又不聪，走路时匆匆忙忙，说话时结结巴巴，那么一个平常人引起好奇心。说不定他那时正在大街头为人排难解纷……这个矮小瘦弱的人物，虽出身世代武人的家庭中，因无力量征服他人，失去了做军人的资格。可是那点有遗传性的军人气概，却征服了他自己，统治自己，改造自己，成为县城内一个顶可爱的人。他的名字叫作“大先生”，或“大大”，一个古怪到家的称呼。商人、妓女、屠户、教会中的牧师和医生，都这样称呼他。到沅陵去的人，应当认识认识这位大先生。沈从文与大哥感情极深极好，称他“是最有人性的一个十九世纪人”。沈从文和他大哥通了一辈子的信，晚年还对大哥深情地说：“希望你依旧是我的一个读者，因为这世界真的懂我写作发展过程，只要一个人有发言权，即你。”

在芸庐，六弟沈荃在这儿养着伤。一个年纪轻轻的男子，身材虽十分壮美，脸色却白白的，显得血色不足……或对整个晒在冬阳下的城中瓦屋默想，或只是静听清晨湿雾中的老鹰和画眉鸟鸣叫……你们成天看报，不是都知道沪杭路上有一个兴登堡防线吗？他就是在那道防线打仗的一个军官。他是个团长，有一千五百人归他指挥……到后来，一千五百名士兵和所有下级军官伤亡殆尽了，只剩下一百二十个人，掩护友军撤退后，才突围冲出，他腰腿受了重伤，回到后方来调养，年纪还只大你们几岁，骑马打枪，样样在行，极有意思的，这是你们做人的榜样！

在芸庐，梁思成、林徽因夫妇南渡昆明时在这儿做客。1937 年 12 月 9 日，林徽因一家抵达沅陵，在领略了“清秀的水与错落的山”后，从山脚拾级而上，去到沈从文的家。“风景越来越妙，有时候颇疑心有翠翠的这种人物在，沅陵城也极好玩，我爱极了……（芸庐）非常别致有雅趣，原来你一家子都是有敏感的有精致爱好的……”

如今，我只能站在井边，空留一地的遐想，隐隐生出几分痛楚。

## 四

不仅仅如此，许多年过去，沈从文先生所喜欢的那个河滩也没了：“我欢喜辰州那个河滩，不管水落水涨，每天总有个时节在那河滩上散步。那地方上水船下水船虽那么多，由一个内行眼中看来，就不会有两只相同的船。我尤其喜欢那些从辰溪一带载运货物下来的高腹昂头‘广舶子’，一来总斜斜的孤独的搁在河滩黄泥里，小水手从船舱里搬取南瓜，茄子，或成束的生麻，黑色放光的圆瓮。那船只在暗褐色的尾梢上，常常晾得有妇人褪了色的朱红裤褂，背景是黄色或浅碧色一派清波。一切都那么和谐，那么愁人。”

还有那些小小水村边母鸡生蛋的声音，人们隔河呼喊过渡的声音，也没了。

我清楚地记得先生曾说：“我坐在后舱口稀薄日光下，向着河流清算我对于这条河水这个地方的一切旧账。原来我离开了这个地方已十六年。想起这一堆倏然而来飘然而逝的日子，想起这堆日子中所有人事的变迁，我轻轻的叹息了好些次……望着汤汤的流水，我心中好像忽然彻悟了一点人生，同时又好像从这条河上，新得到了一点智慧。的的确确，这河水过去给我的是‘知识’，如今给我的却是‘智慧’。山头一抹淡淡的午后阳光感动我，水底各色圆如棋子的石头也感动我。我心中似乎毫无渣滓，透明烛照，对面前万象百物，对拉船人和小小船只，一切都那么爱着，十分温暖的爱着……”

先生还说：“美丽总是愁人的，当时我或者很快乐，却用的是发愁字样。但事实上每每见到这种光景，我必然默默的注视许久。我要人同我说一句话，我要一个最熟的人，来同我讨论这种光景……”

半个世纪后，我是否还能遇见那个可以与先生说上一句或半句话的人？先生一辈子“不折不从，亦慈亦让”；一辈子希望“照我思索，能理解我”；一辈子“只想造一座希腊小庙，选山地作基础，用坚硬石头堆砌它，精致、结实、匀称、形体虽小而不纤巧，是我理想的建筑，这神庙供奉的是人性”。而芸庐，何曾又不是先生常年漂泊欲以随时可以靠岸的一个渡口，一个可以抚慰诸多人生庄严与透彻的一座小庙？然而，世事微茫，这样一位温和而暮年的先生，似乎爱哭：孙女在学校被顽童欺负，他哭了；老友穆旦逝世，他泣不成声；回乡听傩堂戏，泪湿衣襟。一次，先生在接受一名女记者采访时说：“那个时候，我每天的工作是扫厕所。我做得很好，尤其是女厕所，总扫得特别干净。”那位女记者感动了，走过去捧着先生的手动情地说：“先生，真委屈您了。”先生闻听此言，忽然号啕大哭，哭得像个孩子。事实上，面对诸多的劫难，先生没有理由不愤怒，也没有理由去温和。可是，先生什么也不说，什么也用不着说，什么也不能说，只能将所有的不公与际遇化作一场撕人肺腑的大哭。

除此，他还能对这个世界说什么？这个世界还需要对他说什么？

过去不知道的，现在知道了；过去不明白的，现在明白了。我望着水井，望着老墙，望着那栋教师宿舍，望着不复存在的芸庐，望着余光中有点儿薄薄的凄凉，看着一只从水边起飞的白鸟，停止了清新而忧郁的歌唱，我似乎找到了“芸庐”，又似乎什么也没有找到，恰如先生的“边城”：也许永远不回来了，也许明天就回来。

远处的水，清清静静，温温和和，明明亮亮。水面依稀浮出先生笔下的那些渡口与白塔，那些强盗、水手、妓女、市井之徒和美丽的萧萧与翠翠……不多时，黄昏已来，河面照例极安静，但见隔河远山野火正在燃烧，一片红光，忽而展宽拉长，忽而又完全熄灭，毫无所见。微尘很远，世事很近。野火业已燃烧了多日，只因距离太远，荒山太多，白日里注意到它时，不过一点白烟罢了……

# 龙兴讲寺的月光

一个人走在回家的路上，月光如水，明亮如镜。

最近教学苏轼的《记承天寺夜游》：“庭下如积水空明，水中藻、荇交横，盖竹柏影也。”和学生们一起感叹月光的皎洁与超然物外，慕羡苏轼与张怀民这样的挚友庭院赏月，流水知音。于是也想着做一回闲人，举着一头月光，沿着施家小巷独自前行，没有雅趣盎然的欣喜，我只是想去看一看，龙兴讲寺的月光，朗照在高阁、碧瓦、飞甍上的月光，在今晚，是一种怎样的感觉。

沿着小巷，顺着红墙往下，小心翼翼地行走。一溜的黑瓦、白檐、红墙在眼前晃，瓦楞上几茎不知名的草抖擞着细小的轮廓，隐约看见墙内高大的建筑，重重叠叠，依山随势，庄严而又肃穆。月光疏朗，清亮如水，倾泻在那些飞檐斗拱的暗红建筑物上，既安静又慈和，仿佛笼罩了一层佛光。我心里连连惊喜着，白天的感觉和晚上全然不一样。墙内和墙外的感觉，也全然不同。

其实，近在家门口的风景，有一大把的时间可以去看。况且，龙兴讲寺晚上是不开放的，一把铁锁拉开了现实与想象的距离。很多时候，我们也只能是生活的门外客，出不来，也进不去。

我徘徊在广场的月色里，毫无纤尘的江天一色，皎皎空中，一孤月轮朗照。看一河苍茫的大水，从我眼前不知疲惫地流去。至于它最终流去何处，我却毫不在意，也左右不了，但我在意眼前的月光，在意当下的心情。在此之前，我来过，在此之后，我依然还会来，人生代代无穷已，江月年年望相似。

平日里，我和女儿常来河边散步，坐在广场的码头边，看水、看山、看云，这里有一片开阔的水域，是沅江和酉水合流后的开阔与浑雄。对岸是南岸的李子园、老瓦溪，再远一点，就是窑头，楚秦黔中郡遗址。水边有大型的沙石场，机器轰鸣，繁忙喧闹，沙石堆积如山。越过马路，龙兴讲寺安静在自己的世界里，一静一闹，鲜明地对峙着。女儿对玩沙石特别感兴趣，她在这些沙堆里匍匐、翻滚、滑沙、打漂漂岩，消磨着一个又一个周末的午后。秋风里，女儿如一只快乐的丁丁雀儿，在落满银杏叶的龙兴广场上，翩然起舞。玩得累了，她就坐在草坡上，睁着大大的眼睛，看着神秘而肃穆的龙兴讲寺的牌楼，然后悄悄问我："妈妈，那扇红色的门里面都有些什么呢？"

关于龙兴讲寺的历史渊源，我该对女儿讲述怎样的故事呢？女儿还小，她并不知道，眼前的龙兴讲寺，早在唐朝的时候就修建了；她更不会知道，这座地处偏远湘西的小城，脚下这片厚地高天的土地，一些曾经的辉煌，和一些波澜壮阔的历史，是需要我们默默铭记的。

在我写沅水的一些文字里，提到过龙兴讲寺，提到过红墙边的小巷，但却从来没有写过一篇有关龙兴讲寺的文字。龙兴讲寺太重了，太沉了，历史太久了，我单薄而纤弱的一支笔，描绘不了他深厚的历史，他苍凉的背影，背影的沉默，沉默的叹息。但，他又是沅水流域绕不过去的一个文化制高点。

我所在的小城沅陵，古称辰州，秦时为黔中郡郡治，两千多年来，一直是州府所在地。沅陵处在五座古名山的山麓，有“一城压五山”之说，这五座山分别是：虎溪山、梧桐山、鹤鸣山、天宁山、飞霞山。历代以来，各山都一直分别有其用途：鹤鸣山为县学、府学所在地，用今天的话来说就是“大学城”或“教育中心”；天宁山为比武练兵的校场所在地，用今天的话说就是“体育城”或“体育中心”；飞霞山为府县衙门所在地，用今天的话来说就是“政治中心”。虎溪山和梧桐山自然就是“宗教中心”和“文化中心”。虎溪山与梧桐山默默相望，梧桐山是历代名人雅士聚会吟唱的风景胜地，现在是纪念湘西剿匪的胜利公园。

龙兴讲寺，位于沅陵县城西北的虎溪山麓上，是唐太宗李世民在即位称帝第二年（628 年）下旨修建的，是一座专门用于传授佛学的千年寺院。讲寺之所以用“龙兴”为名，寓帝王之业的兴起。《尚书序》载：“汉室龙兴，开设学校，九五飞龙在天，犹圣人在天子之位，故谓之龙兴也。”由此可见，唐太宗敕建江南讲寺并赐名龙兴，是有其深刻政治含意的，是希望借此通过佛法传播，感化“叛服无常”的西南群蛮，实现教化一方、稳定一方的目的。

真正踏进龙兴讲寺的大门，我仅有过三次，也许这还远远不够。多年前的一个夏天，走进龙兴讲寺时，曲径通幽处，禅房花木深。鸣蝉在高大的古树上放声叫着，本来幽静的寺院，越发地空寂。我的一位老师，从岳麓书院出发，沿途奔波三百多公里，专程慕名来访龙兴讲寺。我这个本地人，是理所当然的导游，也是人生第一次走进神秘的龙兴讲寺。

进了大门，由头山门到过殿，漫长的台阶，三十八级台阶，又过二十八级，终于到了二山门，走过“旛盖云丛”，走过古老的牌坊，走过雕花的彩绘木门，大雄宝殿在眼前了。大雄宝殿是龙兴讲寺最主要的建筑物，大殿正面高照一块大匾，上书“眼前佛国”四字，为明礼部尚书董其昌的字迹。据传，这是董其昌往滇巡视路过沅陵时，患了眼疾，得寺内僧人施治，很快痊愈，于是为讲寺写下了这块匾额相赠。大雄宝殿雄伟壮观，为重檐歇山式屋顶，高阔的大殿居然无一钉一铆，全木结构，大殿八根楠木内柱，直径八十多厘米，石础为覆佃莲花状，系唐代建筑遗存。大雄宝殿正中间的镂空石刻讲经莲花座，玲珑剔透，甚是精美，相传为明代所制，为国内罕见之物。

过了大雄宝殿，后面是一个四合院式建筑。左右分别是弥陀阁、旃檀阁，正前方坐北朝南是观音阁，这些建筑都是明清时期的风格。绕过观音阁左边的石门，往上便是笔直的石阶，抬头可见“青云直上”牌楼高耸云天。过了“青云直上”，龙兴讲寺建筑群算是游览完了。

有必要说一说虎溪书院。一代“心学”宗师王阳明自龙场谪归经过沅陵，特地接受辰州学子之邀，在龙兴讲寺内讲授心学。虎溪书院是明朝的建筑，先是王阳明讲学的地方，后由其学生筑虎溪精舍，后又改为虎溪书院。王阳明造访龙兴讲寺时结识了龙兴讲寺以前的住持惠休大师。后途经辰州再次来到龙兴讲寺，遗憾的是惠休大师已经仙逝。访友不着，失落之余怅然留下一首诗：“杖藜一过虎溪头，何处僧房是惠休？云起峰间沉阁影，林疏地底见江流。烟花日暖犹含雨，鸥鹭春闲自满洲。好景同游不同赏，诗篇还为故人留。”

据说，龙兴讲寺比岳麓书院早建三百四十五年，三百四十五年呢！那可以是一个朝代的轮回，足以影响一个时代的文脉。虎溪书院比龙兴讲寺晚了三个朝代，比岳麓书院晚了两个朝代，虎溪书院在规模和学术影响上无法与岳麓书院相提并论，现如今，业已荒着，存放着元代干尸等物件，门庭稀落，唯给人恐惧之感，就更加没有理由和“道南正脉”的岳麓书院相提并论了。

又一个秋日的午后，再一次走进龙兴讲寺。天高云淡，甚是晴朗。一个摄影朋友背着相机来龙兴讲寺采风拍照，他在拍一些古刹大殿的镜头之后，连连称叹。台阶上、园子里、廊桥上、古戏台、亭子边，红漆的大柱，雕花的门窗，圆形的拱门，有古寺牌坊，飞檐斗拱做背景，怎么拍都好看，都流露出古朴的艺术气息。在龙兴讲寺里，同时观赏到唐、明、清几个时期的建筑和装饰雕花风格，可谓不虚此行。朋友沉浸在照片的构图、光感、画面的细节处理里，一个典型的摄影发烧友。我对摄影技巧没什么心得体会，只是站在一旁，对着那些高大而寂然的建筑群，默默地发呆。

朋友亦喜爱书法，对“眼前佛国”四字颇为赞赏。殊不知，明朝礼部尚书董其昌不仅是朝廷高官，也是当时的书法大家，他的墨迹保留至今，令许多游人，特别是书法爱好者流连忘返。虎溪书院牌楼上“青云直上”四个遒劲有力的字，是沅陵本土已故书法大师娄千里的墨宝。

第三次走进龙兴讲寺，大雄宝殿正在修缮一新。这天是中秋之行，如果是在月夜，几个文化人聚集喝茶，举杯邀月，自然应该会有不少灵感即兴而出。然而，那天是上午，阳光甚好，木樨花隐隐地香着，鸟雀在林间上下飞窜，朱红的油漆，散发淡淡的味道，间夹着从历史深处飘来的气息。院子里并没有其他游人，出奇地安静。中秋了，人们都忙着佳节倍思亲。那一天，几位老师都有意无意地回避谈论历史文化，情绪仿佛受着某种影响，展不开，或者不愿展开。走得累了，他们围坐在观音阁前的石头凳子小憩，大口大口地抽烟，烟雾缭绕中，一张张深陷迷茫的脸，心底一片寂然。面对式微的文化现状，面对大唐千年佛学院的前世与今生，除了悄悄地来，安静地走，实在是不应该热闹，或者热闹不起来。出了这扇厚厚的木门，我们都得返回在红尘里世俗而微小的生活现场，各自戴着面具，容不下矫情而空洞的抒怀。那一晚，广场的月光格外地皎洁，也似乎格外凄冷，和我此时看见的月光一模一样，浑圆，皎洁，如水，一如我心底的祝福。

女儿会渐渐长大，对家乡的山水风物应该有自己的热爱，我该和女儿讲讲龙兴讲寺了。第四次跨进龙兴讲寺那扇厚厚的门，我一定是带着女儿的，尽管贞观之治的那场雪一直下到了现在，尽管龙兴讲寺的故事讲也讲不完。我还得从“眼前佛国”说起，大唐历史这本线装书，凝固在大雄宝殿那个镂空石刻讲经莲花座上，这是个千年的什物，被时光搁在了此地，这是供人追源溯流、谈古说今的历史见证。每一个彩绘木门窗棂格里，都浸渗了大学者王阳明的心学精髓；每一根红漆大柱上，都沾染了朝圣者虔诚的气息。一千三百多年的钟声，敲醒了皈依佛性的蛮夷之地，唐太宗亲自诏书“敕建龙兴讲寺”的石牌坊如今仍屹立在山门上。大唐贞观之治恩威布施，以“仁治”代替“武治”，羌笛何须怨杨柳，春风也度玉门关。

夜深了，一个人安静在码头边，一个渡口，一只渔船，泊在月光满地的水途。月光还是千年前的那一剪月光，只是洗了白露的霜，于水岸蒹葭苍茫处，慢慢地隐了光芒。我想，这样的月光，妙空长老看见过，董其昌看见过，惠休大师看见过，王阳明也看见过，唐太宗李世民似乎也远远地看过……“江畔何人初见月？江月何年初照人？人生代代无穷已，江月年年望相似。不知江月待何人，但见长江送流水。”耳畔，隐隐地，有流水深处的些微声响，又仿佛听闻到了龙兴讲寺消失殆尽的钟磬音。

# 迷失在黔中古郡

蓝溪最终是汇入沅江的，在一个叫作蓝溪口的地方。

蓝溪口的对面有一座山，不高，却苍翠葱茏，笼罩着某种神秘气息，那是传说中的磨盘山，曾经辉煌至极的楚秦黔中古郡，就坐落在那片波澜壮阔的土地上。

沅水在这座千年古郡旁，拐了很大一个弯。大江流日夜，慷慨歌未央。我想，也许，我该写写旧时光的页码中，那些浩渺如烟尘的历史往事。我总觉得，我前世是来过这里的。也许是在一个深秋寂静的黄昏，也许是在某个星辉闪烁的黎明。我不知道为什么会来这里，这个神秘、古朴、苍凉的地方，是来寻觅，还是前来凭吊？冥冥中，似乎熟悉着这里的山、这里的水、这里的某种气息。如果不是再次查看了一下黔中古郡的历史资料，我真怀疑，眼前这片宁静的村庄，仿佛不惹清愁，貌似世外桃源，历史的烟尘曾经却是那么地恢宏壮阔。

从字面意义理解，沅陵就是沅水之畔高

地。但当地人固执地认为，沅水边上的王陵，才是“沅陵”二字的真实含义。沅陵之名最初出现在汉高祖五年，两千多年来，一直是州府所在地。沅陵县城朝西南方向行数余里，到达太常乡窑头村，这里就是黔中古郡的遗址。《辞海》说：“黔中，古地名，战国时属楚，故城在今湖南省沅陵县西。秦昭王尝使司马错攻略其地，秦时为黔中郡郡治。”《史记·苏秦传》载：“楚黔中郡，其故城在辰州西二十里，皆盘瓠之后也”。《元和郡县志·江南道六》载：“秦黔中郡故郡城在县（沅陵）西二十里”。唐代《括地志》载：“黔中故城在辰州沅陵县西二十里。”据史料载：楚威王后，楚国曾在沅陵设置黔中郡。秦国将领张若率兵攻占楚国黔中郡城后，在楚黔中郡基础上又设了秦黔中郡。秦始皇统一中国后，黔中郡纳入秦朝版图。

一块小小的土地，一段烽火连天的历史。然而，静默的山，灵性的水，“三千里碧水为路，五万峰青山作营”，是完全担当得起这份王者气概的。历史的天空中暗藏着多少神秘，多少传奇，历史又何尝不是一本泛泛而谈的线装古书！近乎荒芜的土地自然不会开口说话，而沉默千年中散发出的远古气息，日复一日地吸引着我，亦步亦趋。

现世的我，终日在喧嚣的小城忙碌着，心有如铜墙铁壁，再也看不到柔软，看不到光的照耀以及美的灵犀。我真希望，自己沉浸在那一场春秋大梦里。梦里，我是通晓琴棋书画、侠骨柔情的黔中郡郡主。循梦归来，借着花木兰的胆识，一身戎装，骑着心爱的骏马，回到自己的故园，见证那段风云变幻的往事。往事背后，有我的争战，我的守护，我的田园，我的牧歌，我的爱恋。梦或者不梦，又有什么必然联系呢？现实中疲惫的我，早与自己的故乡离得远远的，远得像一个失传已久的故事。伫立在楚风四起的古郡渡口，我早已丢失了我梦中的帝国与城池。

月朦胧，鸟亦朦胧。近处的树影点缀着远山模糊的轮廓。行走在黔中古郡阡陌纵横的乡间小道上，就这样一直走着……我终于走失了自己。我不知道自己，到底是楚国的战士，还是秦朝的郡主。这就是那座让我魂牵梦萦的古郡吗？我真的曾经来过吗？陌生的，熟悉的，一切的一切，迷离着，恍惚着。千里之外，千年之后，我依梦循水而来，姗姗来迟，历经一个个王朝的风吹雨打，憔悴瑟缩，蓬头垢面，破旧的丝绸长裙无法衣袂飘飘，紧拽在手心的温玉无法如鸣佩环，一柄锈迹斑斑的铜剑，依然残留了当年无法消散的战火硝烟。是的，我要再次好好地看看，看看我的城池，我的蒹葭，我的篁竹，我的彼岸之花。

从零碎的记忆中，我开始努力搜寻那些逝去的日子，那些藤蔓缠绕的往事。我的思念可以具体到一个河湾、几棵小树、一支箭镞、半壁苍苔。我是熟悉这里的，我常常凝神默想着目光之外那些高远的山头，山头之外的天空之城，遥思笼罩在雾霭中的溪边彼岸花究竟嫣红了没有，大大小小的螃蟹是否爬上了溪岸，山脚下的这条沅水到底从哪里来，又将流向何处……

我是清楚记得的，在一坡野菊花和半围丛林中有一条路，从山前通往江边。那条长长的石阶铺成的下山之路，旖旎过我五彩缤纷的流年。穿行在遮蔽了天空和阳光的树荫下，透过林间迷蒙的雾气，我看见影影绰绰的庭院植满了各种各样的花。我还记得，那里蜿蜒着大大小小长满浮萍与荷花的池塘，微风拂动片片翠绿的蒹葭丛，待到深秋，朵朵如雪的幽絮纷纷扬扬。

斜坡的高处，我的阁楼雕梁画栋，站在朱红的雕花窗前，可以望见远去的帆影，听到互答的渔歌。斜阳声里，大翅长脚的白鹭盘旋而上，密密匝匝，鸟声盈盈。池塘碧绿的水波里，细长的鱼儿调皮嬉戏，清香弥漫的水兰叶，悠然铺开贴水而行。古井边，一株茂密的水柳，枝与叶悄然细语，树下闲卧着的水牛，低头咀嚼午后漫长的寂寞时光……

雨后的日子，我独坐阁楼之上，欣赏这片肥沃的土地铺陈出葱郁的光芒。绿色和金色总在风中和雨里舞蹈。舞蹈中，那个马背上的青年，携带一骑英武俊朗的笑，纵意策马而来。此时此刻，我喜欢亲抚那块温润的玉环，那是一位郡主，一名战士，青梅竹马相守一生的诺言。

起风的日子，静静的树林辽远、恍惚。天空开始轻曼地飘着小雪，雪花落在窗前，落在我丝质的头巾上，亮晶晶地披了一肩。这是他指派上天送给我的礼物吗？那么轻盈，那么洁净，那么地远离了箭镞，远离了硝烟。我闭上眼睛，听见雪花亲吻落叶的声音。那是我十八岁的生命中第一次发现，原来落雪有声，声声含情。

更多的时候，我在牧马岭上学习骑马和剑术，我渴望像他一样驰骋沙场。我无法正视那些风雨飘摇的日子，无法对付那些漫长的被战争困扰的光阴，它们就像无从开始也无法结束的星河，总以一种我无法控制的姿势，让我莫名地惆怅，莫名地忧伤，一天一天，磨损我没有十足把握取胜的坚强。

仿佛没有预兆，没有谋面，欲望的战争打响了。那天，阴风怒号，浊浪排空，日星隐耀，山岳潜形；那天，刀光剑影，金戈铁马，狼烟四起，血染残阳；那天，风萧萧兮易水寒，壮士一去兮不复还。仿佛一夜之间，再见了，我的牧场，我的城池，我的将军，我做了整整十八年的郡主梦想。激流漂荡的沅江水呀，我不得不用美丽的纵身一跃，勾勒出短暂一生中最完美的弧线。

再见了，曾经的单纯，曾经的宁静，曾经的梦想。再见了，曾经的牵念，曾经的忧郁，曾经的向往。不复存焉的一切，远了，空了。唯有悲壮的风，嘶鸣的马，在空旷的废墟里，面对一个王朝的背影，独自哀悼，凄然目送。

……

也许，我走得太久，累了，倦了，该好好地躺倒休息了。可一颗执着的心，却无时无刻不在月影下迂回，迂回。墨绿的林莽，素简的旷野，如斯的江水，漫溯起满满一池的寒意。仰望黔中古郡这块神秘的天空，星光浩然。我不禁想要诘问苍穹，我的花园，我的马场，我的城池，我的一切的一切，都去哪儿了呢？我是谁？谁又是我？我沿着沅水一路向东，向东，从秦朝走到大唐，从大唐走到现在，就这样走走停停，漂泊了两千多年，浪迹时间的无涯。我走过田野、路过村庄、穿过城市，走进繁华，深入荒野，我到过许多许多的朝代。可，哪儿是我的故园，我的家乡？我从哪里来，明天，我又该往哪里去？我一直在寻找，在求解，在验证，顾不得修远的路漫漫，也顾不上生死的两茫茫。两千多年了，青山不变，河流不变，时光仿佛也不变，变化的是，每个人心底的沧海桑田。

可能是，无论千年前的郡主，还是千年后的我，每个人的心里都有故乡情结，都想拥有一座属于自己的城池。人们匆匆行走于尘世间的纵横阡陌，为生活疲于奔命，为名利彼此征战，为信念苦苦追寻。可临到最后，却不知根植于何处，他年双鬓白发又待归向何方。任岁月斑驳了一道又一道流年。一个人，再怎么走远，心底依然供奉着一个梦里回不去的剪不断理还乱的原在，一个众里寻她千百度，蓦然却是无法回首的原乡。

这样想着，想着，我终于醒了，醒在深秋的一剪月光中，醒在山环水绕的黔中古郡的羊肠小道上。从一场横无际涯的春秋大梦里走了出来，我紧了紧身子，打了个寒噤，长长地舒了一口气，捋一捋披肩的长发，收拾好满地落叶的思绪。还好，我还是我，我还能找到回家的渡口，沅水岸边，一只小船，是我来时早就准备好了的归程。

# 西水拖蓝

我居住的地方，亦是西水的终点。

西水奇谲诡幻，令人神往。西水，又称更始河，白河。《汉书·地理志》载："西源山，西水所出，南至沅陵入沅，行千二百里。"蜿蜒曲折的西水，历经崇山峻岭，最终尘埃落定，在沅陵溪子口汇入沅江。溪子口江面，沅、西二水合流处，有水自西洞出，性沉而劲，每到春夏水涨，两江黄浊，独其中一线蓝色，直拖江面，登城遥望，飘若翠带，这就是沅陵极负盛名的"西水拖蓝"。

沅、西两水合流处，南为虎溪山麓，旧有古树十余株，大数十围，高撑云汉，枝干轮囷，烟云盘郁，蔚然深秀，影落江潭，史称"虎溪云树"；北为太常良野平畴，下有一滩涂，名烟包洲，洲形似梭，沅、西二水汇合于梭尖，如飘带，若绢匹，恰似"美女穿梭"；其上三五里，名白田，四山环峙，西水前绕，中间一带烟村，冬日雪霁后，山头积素，与西水银波碧浪上下辉映，形成"白田映雪"，蔚为奇观。

“酉水拖蓝、虎溪云树、美女穿梭、白田映雪”，这些名字，想一想，听一听，就美妙极了。如果有幸得见，我想一定不会辜负。

“千寻百货上边地，万担桐油下洞庭”，早在夏商时期，酉水即有槽船在河中摆渡和进行短途运输，到了秦汉，航道已臻完善。沿河码头商贾云集、店铺林立，串起了大溪、后溪、石堤、里耶、洪安、茶峒、洗车、王村、老司城等一系列有名的集镇，成为上游重庆酉阳和湘西龙山、中游保靖、下游永顺和古丈等地沿岸百姓通往外界的主要通道。

沈从文先生曾如此描绘道：“那条河水便是历史上知名的酉水，新名字叫做白河。白河下游到辰州（今怀化市沅陵县旧称）与沅水汇流后，便略显浑浊，有出山泉水的意思。若溯流而上，则三丈五丈的深潭可清澈见底。深潭中为白日所映照，河底小小白石子，有花纹的玛瑙石子，全看得明明白白。水中游鱼来去，全如浮在空气里，两岸多高山，山中多可以造纸的细竹，长年作深翠颜色，逼人眼目。近水人家多在桃杏花里，春天时只须注意，凡有桃花处必有人家，凡有人家处必可沽酒。夏天则晒晾在日光下耀目的紫花布衣裤，可以作为人家所在的旗帜……正因为处处若有奇迹可以发现，人的劳动的成果，自然的大胆处与精巧处，无一地无一时不使人神往倾心。”

一条从溪子口横跨酉水直抵太常的大桥正在紧张施工，即将贯通，千年的守望很快将变成偎依，几代人的梦想将变为现实。桥要通了，过水路的机会自然就少了，我一直想去看看酉水，看看渡口。从溪子口小巷的青石板路徐行而下，左有一溶，先前是水中讨生活的人们聚居之地，古城未淹时，有个很大的码头直通河边；右有一山，一侧壁立如仞，直入水中，山顶有飞来阁放生寺，供水上往来的人们烧香、许愿。从飞来阁放生寺的磬声香火中凝望沅江、酉水，烟波浩渺，视野阔大。河埠码头水声呢喃，往来舟帆桨声悠远。远方青山逶迤连绵，近处碧水旖旎清澄。

太常大桥下的白田渡，正有条不紊地，往来着最后的繁忙。还有几个月，它的使命即将终结。我想在它消失前再过一次轮渡，留下一些将来不会再有的记忆与美好。我走上汽车轮渡，那儿集结了好些人与车。挑担子的、背背篓的、骑着摩托车的，装沙石的货车、载山货的小三轮、出行的小车，争先恐后地冲向轮渡甲板。人、车拥挤一处，老旧的轮渡“突突突”吃力地开始在酉水河上犁出一些白色波浪，朝对岸的太常驶去。我驻足在船舷边，静静地看着这条酉水河，席慕蓉说过：“生命是一条奔流不息的河，我们都是过河的人。”

母亲曾住在水岸边，熟悉这些逐水而居的水岸人家。诸多的码头、河埠、街市、店铺被炊烟包裹着，颤巍巍耸立的吊脚楼，幽远深邃的曲街老巷，层层叠叠的青石板路，爬满常青藤的马头墙，活脱脱一幅斑驳的油画。吊脚楼里，多半居住着土生土长的渔民、排工，还有乡下来的妇人，男人多粗犷豪放，女人勤劳温柔。放排打鱼的汉子，总爱聚在河边，或闲谈，或娱乐，或欣赏那一行行鸬鹚映在河中的倒影。他们多半浪里来浪里去，风过世面，受过磨难，个性粗犷骁勇。他们肯定会充一充船过清浪滩的狠气，也会扯一扯顺水滩上的悠然，然后端起大碗酒，“哦嗬”一声，会吼上几嗓号子：

水深不过龙泉山，水浅不过燕子滩。
杉木溪，放长缆，颗颗汗水摔八瓣。
……
姊妹修行姊妹山，敲经念佛明月庵。
兄弟相争麻叶湖，船儿拢了青浪滩。

撑着篙，曳着纤，一身精光一身胆。
我四十八站到云南，我又四十八站到长安。
冲急流、闯险滩，飙那要命的凤滩角茨滩啊。
我对天大叫三声“我的娘”！
摇一橹，荡一桨，一盘号子喊千年……

西水，有时是高亢彪悍的，有时又是诗画铺陈的。春雨霏霏时，远山含黛，树影婆娑，舟楫往来，依山而建的村寨，临水而枕的码头，涵虚迷蒙，如同一幅宋人大写意的水墨丹青；夏荫匝地时，水声震天，激流飞溅，艄公水手神情肃穆，飙滩搏浪，一船的号子一河的船，吊脚楼下的浣衣女子则又搅起了一河的温柔一河的牵念；秋高气爽时，澄江如练，橘红橙黄，苇白天蓝，沿岸炊烟缭绕，红男绿女情歌绵绵，码头灯火温情脉脉，一幅“心远地自偏”的世外桃源景象；水瘦山寒时，一川萧瑟，满河清寂，远行归来的人们带足了过年的食物，家家户户开始杀年猪、打糍粑、祭神灵、舞龙灯，高腔、阳戏、小调，楚风阵阵，此起彼伏，野性而多情。

容不得我多想，“呜呜”几声汽笛，轮渡横过西水，画了一弯弧线，到达太常码头。随着人流、车流下了船，远远看见河边有一位船工在忙活。我绕过几只泊岸的小筏子，来到船工身边。老船工似乎没有发觉我的到来，只是一门心思地用桐油搅和着石灰，将那只心爱的木船一遍遍地打磨，再用油膏细细地涂抹、清缝，他好像补的不只是一艘小木船，而是他精雕细琢的整个生活与世界。

船工脸方颈长，平头短须，面色黝黑，几道皱褶横在额头与脸颊，如水岸裂石，眼神并不浑浊，每一次细抹细抠，若有粼粼的水光映射出来。我问老人多大年纪，怎么还在补修这只小木船。半天，老人才回过神来，停下手中的活儿，说自已六十九了，舍不得这只船。又说自己是个船匠，专门为打鱼的人修造木船的，干这活儿已是大半辈子，是这里最后一个船匠了。只可惜手艺无法传承下去，年轻人都到外地、到城里去打工挣钱，没人肯学这玩意儿。现在水上使用的大多是铁皮渔船，成本低，木制小渔船怕是要淘汰了。

老人说完端起陶瓷缸，猛喝了一口茶，凝视着眼前的酉水与远方正在修建的大桥，轻声哼唱起来：“深潭起鱼引浪来，山伯引来祝英台。哥是大船漂四海，妹是小船紧紧挨。油菜开花一片金，桐子开花一片银。金子银子妹不爱，单爱情郎探花人。”歌声里，有隐隐的忧伤在流动。

多少个平常的日子，在缥碧的酉水上、悠悠的纤绳上、摇动的桨橹中，日子被一页页翻过，又一页页被刷新。老船工沧桑嘶哑的水上情歌，犹如沅江酉水合流中的那一丝绵延几公里的蓝带，让人怦然为之沉醉、动容。是怀念，是伤逝，还是期待？尽在一曲古老诗意的旋律之中。

一条能够奇迹般拖出蓝丝带般水路的酉水，滋养和见证了祖祖辈辈多少生命的蓬勃和智慧文明的诞生，又收藏了多少荣耀的历史与骄傲的往事？它的终点何尝又不是另一个值得玩味与期盼的起点？

这样想时，水岸人家的老院子，桂花恰到好处地开了，开得真是风生水起，整条街巷都弥散着馥郁的香气。那些水灵灵、鲜嫩嫩的日子，正从酉水码头的船上一筐筐、一篮篮地呈上来，带着泥土的芬芳。所有的一切，依旧值得积翠堆蓝地期待着……

# 消失的乌宿渡

如今，乌宿渡只留在我的记忆里了。

乌宿，是酉水边上的一个小村子，传说金乌休息的地方。金乌是长有三足的踆乌，会飞翔的太阳神鸟。太阳每天东升西落，是金乌背着走的，金乌每天要休息，二酉山就是金乌休息的地方，故名乌宿。

沈从文先生在《白河流域几个码头》言及："由沅陵沿白河上行三十里名'乌宿'，地方风景清奇秀美，古木丛竹，滨水极多。"村边有水，酉水与酉溪在这里汇合；水边有山，叫二酉山；山上有洞，名二酉藏书洞，是成语"学富五车，书通二酉"的出典处。相传，秦始皇焚书坑儒时，朝廷博士官伏胜冒死从咸阳运来千余卷竹简，藏于二酉洞，使秦前文化经典得以薪火相传。故有"嬴氏烈焰中，大力负之走。茫茫九有周，伏胜于小酉"之诗传播于世。

乌宿，背倚郁郁葱葱的重峦叠嶂，连接着清水坪、棋坪和古丈，是进出八蛮峒口的交通要道。村前一洼长滩，旧时是安葬纤夫的地方。“三垴九洞十八滩，滩滩都是‘鬼门关’，撑篙摇橹拉纤纤，生命拴在浪尖尖”的纤夫歌，是他们生命绝唱的凄怆写照。堂门前与二酉山脚一段水流趋缓，形成深潭。当地饶有兴味的扒龙船会在这里进行。堂门前响锣下桡，二酉山下抽艄冲岸。由于酉水在此转弯，每逢洪水，处于内弧的堂门前一侧便沉积大量质地优良的河沙，成为人们可以就地取材的理想场所。如今，滩上长满了笔直挺立的杨树，葳葳蕤蕤，风姿绰约。白墙青瓦的老街倒映在“二酉”里，红顶白墙的现代农家别墅星星点点镶嵌在绿荫中，山水互映，形成别有韵味的“岸上一道风景，水中一道风景”。

很早的时候，乌宿就成了酉水流域的一个重要码头。古丈、永顺、沅陵附近的农民将自己生产的桐油、菜油等各种农副产品从山里担来，到这里倒卖，换回一些银子或布匹、食盐等物品。特别是赶集的日子，那些挑油的汉子，穿着对襟布衫，包着白布头帕，脚穿自制的草鞋，在弯弯山道上挥汗如雨。妇女梳着粑粑髻，背着大背篓，里面是山胡椒、花椒、木耳、黄豆、花生等各种山货。她们打着手势，嚼着土语，彼此交换着各自的生活所需与小小的欢乐。他们默默无闻地在山上水边忙活，既丰富着自己单调的生活，也丰富着酉水的民情风俗，成为酉水流域独特的一景。

过去的乌宿，是有一处草鞋市场的。草鞋，相对于现在来说，早已成为一种久远的记忆，或是某个农家乐的壁挂装饰。可对于早年的乌宿人来说，却是生活的必需。土家或苗家汉子打草鞋，多为己用，也有出售换些油盐柴米的。草鞋以稻草为主要材料，又加入麻皮、棕丝、布条，以便更加耐用和美观。打草鞋工具只要一个捶草棒、一个腰打钩、一根打脚棒即可。打草鞋时，先用捶草棒将糯谷稻草在圆石墩上捶软，然后腰系打钩，脚蹬打脚棒，双手搓草绳为“鞋纬”，按照一定的法则编制在事先准备好的“鞋经”上，再按脚的大小调整鞋底的宽窄长短，在适当的地方栽上四处“耳子”，最后加穿耳子的面索就行了。这样的草鞋，男女老少都适用，易得、轻便、巴滑、不伤脚，深得船上人喜爱。

抗战时期，上海、南京、武汉等大城市相继沦陷，大批难民从长江进入洞庭湖，然后转沅水进入湘、黔、渝腹地。沅水顿成“大驿道”，如同安江、洪江一样，沅水支流“二酉”边的乌宿，也成了人们避难路上的重要驿站，人口由原来九百余人一下猛增到两万多。古老、闭塞的乌宿，除了千年前的“二酉藏书”留下的晴耕雨读的传统外，一路拥向乌宿的精英贤达给小村带来了知识，带来了文化，同时也带来了对民族危亡的沉思，带来了“驱逐日寇，收复失地”的决心和信念。文明的种子掉落这里，总会生根、发芽。几十年过去，乌宿，这个湘西边陲的小小山村，竟出了六十七位“高知”，成为举世闻名的“教授村”。

在乌宿历史的余温中，不得不说到另外一件令人唏嘘感叹的事情——那就是沈从文的九妹。九妹比沈从文小十岁，是家里的老幺。九妹聪明伶俐、单纯可爱得很。她会在月亮下面一个人跑到园子里对着玫瑰花说悄悄话，把许多玫瑰花瓣用信寄给在长沙读书的大哥。九妹漂亮，晚年的张兆和对九妹的“美丽”仍记忆犹新：“九妹可美了！”因之，沈从文对九妹寄予了厚望：“九妹，你傻啊，你如此年轻，就像一朵花，还没来得及绽放，你怎么能在湘西那些大山终老此生？二哥就是想让你像林徽因那样，像凌叔华那样，你要明白二哥的苦心。”他为九妹请老师，为九妹预许了将来读书的一切费用，希望她将来能去海外深造，有完全异于普通湘西女人的命运。然而命运真是捉弄人，后来的九妹几经辗转，婚恋不顺，心弦终断，竟致疯了。沈从文只得把她送回湘西沅陵的住所——芸芦。有一年端午节河里划龙船，九妹失踪了。沈家人找遍了沅陵老城的大街小巷，再也没有找到她。几年后，有人在西水边一个叫“乌宿”的地方发现了她，一条乌宿河滩上的破船就是她的家。她的男人是一个粗陋的打鱼佬，她的孩子已经两三岁了。她面容苍老，头发花白，完全成了一个渔妇。多年以后当地村民告诉沈家人，那个叫九妹的女人死了，死于“文革”前的那场大饥荒。沈从文曾多次坐船逆沅水而上路过的美丽的“乌宿”，竟成了九妹最后的归宿。他希冀她能成为林徽因、凌叔华那样的女性，她最终却连一个普通湘西女人的幸福也没有。命运的掌纹，实在是扑朔迷离。一想起，我心中似有什么东西堵着一般，疼痛不已。

老人言：“走遍天下路，难过乌宿渡。”当地人在大小西溪来往，都要划小筏子或是坐机帆船，汽车往来，自然要过轮渡。每逢圩场，大清早等轮渡的客车、货车像一条长龙，排成了一条长长的队伍，看不到尽头。渡口上，小商小贩们，成群结队，为给家里挣几个零用钱，挽着提篮，卖茶叶蛋、槟榔、山果、烤红薯、瓜子、香烟什么的，叫卖声此起彼伏，不绝于耳。要是遇上大风，或是雾大能见度低的天气，汽车轮渡就要停开，等风停雾散以后，汽车轮渡复航，排着长队的汽车才能过渡，很不方便。

乌宿渡口，匍匐在卧龙山下的鳄鱼嘴边，逆西水而上，是高滩、凤滩；逆西溪而上，是棋坪、清水坪、古丈。乌宿集镇与二酉山，隔了酉溪、酉水，两两相对相望。若是有闲，并不忙着赶集或做事，倒适合遐想或清欢。几只小渔船在霞光中撒网捕鱼，迤逦如画。山树倒映水中，如镜似绸，真可谓“鱼游枝头乌宿水”，好一幅栩栩如生的自然生态图。摆渡人蹲在船头，抽着旱烟，安静地等着人们过渡。远处竹篙上的一溜鸬鹚，眯缝着眼漫不经心地看着水面，忽而“嗖”一声蹿入水中，三两下扑腾后，探出水面的长喙里就会衔着一条尺许的鲫鱼或鳜鱼，让人惊喜、惊叫。特别是赶集或是打年货的时候，渡口人车繁忙，众语喧哗：年轻情侣打情骂俏的，妇抚儿乳言笑晏晏的，老母长唤儿子儿孙归家的，挑箩掮筐大呼借道的，自然还有篾篓里的猪崽哼哼唧唧的，背篓里稻草拴翅缠脚的鸡鸭突然打鸣的，好不热闹，全然一幅《清明上河图》的景象，一时呼啦啦地在渡口水面铺陈开来，又随一行白鹭点出的涟漪漾出很远很远。

建了几年的二酉大桥于2011年正式通车，千年的乌宿渡，终于彻底消失了。一个记忆的名词，被隐匿在了青山绿水的褶皱间。乌宿，这个诗一样的地名，也随之消失了，改成了不生不熟的二酉。只有那些老一辈的人，口中依然称之为乌宿。那些丢了乡愁的孩子，多年以后，该去何处寻觅祖辈们曾经风生水起的精彩往事呢？如今，地理上的渡口或许会离我们越来越远，但心灵的渡口呢，也会越来越少吗？渡口，或许从来就是一个令人遐思、无限伤感的地方。人在此岸，心在彼岸，前面的故事已经谢幕，后来的传说刚刚开始启程。

“浔阳江头夜送客，枫叶荻花秋瑟瑟。”这是白居易的渡口。“春潮带雨晚来急，野渡无人舟自横。”这是韦应物的渡口。“执手相看泪眼，竟无语凝噎。”这是柳三变的渡口。“渡口旁找不到一朵可以相送的花，就把祝福别在襟上吧。”这是席慕蓉的渡口。

挥一挥素色的衣袖，看一眼曾经的乌宿渡，看一眼日渐繁华的二酉集镇，突然想悄悄地在一旁落泪。我不知道下一个消失的渡口会是哪里，对于漫长的一生而言，我的渡口又会在哪儿？

# 对岸的河涨洲

## 一

无论醒在哪里，我都会醒在自然的风里。

醒来真好，可以看山看水，看风景，看黄草尾的朝阳，从对岸的河涨洲上缓缓升起，江心一片霞光洇染。

大概是的，因为碧水铭都至黄草尾的公交车，而重新认识黄草尾这个地名。“城东黄草尾，村烟簇簇，林木苍苍，常有烟霞缭绕，日出时，更觉明媚。”这是老城旧八景之一的“黄草朝霞”。这也曾是我小时候熟悉的地方，但我一直不清楚黄草尾具体的辖区，只是感觉到虎溪中学以下的一大片村子，都属于黄草尾村。出了县城往北，走张沅公路，大概十几分钟，就是虎溪中学，过一座桥，就到了黄草尾。黄草尾村和其他的村子一样，已经没有什么特别之处了，一些新修的砖瓦房，隔三岔五耸立在公路两旁，儿时记忆里密集的村居，大片大片的菜地，如今也只是零零碎碎，东分西散。仅存几栋简陋老旧的木房，尚能找回一些当时的影子。村庄，寂寞地陷在日渐荒凉的林子里，陷在现代文明高速发展的悠悠乡愁里。

从黄草尾的河岸远远望去，最美的风景，依然是江心的小洲，水墨河涨洲。一座清俊挺拔的白塔屹立在河涨洲头，倒映在碧波潋滟的沅江里，霞光染满天际，水面波光粼粼，小渔船悠闲其中，芥舟往来穿梭。此情此景，一幅山水散墨，满心满肺都透着一种积极向上的朝气。

溯流而上，可见凤凰山上的凤鸣塔。塔身以青砖砌体，白粉敷面，身材匀称，檐角微翘，如美人云鬟卷卷，衣袂飘飘。顺流而下，在鹿溪口的山头上，鹿鸣塔不久前才修缮一新，之前一直是半截塔身，屡遭雷劈，颓垣断壁，在岁月的风雨中，细述着一些远古的流传。它们分别铺排在沅江的两岸，两两相对，环环庇护。而河涨洲上的龙吟塔地势最低，塔身却是最高的，身形挺拔匀称，做工比凤鸣塔更精细，只是它的背面，白灰敷就的墙体已经剥落，露出青砖，增添几分历史沧桑之感，孤独地屹立在江心的河涨洲上。龙吟塔、凤鸣塔、鹿鸣塔，三座白塔，就这样在沅江两岸一直默默以目光相望，以天籁相和，凤鸣和着龙吟，龙吟唤着鹿鸣，任凭世事沧桑，时光荏苒，相濡以沫。和云南大理的崇圣三塔相比，我更愿意亲近家乡的辰州三塔，总觉得它身上承载历史的使命更多，更接地气，更有亲和力。

想了很多年，搭乘一只渔船，顺着流水的方向斜行，慢慢地接近河涨洲，从远观到近距离地感知。当现实近在眼前，着实让我兴奋不已。秋天的沅江水显得格外清绿，泛起的水花向后翻腾，拖出一船长长的涟漪。尽管水流不急，一脸平静的样子，殊不知，静水流深。淹没于河底的浅滩石礁，不知有没有被搅扰，想起诸多的繁华往事来，有没有听见远去的龙吟塔的悠悠钟声。

靠近，更靠近。孤独地耸立在河涨洲头的龙吟塔，连天接水，清俊挺拔的龙吟塔，在这水天一色中，似乎听久了禅语，越发显出庄严与肃穆，静气一派，倒有了几分神秘感。我在心里突然有了敬畏，反而没有那么迫不及待地靠岸，船慢了下来。似乎从一片乱石堆里，找到一条长长的青石板码头，台阶多被水冲毁，随时都有可能坍塌，乱石盘桓，一片颓败，心生荒凉之感。石板被河水洗得发白，交错而上，直达龙吟塔脚下，台阶与之中轴对称，两边是废弃的平地，偶有几个水泥灶台，几棵桃树橘树横生，皆有荒芜之感。停船靠岸，抛锚休憩，走出船舱，天蓝得刺眼。小心翼翼地行走，一直走到龙吟塔的面前，双手合十，心里默念片刻。然后四处打量一番，青砖围墙和木质的窗栏，都已斑驳松懈，杂草丛生的小路，到处是废弃的塑料袋和空瓶子，枯枝落叶，野径荒草，已经不能明显地看出道路的痕迹。一块颓垣断壁的石碑，竖立在右侧，隐约可见的正楷刻字，记载着那个年代的辉煌。围墙上爬满厚实的绿色植物，如爬山虎、木莲藤，几株耐不住寂寞的细瘦竹子，不自觉地伸出围墙来看热闹。

龙吟塔一袭白素，塔身被八方青砖花墙围着，一把铁锁紧锁着围墙院门，似乎很久没有人打开过，也没有人拂去门上的蛛网。我踮起脚尖，从围墙的缝隙里望去，“龙吟塔”三个字隐约可见。须抬头、仰面，方可望见塔尖，看见塔尖的时候也看见了天高云淡，阳光从疏落的枝丫直接照到了心底。塔高四十二米，浮屠七级，塔内置木梯可登塔顶，塔层收缩疏密得当，造型完美，灵秀俊逸，是目前湖南仅存最高最完整的砖塔。虽然此地荒凉，颇显颓败，但它灵气未绝，仍有一派神圣庄严的气象。我只能站在围墙外默默地注视，祈福，畅想它往日的辉煌。

## 二

不知河涨洲因何得名？有关河涨洲上的传说自古就有好几个版本。

相传是皇帝赐名“河涨洲”，至于是哪朝哪代皇帝所赐，因何而赐，却不得而知。后来流传某朝知县一副绝妙的对联：“河涨洲，洲外舟，水涨舟流洲不流。黄头桥，桥边荞，风吹荞动桥不动。”听说下联还是一位农夫信口而出，倒是十分工整，流传至今。据说，还有一个更远古的传说：打鱼的年轻船夫为了救一个女子，宁愿变成水鸭，托起小洲，小洲虽小，却能随河水起落，水涨洲也涨，总也淹不着。传说一直流传了下来，生活在沅水边的人们，对于河涨洲一直是感觉神秘而心生敬畏的。再后来，沅江成了库区，水位升高，河涨洲淹没了一部分，龙吟塔却从来没有被淹，似乎真有神灵庇佑。

河涨洲一直都在，龙吟塔却是后来才建的，绿洲与白塔濡沫相依，相辅相成，为沅水上一道重要的风景。洲上的人们生活了世世代代，为了祈福平安而修建龙吟塔，据史料介绍，龙吟塔始建于明朝，后经过修缮一直延续至今，佑护沅水这一方百姓。龙吟塔迎面扼住滔滔的沅水，上扪日星，下镇江河，多少人行船经过此地感叹，膜拜。少年周佛海曾作诗“倒提龙吟权作笔，问天能写几多行”，至今在龙吟塔内，还留有周佛海一首豪情万丈的诗：“登高把酒酹神龙，拔剑狂歌气似虹。敢以清流拦巨浪，耻居穷壑伴奇峰。怒涛滚滚山河杳，落木萧萧宇宙空。不尽沅江东逝水，古今淘尽几英雄。”只是我无缘得见，锁住塔院门的铁锁早已锈迹斑斑。

徘徊在龙吟塔前，我无意拾起过往的历史烟尘，无意踩在一些往昔的纷纭传说中，不想寻觅一些被湮没的文化，知晓一些无可奈何的现实。我只想简简单单地来，安安静静地离开。可还是惊动了脚下的小草、树枝中栖息的鸟儿，它们已经好久没有被人打搅过。面对眼前的景，不由自主地召唤了一些忘却的记忆，我不知道这是不是一种文化自觉，到底还是应该和大多数人一样去遗忘！记住和忘却，说简单也简单，原本就是一念之间。传说和历史毕竟远去得太久，仿佛已经没有了回音。唯有脚下的滩头在细叙一河大水的滚滚东流。

河涨洲并非与生俱来地孤独，如今却在慢慢地荒芜。洲上以前住着人家，那是曾经辉煌过的村落，百十户的大村子，果木满枝，菜畦碧绿。洲上的人多以种菜和打鱼为生，日子倒也过得与世无争。一个村庄，得经过多少代人，才能踩出这样一条条令人感叹的大路？得经过多少努力，才能雕琢如此精美的门窗图案？得经过多少次打磨，才能让一块块青石板，油光可鉴？后来修建五强溪水电站，这里成为淹没区，人们不得不背井离乡，搬离了河涨洲。如今洲上空无一人，只剩下一处龙吟塔，成了孤零零的守护者。龙吟塔的正面素粉敷面，挺拔而俊秀，像一位白衣翩翩的饱学秀士。而背面，青砖斑驳，长满苔草，历经风雨，似一位饱经磨难的留守老人，这与其他两座塔不一样。我无法想象，若干年后，少了龙吟塔的河涨洲，会是什么样子？搬离之后的河涨洲的乡亲，如今都分散去了哪里？他们的梦里，是否还有龙吟塔的影子？鹿溪口常安山头重修的鹿鸣塔，还能和以前一样，庇护着那一方百姓吗？凤鸣塔的墙壁上，还刻有“到此一游”的潦草字迹吗？

也许，我的思绪太乱太芜杂，我得稍坐片刻。坐在河涨洲的乱石滩头，看对岸的黄草尾，我想知道，从黄草尾看河涨洲，与在河涨洲上看黄草尾，究竟有什么不一样？也许，风景没变，只是看风景的心情变了。我急切地想看见，看见鹿溪口常安山顶重修的鹿鸣塔，看见香炉山上热闹的凤鸣塔，看见一江逝去的大河水最后流向远处。但我终于什么也没有看见，我只安安静静地端坐在自己的心里。

茂密的杂草丛生在河岸，成片的白杨林严阵以待，那些在水中独自飘零的小渔船，以及林子中的白色鹭鸶，时而栖息在洲泽湿地，时而成群翩飞。还有悠闲在草地上咀嚼的水牛，黑白山羊，瘦弱的放牧老人，一幅田园牧歌的闲适景致。一坐下就不想起身，任由思绪和目力所及。头顶一片白色的浮云，悠闲地放牧在空中。偶尔抬头，看看蓝天，看看云朵，看看眼前的河涨洲，洲上的龙吟塔。被眼前景净化了心思，生发诸多感悟，真的想遗忘一切，世间的一切繁杂，心里始终有一丝淡淡的，尘世间必不可免的忧伤，悄悄掠过。

还好，风不曾停止，有风的地方就有记忆。夕阳要下山了，渔船该回家了，江心，又氤染出晚霞一片。回头望一眼河涨洲，它已经远远地在身后了。

# 船行丑溪

去丑溪，需坐船。坐了一回船，我便固执地认为，丑溪就是船上的丑溪。

逆沅水而上，船自然不会快，晃晃悠悠的，似乎很吃力。船从江心犁过，细细的水纹在碎银般的波光里漪来漾去。水是青蓝，山是黛墨。岸边铺天盖地的绿意尚来不及喘口气，各样花苞已迫不及待，美美地，俏俏地，立于高处。枝丫在忙着抽丝剥茧，阳光于云层中浅出深入。

从文昌码头出发，船上行，至太常码头。在沅、酉二水交汇处，大江大势，开阔浩渺。远，可眺黔中古郡；近，可观龙兴讲寺。一条披襟岸帻的长河，在眼前若隐若现。淹没于河底的浅滩石礁，古宅老街，多七零八落，覆了褐苔。几尾鲫鱼小虾游来游去，不知它们有没有想过老城往事的诸多繁华，听过远去的龙吟塔影里的悠悠钟声。去年才通车的太常酉水大桥，长虹卧波，行人如织，蔚为壮观。

船过太常，山的轮廓并不显现，似是生

宣上的一处润笔，晕染了开去，朦胧而柔和。只三五分钟，江中一剪汀渚，分开大水，便是燕子滩了。滩上苇草丛生，白鹭、水鸭、鹞子起起落落，热闹了大半个天空。过验匠湾、牧马岭，便是古黔中郡址——窑头了。沅水，在窑头拐了一个大弯，弯得深情绵缈，弯得活色生香。弯过窑头，继续逆着水流的方向缓缓上行。尽管水流不急，水平如镜，殊不知，静水流深。大清早，四山沉烟，星月在水。山映沉壁，树雾遮天，岸上蒹葭苍苍，水边的吊脚楼，影影绰绰，高屋建瓴。因为早上的船要赶时间下行，下午返回的船就可以悠闲在江中泛游了。来来往往，虽不及江南水乡，具着橹桨轻摇的慢时光，倒也显出几分粗犷的气定神闲。在水中讨生活，并不容易。芸芸众生，熙熙攘攘，往来多是为了生计而奔忙的客船，客船多是机帆船，嗒嗒嗒的声音，搅扰了这份山水默契的宁静。天麻麻亮时，乡亲们挑着满箩筐货物坐船上街，待上岸变卖货物后，采购一家子必需的生活用品。待一切妥当，不急不忙地坐下午的船返回。机帆船的老板多是本村的，打一声招呼，留个位子，说一口瓦乡话，自然亲切。开船时，忙累一上午的乡亲终于可以歇口气，箩筐筲箕堆叠在一边，悠闲地坐在船舱，抽着旱烟，有一句没一句地扯淡，多说些有关土地的事，栽秧播种收割之类的农事。也有聊子孙儿女的，哪家孩子在外打工发了财，做父母的提起，皆是一脸的自豪；哪家在外面出了什么事，造孽得很，连着一船的人会叹上几声。木船舱里嵌有玻璃小窗，壁上一排挂钩，挂满了从街上买来的香蕉、酥糖、雪枣等食物。船舱里多是老人和散学的孩子，也有个别青壮年，着装颇为时尚，在人群中较显眼，想来，该是回家探亲或是路过，多不言语，只是望着远山近水。船行不快，船身平稳，偶有风浪，颠簸几下又趋于平静，舱内继续家长里短，笑语不绝。木船舱外，河水的流动，微风的沙沙，万物皆有细微的声响，一切似乎都可捕捉于心，一切又都那么辽远。我渐渐于恍惚中意识到，天地万物，皆有情意，生命与信仰，即使不能永恒，也终将随着河流、山岚生生不息。

船过沙金滩，约十五分钟，便可抵丑溪。丑溪口，在顺江岭脚下，是丑溪入口沅江的地方，地势平坦，背倚大山，民风淳朴，现在改了名，叫盘古乡，但老一辈人，依然叫它丑溪口。

其实，到丑溪口可以坐车，也可以走水路坐船。乡民们大多数都习惯坐船，坐机帆船的日子是缓慢的，慢得可以忘了生活的诸多。有时，生活如同这一江之水，时而婉转迂回，时而奔腾激越……

船到丑溪口码头，弯船抛锚，等船停靠稳当，一脚下船，一手往口袋里掏钱。也有忘记带船钱的，乡里乡亲的，下次给都行，船老板咧着嘴，一脸笑，多不计较。待一脚一步从搭连着的木跳板摇摇晃晃下来，放眼看去，两岸的田野葱茏。一行行整齐的田垄，一块块绿油油的菜地，满目都是一片热情奔放的喜悦，村庄里的万物生灵，或招摇，或劲健，进入各自的生长节奏。

眺望对岸，巨岭延绵，青山似阵。沅水河畔，丑溪出口，依傍着历史悠久的盘溪山，据说，尘封千古之谜的盘古洞就位于这里。老人们都说，沅水是一条传奇的河流，造化神秀，在沅水流域流传着许许多多的神话传说。清《一统志》《辰州府志》《泸溪县志》等均记载着在瓦乡人聚居区——沅水流域的泸溪、沅陵、麻阳，以盘瓠与辛女的传说最为广泛。

传说，远古高辛帝时，“时帝有畜狗，其毛五采，名曰盘瓠”。因戎吴将军作乱，高辛答应谁能斩下吴将军之首级，就能封邑赏金，把公主嫁给他。盘瓠咬下吴将军首级而归。后“帝不得已，乃以女配盘瓠”。辛女与盘瓠私奔婚配，从京城来到沅水中游西岸蛮荒之地创建家园、繁衍生息。后来盘瓠不幸遭谋杀抛尸于沅水，辛女沿着沅水流域寻夫尸体，哭干了泪水而气绝，化为一石屹立于沅水之滨，后人称之“辛女岩”。湘西苗人尊辛女为“神母”、尊盘瓠为“神父”，并立“辛女庵”“盘瓠庙”祭之。

的确，这一方灵秀神山，自然地，文化底蕴也应不示弱。很显然，我被传说感动了，站在岸边浮想联翩，怅望晴空，眼里充满了敬畏，“飘飘何所似，天地一沙鸥”。天渐渐晚了下来，滋长的是无边的乡愁，许多的故乡已缓缓地故去，许多的乡愁正慢慢地愁着。看眼前一方山水的清素，看夕阳坠落的决绝，我不知别人该有一番怎样的心情，只是越发觉得，江心弥漫的雾气，似乎有着某种惆怅哀婉的美，但我终于不知惆怅什么。

这样想时，继续船行，往上，越过丑溪、滁溪、杨溪，就是舒溪了。满载一船的余霞，我落脚在白马岭上的舒溪口，而下游的丑溪，以及缓缓长出来的炊烟，依然润了我素姿静默的一角衣襟。

# 青素凤凰山

过一条河，就是凤凰山了。

两岸山影，水墨般绵延而来，又郁郁而去。一河大水，清而婉，宏而博，将其分成南北两岸，凤凰山，端坐于沅水的南岸。曾有诗云："晴峰缥缈出云端，野径迂回挠曲栏。人向绿杨荫处去，隔江指点画中看。"不管我愿意不愿意，冬日暖阳下的凤凰山，依然是小城里最美的地方，是人们休闲散步的好去处。

没有凤凰山的沅陵小城，会不会是寂寞的？这个问题我似乎从来没有想过，也从来没有觉得凤凰山的现在，如此地亲近，尽管她距我一河之隔。我素来喜欢户外活动，访山问水，在别人的村庄寄托散淡的闲暇时光，却往往忽略一些近处的风景。我来与不来，她依然青素着，静静地，看喧嚣渐起的小城，看世间一点一点地旧貌换新颜。

季节交换更替，而山水始终是不老的，成熟的是我们风一样的年龄。记得上次来是去年的秋日，依然是甜甜的阳光，我喜欢走后山的小路，迂回曲折，复而往上，落叶松针铺满了柔软的山路，木樨花落满了竹篱笆，鸣虫在树林的某个角落歇斯底里。

凤凰山的制高点，望江楼，如翼的飞檐，凌空展翅，楼高两层，面水而立，远远望去，像一只浮游在沅江水岸待航的船，故望江楼又名“船亭”。清代诗人马捷的上联“望江楼，望江流，望江楼上望江流，江流千古，江楼千古。”至今无人对出下联。

站在望江楼上，远眺河涨洲，龙吟塔依稀可见。青山如黛，延绵而去，大河向东，奔流不息。望江楼占尽山势，是凤凰山必去的地方，还因为楼上留有张学良将军的诗作《自感遗憾》：“万里碧空孤影远，故人行程路漫漫。少年渐渐鬓发老，惟有春风今又还。”当年张学良将军被困凤凰山，登楼而抒怀，英雄无用武之地，蹉跎岁月的感伤油然而生。望江楼的背后，竹影森深之处，就是少帅纪念馆，竹树依旧翠色逼人，没有冬日的萧瑟，高大的古黄连木和大叶女贞树环绕着凤凰寺。寺门有一联“千古英雄存日月，四时胜景绘辰州”。副联：“碧水青山皆胜景，清心寡欲即如来”。屈将室在大雄宝殿右边，里面陈列当时张学良囚居时的办公桌和卧室。大雄宝殿两侧陈列有将军当年的英雄事迹和西安事变始末。寺内有大佛殿、天王殿、韦陀殿、观音殿等建筑，古朴素雅，雄伟壮观。凤凰寺院墙突兀高耸，朱红油漆，碧瓦森森。几只小虫，沿着铺上青石板的台阶而上，仿佛爬过了一段烽烟多舛的历史，让人忘记了现实与理想的距离。

叫凤凰山的地方很多，而沅水河畔的凤凰山，古时因栖息过凤凰而得名。凤凰山上的凤凰寺，当年也是香火旺盛之处。有人说，因为张学良，成就了凤凰山，凤凰山算不上名山，却因爱国将领张学良一度被幽禁于此，而名扬天下。凤凰山的半山腰，树木遮蔽中，有一防空洞，三面用岩石砌成，一面石壁上，凿有“雪仇”两个楷体字，是跟随张学良在凤凰山的副官刘长清刻写的。“雪仇”二字，并不是张学良要雪蒋介石的仇，而是要对日本侵略者报民族恨、国家仇，这是民族大义，绝非个人私仇。可叹当年张学良正是人生奋发有为之时，只能在远离战火的幽深古刹中，大鹏有翅愁难展，徒叹鬓发徐白。

下山的石板路，是当年少帅张学良下河垂钓的通道，是陪伴赵四小姐漫步的路径，也是排解忧烦的散心之处。这条小路，依山就势，临江而建，全长九百多米，皆是石板铺就，青石岩板被打磨得光滑平整，踩过历史的风雨，依然从容自如地向远方伸展。走过少帅石板路的人们，没有了当年的国恨家仇，却能把小城的怡人风景，温柔地读了个遍，感叹其“夜半钟声难入定，家仇国恨几时偿”，“鞘里宝刀空自啸，凤凰无语对秋风”。

光阴斜在地上，泥土沁着落叶的馨香。沅水的汽鸣，午后的鸟声，适当其时地响起。满目絮草飘黄，枫榆叶落，铺满小径。突然有点迷茫，方向和意义要去何处去寻？我无意回顾历史，对近代那段叱咤风云、成王败寇的历史悲剧，没有过多的兴趣，我只是想来此处，和其他母亲一样，带着女儿，轻松闲适地散散步，缓解劳累一周的疲劳，面对山水，也许是最好的释放。除此之外，畅想一些天马行空，写一些散淡的文字，寻出一些美丽之后的忧伤。

遥想当年，出身名门的大家闺秀赵四小姐，不顾家人的强烈反对，毅然决然跟随少帅张学良，成为一时爱情佳话。赵四小姐的传奇一生，可谓多姿多彩。人人都喜欢风流少帅，却很少能无名无分地陪伴一个失意男人几十载岁月，寂寞幽禁，矢志不渝，相濡以沫。除凤凰山外，张学良一生的囚禁地共计十五处，赵四小姐陪伴他的七十二年间，失去自由的日子竟长达六十余春秋。1964 年 7 月 4 日，一场迟到了三十五年的婚礼，从青丝到白发，自花开到花落，从朝霞初露到绮霞满天，终于等到一个女子最想要的归宿，不得不让人拭泪感叹。当年，他们在小城凤凰山的白山黑水间互许一个未来，这个未来在何方？她不知道，他也不知道。但她义无反顾，无怨无悔。也许，有些爱情，只要是对的，只要坚持了，就会成为不朽的奇迹。

回头望一眼，依然青素着的凤凰山，蜿蜒的少帅石板路，余霞缓缓，岁月绵远。还是引用一首《渔家傲》作结吧：“恋月情怀依旧在，依稀魂梦何曾改？将军白发言慷慨，心何奈，前生或欠英雄债。 解佩汉皋情似海，题诗纨扇舒憎爱。生死相依几十载，如有待，此身但许清莲界。”

# 翁子洞边寡妇链

于沅江神奇诡秘的诸多故事中，我最不愿触及的是翁子洞边寡妇链。

好几次，与朋友去柳林汊，我都只是轻描淡写地看看那些柔山秀水，以及水岸边的人家。柳林汊很美。沈从文先生当年路过时，惊呼这地方，气派大方而又秀丽，出金子，多美丽，什么唐人宋人画都赶不上，看一年也不会讨厌。现在的柳林汊，上有五强溪电站，下有凌津滩电站，大坝一蓄水，再怎么样的冬天，也不会水落石出，甚至也不会水瘦山寒。明月山、夸父山、海螺山，沿江一字排开，山环水绕，松篁插翠，江水清漪，既显富态，又涵慵懒，颇有些女人味。沿江两岸，少了许多歪歪垮垮的吊脚楼，代之而起的是诸多青砖碧瓦、形制各一的楼房。缆子湾一带，硕大的淘金船、挖沙船锚在江心，昼夜喘息。间或有上下往来的船只，突突突地犁开水面，剪出一些白浪，轻轻柔柔的，拖曳出一些“柔情似水，佳期如梦”的韵致，倒也醉人。

我虽然在水边长大，却素来怕水。也没什么特别的原因，大概源于母亲说的，欺山莫欺水。这一次，如果不是好友的一再坚持，我依然是，不愿去看看寡妇链的。我宁愿待在岸边的青石码头，看老妪用棒槌在河边漫不经心地捶洗衣物，一槌一槌湿漉漉的清音，可以泛出许多岁月的汁液，既可以姹紫嫣红，又能够苍山暮雪。

去寡妇链，可以乘船，也可以坐车。我坚持着乘车，理由是，我怕水下的那些冤魂，怕那些深处泛滥的漩涡，当然，更怕那些欲哭无泪的诉说。

“寡妇链”，其实是当年沅水流域驾船上险滩纤夫攀爬的一条铁链。沅水凶险，特别是沅陵境内滩多、水急、浪高，对于当年水里讨生活的船佬、纤夫来说，“三垴九洞十八滩，滩滩都是‘鬼门关’，撑篙摇橹拉纤纤，生命拴在浪尖尖”。沅水险滩，以翁子洞一带尤为险恶。翁子洞，是一条有水洞的险滩，在县东一百八十里，形如廪，水声如瓮响，江岸壁立千仞，下有深潭回旋，滩连滩，浪打浪，水势诡谲多变，怪异得出奇，弯曲起伏中，稍有不慎，即命丧水中。相传当地百姓因缺田少地，男人多做纤夫，后因过滩失足留下一村寡妇，遂更名为“寡妇村”。传说，村中一张姓寡妇，其公公、丈夫、儿子皆因拉纤而死，于是，她以乞讨卖唱为生，数十年寒风苦雨，得银若干，聘石匠在当地翁子洞江岸绝壁上开凿了一条栈道，并在壁岩上镶嵌了铁链，使得过往纤夫能手抓链子安全渡过险滩。后人为纪念这位寡妇，将这条铁链取名为“寡妇链”。沈从文先生在《沅陵的人》中说：“这是一个平常人为满足她的某种愿心而完成的伟大工程。这个人早已死了，却活在所有水上人的记忆里。传说和当地景色极和谐，美丽而忧郁。”

事实上，据《沅陵县志》载：“翁子洞，昔无纤路。明百岁翁廖善人汉文制铁索数百丈，凿孔系索，舟行始利。清朝康熙初年，岳常道迟日豫损赀重制，嗣辰州知府刘应中又重制。道光年间，铁索俱折毁，知府方传穆出里人黄凤善前捐铁二千余斤，并捐廉若干，谕庠生许文耀董其事，重制铁索数百丈，雇石工凿纤路，较旧倍宽，越数月工始竣，行者称便。”由此看来，“寡妇链”的首创者是一位老翁，而非寡妇。而我，却更愿意相信，这些功业，非张寡妇莫属。我能深切地感受到：一位妇人，在痛失亲人的哭天抢地中，为完成某种心愿而做出惊世骇俗的挣扎与努力，寄托一个女人无与伦比的情感与意志。一颗柔弱之心，化作一道长长的铁链，横亘在险滩绝壁，将血泪与感动流传至今，并温暖他人。

我们沿着思怡滩的盘山公路绕行到翁子洞，顺着一条茅草丛生的小路，下到岩边。一只小木船百无聊赖地泊在水中，缆绳一截系在有些腐朽的木桩上，一截沉在水洼，两只青菜鸟，叽叽喳喳的，一会儿飞到刺蓬，一会儿落在船舷。残存的寡妇链古栈道落满深黄、浅黄的树叶，岩壁上锈迹斑斑的穿壁铁环，特别醒目。栈道之下，是深不可测的洄水，令人望而生畏。青石岩壁上，被船工撑船用竹篙掇成的蜂窝孔，鳞次栉比，纤缆摩擦出的沟沟槽槽，纵横交错。处处可见的细长光滑的石槽和蜂窝状小孔，当地人称作“纤夫槽”“蜂窝岩”。如今，铁链早就没有了，然而，每一个铁环，每一处石槽，每一窝小孔，都镌刻着沅水险滩上船工纤夫们血汗勾勒的痕迹，成为生命与生存血泪斑斑的符号与象征。

手抚深深嵌入石壁的铁环，一幅画面渐渐清晰在眼前。我似乎看到风高浪急时，纤夫们双脚蹬着岩石，双手抓着沙滩突起的青石岩，四肢呈壁虎状绷紧纤缆，纤达子深深地勒进肩胛骨。随着一声“哦嗬”的号子响起，纤夫们同时向前倾倒下去，四肢贴地，一次次重复，一寸寸挪移，纤缆、纤达子，发出咔咔咔的响声。滩中乱石，在浪花的撕咬下，有的如刀削斧劈，棱角分明；有的如猛兽搏斗，龇牙咧嘴；有的如鳄鱼吞食，獠牙毕显；有的如刀枪长矛，直刺云天。上滩时，船佬升高一些风篷，再加上撑篙上滩，在潭里跑风时，降矮一点风篷，徐徐上行，时而还有阵阵牛角风来，把船折腾得摇头摆尾，命悬一线。上行的船，有时像被钉住了，丝毫不动。船被拉得竖立起来，船头高昂，船尾下蹬，而此时，只要纤缆一断或是脚下一滑，整个人、船瞬间毁于江中。余下的，又将是一江难以言喻的哀号与哭泣。

朋友们似乎很兴奋，在古栈道上摆出各样迷人的姿势，拍照留影。我知道，今晚的微信朋友圈，寡妇链，古栈道，翁子洞，将是最高的出镜频率，点赞的，也多是他们灿烂的表情。而我，最不愿来到的这个地方，最不愿触及的三个字，似乎与他们的快乐没有关联。沅陵，美得让人心痛，而寡妇链，何曾不是一个巨大的痛点。

我终于没有从那些痛点中走出来。从寡妇链迂回狭窄的古栈道下来，回到柳林汊，入夜很久，心，一直隐隐地伤着。

# 第二辑

# 长歌起处：阳雀子叫了一整天

那一栋栋老木屋，一面面老墙壁，一口口老水井，都是村庄的脸。我端坐在万物生长的土地中央，凝望这方近在咫尺的乡土，似在寻觅这块土地生生不息的秘密。一块土地，就像一首宋词，上阕是生命生存的空间，下阕是安放灵魂的栖所。

# 长在瓜秧上的本事

对于乡下的有些本事，我一直感到很奇怪。

比如，随便丢弃的一粒南瓜子或是冬瓜子，落在某个旮旯，只要有点乌漆墨黑的土、隔三岔五的雨水，隔不了多久，尖壳壳里就会钻出两瓣黄嫩嫩的芽来，软软的太阳一晒，嫩黄便成了浅绿，然后是，青绿、翠绿、深绿、墨绿。由浅入深的过程中，瓜秧牵了无数的须，玲珑曲卷，若是近处有枯枝或竹篱，必是葳葳蕤蕤地向上攀缘，不再低三下四地匍匐。这种寂静生长的力量，既柔弱又强大，不需任何号令，也不需向谁招摇，自然而然的，日复一日，年复一年，便蓬勃了整个村庄与田野的生机。

后来，想到这尘世中的诸多人与事，莫不似着这瓜秧，有着与生俱来的本事。寂寂地生长，默默地消亡，一消一长之间，便有了繁芜缤纷的万千。

我出生的湘西大地，当属楚地。楚地多奇谲，楚人多幻想，可谓遍地巫风，神秘莫测得很。听母亲说，我小时面黄肌瘦，并不太好养，除了寄拜干爷外，还请过师父“收黑”。师父是本村的，年纪有些大，孤孤寡寡的一个人，平日里目光呆滞，邋里邋遢，并不招人喜欢。“收黑”时，却全然变了一个人似的，双目炯炯，有异彩，口里咿咿唔唔，念念有词。师父先是取了个量米的升子，盛上堆尖的一升米，米上插三支袅燃的细香，又用淘米水煮了鸡蛋。待鸡蛋熟了，点燃三根灯草，用桐油灯照着青花瓷碗里的水，光亮处，右手两根糙指轻捏了鸡蛋慢旋缓转，眯缝着眼使劲盯着，生怕闪了神。左手抻直了食指与中指，并拢如剑，上下左右轮挥几下，然后直指某个方向，“嗨”一声落座，鸡蛋竖立于升子米中。师父闭目养神几分钟，然后说，好了，厌恶邪气都已去掉，孩子没事了。临出门时，师父将法事中的鸡蛋，用红丝线裹了，交代挂在胸前，回后置于枕下，三天后万事大吉。说来也怪，过后不久，我便长了肌肉，也长了脸色。

一次，与母亲一起去蒙湖庙里看“杠仙”。仙娘是个妇人，三十几岁模样，长得眉清目秀的，一头乌黑的齐肩长发，穿一襟印花布夹袄，襟前绣有一朵好看的凤仙花。正是山野桃花、李花疯开的时候，人们脸上各自带了喜气呼朋引伴。请仙娘“杠仙”的人带了纸烛香草，极虔诚。约半个时辰，妇人突然浑身颤抖起来，面目陡变，南腔北调地开口说话。人们开始窃窃私语：“杠仙了，杠仙了。”此时，仙娘以青丝绸巾覆了脸，半哼半唱地说别人家事长短、儿女疾病、远行人情形，说到伤心处，说者涕泗横流难以自抑，听者嘘泣不止，坚信不疑。更有亡灵生前语气腔调，前尘往事，在仙娘身上惟妙惟肖，这时的仙娘，似乎能自由穿行于阴阳两界，魂灵附体，实在让人惊骇。那晚，一轮新月漫在湖面上，湖水荡来漾去，嵯峨的山，映在湖中，忽高忽低，忽明忽暗。我与母亲，心里莫名地害怕，脸白得像一片恍惚的月光。

本村与邻村的一些匠人，木匠、锯匠、篾匠、箍桶匠、泥瓦匠，包括走村串户的挑担货郎、沿路乞讨的叫花子，多多少少都有些奇妙的本事。我老乡的舅舅是个泥瓦匠，为人厚实，掌得一手好窑火。有年冬天，正烧砖瓦，烧了三天三夜，窑火还是没有烧透。于是就问徒弟们，有没有人来过窑边。徒弟们想了半天，方才说，老前天是有个外地人从此经过，讨要一袋烟，我们没搭理他，他悻悻地走了。泥瓦匠心知肚明，二话没说，回家拿了把杀猪尖刀，点了一炷香，烧了半沓钱纸，口里边念叨，边用香纸凭空挥画，边用尖刀刺穿另半沓钱纸，最后“哦嗬”一声，尖刀穿着钱纸飞掷到窑顶，稳稳插在窑田上。事毕，也不说话，只是抽着闷烟。第二天，一个辰溪人扑脚翻天地来到窑前，捧着胸口，一把鼻涕一把泪地连道不是，其状，痛苦不堪，生不如死。

这些诡谲神秘的奇门遁甲，真真假假，虚虚实实，颇有些魔幻。我家乡这片神奇的土地，夹河高山，群峰竞秀，层层梯田，座座吊脚楼，美得令人心痛。河水清莹，滩多流急，沅江西水号子，粗犷撩人，加之烟云包裹的幽谷叠峰，群鸦乱叫，莫不使人悄怆幽邃，凄神寒骨，神秘难测。想来，两千多年前的屈原被流放沅湘时，肯定见识过。“若有人兮山之阿，被薜荔兮带女萝。既含睇兮又宜笑，子慕予兮善窈窕”。“沅生芷兮澧有兰，思公子兮未敢言”。他把许多的见闻写进《九歌・山鬼》《湘夫人》，开楚人多幻想之先河。不然，沈从文先生何以会说：“屈原虽死了两千年，《九歌》的本事还依然如故。”

许慎在《说文解字》里对鬼的解释是：“魂之所归，谓之为鬼。”“鬼”发的是“归”音。于是，“赶尸”在湘西应运而生。据说“赶尸匠”赶尸时，先得在家里做一道符，符上有死人的生辰八字。赶时，先用“九龙水”喷洒尸体，然后将朱砂封住尸体嘴巴、鼻子、耳朵、头心门、前膛心、后膛心、左右手掌心、左右脚掌心这十个最容易灵魂出窍处，防止尸体魂飞魄散，再用符贴在尸体额头，喊一声“起”，尸体便会急急如律令地站起来，一蹦一跳前行，且双腿不会弯曲。

“放蛊”则只有某些湘西女人才会。女人将蜘蛛、蜈蚣、蝎子等剧毒的虫子抓来，放置在大陶罐中，让其相互掠食，最后存活下来的则最具毒性，将其捣烂，再配上许多稀奇古怪的药引，比如易致人幻觉的鹤子草、含羞草根压出的毒汁、曼陀罗花等。蛊毒进入人身体后，具有某种生命力，且受放蛊人的控制。蛊毒一旦四处乱窜，不及时收蛊的话，则可取人性命。湘西女人的蛊，大多属捍卫婚姻，捍卫家庭，抑或捍卫爱情的“连心药”，沈从文先生曾深有感慨地说这“背后隐藏了动人的悲剧，同时也隐藏了动人的诗”。这种“凄、馨、美”的另类表现，也算是独步天下的湘西女人特有的本事。

至于辰州符，最是法力无边。沈从文先生在《沅陵的人》说道：“辰州符主要的工具是一碗水，一切病痛统统由这一碗水解决，一个死尸的行动，也得用水迎面而解。”辰州符的核心内容为符、诀语、字号，外加一碗水。它们四者同时使用，水是它们的黏合剂，辰州符里的特技表演中许多惊险节目，如滚刺床、蹚火槽、上刀梯、踩犁头等，巫师只需念“辰州符”，然后画符，喷水，则一切皆如常物。辰州符到底为何有些法力，又有些什么法力，至今，仍是未解之谜。

其实，这些玄幻莫测的谜团，有时，也未必有完全弄清楚的必要，待破解得清清楚楚，也就索然寡味了。所有的法力与愿心，无外乎是为了寻得某种力量，获取某种信仰，以期改良乏善可陈的旧生活。

天时常把山和水和人都笼罩在一种似雨似雾，使人微感凄凉的情调里，然而却无处不可以见出“生命”在这个地方有光辉的那一面。山是有生命的，水是有生命的，土地是有生命的，村庄也是有生命的。一丛草是有本事的，一阵风是有本事的，一场雨是有本事的，一朵云是有本事的，一壶月光是有本事的，一蔸黄嫩嫩的南瓜秧子也是有本事的。坐在万物丛生的土地中央，我很好奇，也很喜欢这些生长的力量，等待的力量，回到故乡的力量，昭示力量的力量，哪怕杂糅那么多的神性和魔性。

这样想时，我不再诚惶诚恐地害怕，内心充溢的是一些瑰丽，一些温暖，一些确切的向往。一些赤橙黄绿的本事，在家乡的瓜棚豆架下，缓缓地，依山傍水滋长成一首清婉动人的歌谣。

# 祝家坪的田埂

一想起田野村落的宁静，家，就浮上了心头。

时光的小镇上，除了一条穿行的国道线，就是一大片田野。祝家坪上的田地，几乎占据了小镇的大部分面积，每到秋来，一大片铺天盖地的金黄，总是让人遐想无边。我的童年，许多生动活泼的场景，依然是毫不迟疑地洒落在阡陌交错的田埂上。

田野是开阔的，四周围成一圈，像屏障一样的山延绵起伏，把小镇包裹成一个殷实的盆地。一条曲折绵长的溪流，穿过祝家坪，滋润这片肥沃的田野，这就是蓝溪，由蒙湖水库经岩屋潭一直流下，蜿蜒几十里至蓝溪口。祝家坪离不开蓝溪，就像鱼儿离不开水、鸟儿离不开天空。好在，那些年风调雨顺，田野总是忙碌而繁茂的样子。祝家坪的田野总有一双神奇的魔术手，不时描画她的彩妆，春天的嫩绿，夏天的幽深，秋天的金黄，冬天的洁白。由忙碌到清闲，又由清闲到忙碌。一年又一年，送走了大人们一个又一个劳作的青春，滋养我们无数个值得回味的童年。

小镇算不上山清水秀，鸟语花香，烟雨诗意，只是再普通不过的小镇。过早的工业开发，什么氮肥厂、松脂厂、水泥厂、台板厂等，分布在小镇的各个方位，蓝溪水无奈地承受着，还有国道边上的喧嚣与浮华。一部分人先富了起来，富有的那些人需求丰富了，酒楼、歌厅、电影院、超市、美发店、牌馆，不知从何时起，都呼呼啦啦地冒了出来。

我儿时的家，两手推车式的木屋，居于国道线的背街面，可以眼不见那些喧嚣的场景，尚能安心于小宅小院的田园生活。每到星期天，赶集的日子，从周边各个村落拥入大量熟悉而陌生的面孔，给这个颇显时尚的小镇一些清新的注入。街面上的小吃店林立，什么米豆腐、汤圆、灯盏窝、米面，还有挑着担子卖各种蔬菜的，小辣椒、萝卜、白菜、莴笋、凉薯、红薯、坛子酸菜。还有挑着箩筐，卖鸡，卖鸭，卖小猪崽的，总之，场景热闹，持续到午后一两点。直到完全恢复平静，太阳将近落山，一弯闲闲的月亮，一如既往地爬上了家家户户院头的老树梢。

这一天的祝家坪田埂，是清闲的。不见了往日的劳作身影，乡亲们终于可以好好地休息一天，收拾家务，打理小生意，安安心心地给孩子们做餐可口的饭。田野是安静的，禾苗如饥似渴，喝足了田间的水，揠苗助长似的飞长。

但更多的时候，祝家坪的田野，热闹繁忙。放眼望去，秧苗满目青绿，整齐划一。大人们只允许田埂上杂草丛生，野花乱溅，诸多如车前草、苦麻菜、狗尾巴草随处可见，还有许多不知名的小花，躺在茂密的草丛中，没有人知道它们什么时候开花，也不知道什么时候凋零。常有云朵在空中闲逛，每当清风拂过，草叶间摇摇晃晃，总是传出窸窸窣窣的声音，伴有青蛙响亮的嗓门，还有我们调皮的腔调，田边地头随时随地唱响一曲大自然的交响乐。

大人们辛勤地劳作，我们却是闲适的，总变着法子想怎么玩，翻泥鳅，打泥巴……玩累了，就在田埂上打滚，扒开草丛，看看都有谁是我们的邻居。原来，田埂的角落处，有这么多的蚂蚁、蝈蝈、蚱蜢、瓢虫，还有一些不知名的小昆虫，它们在阴暗处热闹着，而我们在田埂上，阳光下，嬉戏打闹。常常，我们伴着大人们在田间地头，一待就是大半天，而它们需等我们都撤离了，太阳也快下山时，才正大光明地爬出来玩耍，或者肆无忌惮地鸣叫。

田埂边有一块荒地，因为不太肥沃，被闲置了起来，于是一些不太守规矩的杂草，和小昆虫野心勃勃地占领了。我们不允许荒地上长满杂草，其他土地都在努力地生长庄稼，而荒地却可以随心所欲地生长它想要的植被，这是我们难以容忍的，就仿佛看见偷懒不干活儿的懒汉，势必要引起众人的愤怒。当然，对田埂，我们是仁慈的，表现出极大的宽容，因为有植被和草皮的田埂，走起路来，软绵绵的，像踩在海绵地一样。我和小伙伴，经常对荒地进行修理，敲打，拨弄，直到它们服服帖帖，规规矩矩，四四方方。我们在大人的帮助下，在荒地上撒上萝卜种子，种上韭菜茬，还牵上一株南瓜藤。直到丰收了喜悦，欢呼雀跃。

不知从何时起，人们不再去祝家坪集体劳动。每家每户都分了几亩田地，各家做各家的活儿，只有忙双抢的时候，才相互换工、帮工、请工，那些热闹的劳动场景，常常让大人们充满想念，但日子闲久了，人就懒了。一些人家，渐渐远离了农活儿，在镇上做红了生意，开起了店铺，田地就都荒着了。祝家坪肥沃的土地上，起先种的都是大片大片的水稻，后来种过玉米、油菜。再后来又改种西瓜、香瓜、大棚蔬菜。如今有一部分荒芜着，就像当年我们嫌弃的那块荒地，随心所欲地生长着它想要生长的植被，只是都没有了记忆中的繁茂。我和伙伴们的童年，也早早地荒芜了。后来我们野草般地疯长，读书，求学，工作，不断变换生活的场景，不断麻木敏感的心灵和纯善的良知。

时光恍惚里，一个遥不可及的田埂，一个总是睡不醒的童年，洋洋洒洒，被抛荒在那些阡陌纵横的祝家坪的田埂上，在无数个醒着的夜里，蜇疼了我渐渐老去的心思。

# 茶乡三记

## 一片官庄的树叶

因为写作一本茶书的缘故，去官庄茶乡。

去官庄本是寻找一片树叶，却很想看看界亭驿。去界亭驿的愿望缘于读了丛林的散文《空山翠雨界亭驿》，想象着，一个人行走在被历史遗忘的断垣残壁的古驿村落里，心怀一丝隐忧，搅混着现实与历史时光的视线。静谧朴然而萧条的驿路村落必然给我以失望，但我要寻的就是这份失落，最近的心情总是和颓然感伤联系在一起。

的确，我的心情好久都没绽放在阳光里了。

天气阴冷，偶尔有风刮过，我素颜尘面赶到官庄，是元旦后的一天下午，这个岁末而寒冷异常的日子。一下车，陌生而熟悉的茶乡小镇，给我的感觉是井然有序和气度不凡，说真的，我心底立刻有了一丝矮下去的窘迫。对一个小镇生发出如此复杂的感觉，我还是头一回。

好在一路有丛林的陪伴，说来也正是我的福气，她这天正好在县城办事，听说我要去官庄，特意提前办完事与我一起返回。我们一路畅谈，温暖的客车里，仿佛只剩下了我们两个聊文学的女子。那个下午，一种多么奇怪而又幸福的感觉在心底滋生，我几乎都忘记了自己是从昨天怎样的痛苦中逃离了出来。

人生真是可以期待。兄长远文是前天就到了官庄的，我想，他一定在官庄度过了一些且思且寂的夜晚，对于一个作家来说，独处是一种能力，也是一种享受。我能感觉到，因为我和丛林姐的到来，给了他心底一丝色彩，他陪着我们吃饭，陪着我们散步聊天，感觉很亲、很近。那个晚上，我们仨在丛林温馨雅致的家里，喝着她亲手泡的普洱茶，嗑着松子，聊着温暖的往事，或文学，或历史，或时弊，或是人生。时光真的会停止吗？如果会，我希望停留在那个晚上，那个属于文学的晚上。借用她散文里的句子——“我觉得书架上满橱的文学典籍都不是文学，那一个下午的时光才是真正的文学。”

官庄在那个晚上，变得亲切起来，尽管窗外一片寒色。

我的家乡凉水井，也是一个有国道穿行的热闹小镇，却与官庄相去甚远。我小时候曾到过官庄，而且还差一点就转来官庄小学。那时母亲为了一家生计，来官庄经营餐馆，每天都很忙，好久都不曾回来看我们。实在忍不住思念母亲，趁着周末，姐姐带着我从凉水井坐班车赶到官庄看母亲，平日里攒的几个零花钱都用来买了车票。看着蓬头垢面、衣衫破旧的我们，母亲抱着我们痛哭，然后穷尽所能给我们做好吃的，鸡腿、牛肉、红烧猪蹄等都是我们平日不曾得吃的好东西，看着我们狼吞虎咽，母亲很是欣慰和心痛。

周末，我也曾和官庄邻家的姐姐们一起玩，去溪里嬉戏，上山采茶叶，帮着割鱼草……对官庄当地的一切都充满了欣喜与好奇，我从没见过茶树，对姐姐们采摘一片片树叶的行为感到奇怪，反正不懂茶，也就没多问，挎着篮子，跟着采摘，两叶一芯，采了鲜叶卖给附近的茶厂，换零钱，买糖吃。

后来，我们终于没能来官庄上学，不知什么原因，母亲也放弃了经营餐馆，回家来相夫教子，陪着我和姐姐读书，给我们一日三餐地做饭，守着平淡而粗劣的日子。那个时候的母亲，应该就是我现在这样的年龄，且温婉美丽。长大后，我偶尔说起官庄，问起母亲当初的放弃，母亲就像打开了话匣子，想起官庄，母亲的心思还是很复杂的。我们往往在不知不觉中，就遗忘了生命本来的目的。很多时候，面对生活，我不知道自己究竟想要的是什么。我想，母亲比现在的我活得明白，她知道她一直想要的，并且曾经努力过，不问结果，默默付出就好。

儿时的记忆多多少少随着时间淡去，现在忆起官庄那时的街道，那时的房屋，只是一些模糊而遥远的概念，即使是关于我家乡的记忆，也只剩下一些模糊而遥远的影子，如此而已。

界亭驿终是去不成了，我在心里小小地失望。第二天的行程安排得紧张，还好，阳光明艳，气温回升，大概是得了老天爷的眷顾。在休息了一晚上后，我的精神看起来不错，早上见到远文兄和几个摄影老师，他们的心情似乎不怎么样，大概是连续累了两天的原因。采访是辛苦活儿，而对我来说，就是散心，所见都那么新鲜。

出发，去寻找一片树叶的故事。一路不停地遇见，官庄的景貌，的确不愧为十佳魅力小镇。官庄素有“金都”“林海”“茶乡”之称，是山城沅陵重要的产茶地。清同治十二年《沅陵县志》载：（唐）权德舆作陆贽《翰苑集》序云，领新茶一串作此字，即今茶苑之茶。“邑中出茶处多，先以碣滩产茶者为多，后界亭盛行，极先摘者名曰白毛尖，今且以之充土贡矣。”官庄界亭茶叶由于质量上乘，时列为朝廷贡品，于是家家广种茶树，百姓富足，民风颇亦淳厚。官庄多山，山中多稀矿，茶园出好茶，山不寂寞，官庄人的日子亦不清寂。

看纪录片《茶，一片树叶的故事》后，我对茶悟了不少。人在草木之间即为茶，茶是一片树叶，却改变了水的味道，从而改变了我们的生活。茶有灵性，它生于灵山，得雨露日月光华滋养，清和之气代代相传，被誉为尘外仙芽。一枚鲜叶采摘下来，需经过揉捻、烘焙、紧压等诸多工艺处理后，方能成为可供人们冲泡的茶叶。于此意义来看，茶的生命无异于经历一场凤凰涅槃，在淡淡清香中重获新生。

我们访问了茶叶基地，郁郁葱葱的茶园，让人忘记现在依然是寒月。见到大片大片新开垦的茶园，百姓在地里栽种茶树苗，一行一垄，整齐划一。茶树苗被剪去了苗颠，看起来纤细柔弱，但只需三五年，雨水滋润，阳光普照，就可以长成郁郁葱葱的一片茶园。可以稍稍憧憬一下，呈现在我眼前的不是茶园，而是绿色的海洋，希望的田野。

来茶乡，喝茶、品茶成了一件很重要的事。每到一处，总能感受一样的热情，不一样的味道，让此番行程也沾染着淡淡的茶香气息。“淡烟飞翠点茶瓯，看传书谁添香来？”能在优雅僻静的茶庄，泡上一杯馨茶，将一切凡尘俗务淹没在茶香中，真是一件美事，但我想，美不仅于此吧？

对我来说，此番下官庄，我似乎寻找到了比一片树叶更重要的东西。

## 一枕暗香听橹声

一直想在某个明媚的晨曦里，隔绝恍惚的尘世，绕过季节的栅栏，尘封岁月的卷轴，只为看一河水的起落，赏一座山的巍峨，听一棵树的拔节。

这样的梦想，想着想着，就实现了。

晨起，相邀，出发。乘舟沅江上，看初阳映照，烟霞袅袅，江心泛起一堆细碎的银斑，耀人眼目。行至船艉，看缥碧的水泛起白色的浪花，心随之欢快而惬意。小船渐行渐远中，又仿佛依依不舍，拖下两行长长的涟漪。两岸青山，相对排开，薄雾弥漫中，好一幅水墨氤染画。

此行，去的是碣滩茶乡，一个枕暗香听橹声的桃源之境，一个此后都会怀想的地方。

在一个荒僻的拐角，船到靠岸。走下船，抬头看看天，明朗耀眼，爬上长长的简易台阶，一片青绿的茶园扑面而来。只见满山遍野，沟壑绵延，一派郁郁葱葱，哪里是腊月里的气象，脑海里只有壮观震撼。我深深地吸一口气，整个空气里都是茶叶的清香，人顿时神清气爽起来，仿佛身体里的每个细胞都在欢唱。爬上茶园山头，俯瞰沅江，水势向东，静流浩汤，扁舟悠悠或泊或行，机船嗒嗒渐去渐远。

此时，思绪可以随意放逐于天地。渺渺乎，人海苍茫；戚戚乎，荣辱得失。望峰息心也好，窥谷忘返也罢，居然都不及一只碣滩茶园里的小昆虫简单而幸福。

泡一杯清茶，满屋生香，陋室不陋，因茶而雅。茶主人娓娓道来茶园的历史风雨及前景规划，我却憧憬于陶渊明“采菊东篱下，悠然见南山”的意境中，陶醉在那个美丽皇妃胡凤娇的故事里：当年唐睿宗李旦由洞庭溯沅水而上到了这里，被这里秀美的山水和淳朴的民风所吸引，于是泊舟停行，结识美丽大方、善解人意的员外之女胡凤娇，因茶生情，结为伉俪。后来李旦在宫廷波谲云诡的政治斗争旋涡中能幸免于难，成为千古奇谈。看来，皆因茶而生，因茶而福。

茶园主人说：喝茶是一件极美、极享受的事，可是，采茶、制茶却是相当辛苦。最忙的三四月里，得通宵赶制茶叶，为了保证茶叶的新鲜和品质，从没睡过一个晚上囫囵觉。我不由得感慨，若非眼见为实，有谁清楚一个茶人的辛苦，以及那种苦尽甘来的幸福？茶人与茶的命运融洽得如此波澜不惊！茶的生命无异于一场凤凰涅槃，蒸、炒、揉、捏，在火热与淬炼中重获新生，而后散发淡淡清香，在杯中上下沉浮，在壶中窥见日月，与水演绎一段完美的旷世佳缘。

人生一世，又何尝不是？突然，就觉得眼前这一杯溢满清香的茶不仅仅是茶这么简单的了。茶亦俗亦雅，俗到三教九流，雅到阳春白雪。不论琴棋书画还是柴米油盐，茶亦能融合其中。

暮色四起，静寂如水，却并无月色。我们停歇在这个与外界不通信号的村落里，宁静而悠闲，心没有往日的喧浮。烤炭火，听鸡鸣，闻犬吠，远来还有江流和机船的断续声。细听，仿佛茶树拔节的沙沙声也形象起来。热闹的安静，清醒的沉醉，与之“对坐细论文，烹茶香胜酒”，在茶香氤氲中沉沉入睡，此番情景，是为居住在逼仄的城市所梦寐的。

一枕暗香听橹声，寻梦无痕到碣滩。梦或者不梦，皆有茶香萦绕；醒或者不醒，唯愿清风知晓我意。从此，甘做一个隐者，醉卧山间，不究世事，唯把一份淡泊，一份淳美，一份雅静，留在生命的最深处。

只是，出世与入世，普通人多么难以从容自如，我不禁又为自我的局限而困惑。人世千年回转中，再也经不起岁月的斑驳。那就用一颗素简清宁的心，捧一杯清茶，在俗世流年中，在茶壶天地里，在平静冲淡中，等待一场不朽的茶与水的千古温情。

第二日早晨，须乘船继续下行，容不得久留。然而，那一片茶园，那两岸山色，那素朴的村落，那熏腊的火塘，那片滴漏的屋檐，那棵青翁的棕树，都在我苍凉的记忆里温暖着……

## 水墨氤染是清浪

清浪，也许，是又一个让人梦寐着的地方。

船行缓缓于沅江碧波上，透过舷窗，极目远眺，两岸山色与别处无异，机船的嗒嗒声让人欲睡，我翻看手机，将前日的照片发微信并配诗："芦花飞处斜阳迟，水岸人家是茶乡。垄间千行绿满园，一叶入梦闻天香。"图与文倒也相得益彰，不禁惬意，脑海里浮现的是连日来所见漫山遍野的茶园。

抬头看看天时，不见阳光，倒也明朗，我想，清浪的山水该也是美丽的。

约莫一个时辰，只见江面开始宽阔，两岸青山遥遥，水面雾气蒙蒙，气蒸云梦，涛静流深。几只小舟悠游其上，白色汽艇呼啸而过，水汽、天光、山色均呈一色，仿佛有八百里洞庭的浩渺之感，氤染出一幅大手笔写意水墨画卷。

岸边多了一排房舍，房子多是两三层楼高，基脚垒起于水底，高高低低的水泥石柱在水面依次排开，鳞次栉比，倒也壮观。只是，要想看到老城那种用长木桩支撑的水岸吊脚楼，怕是难寻踪迹。老城的记忆都去哪儿了？我的心底突然唤醒了一些莫名的失落。

正这样怀想与怅惘时，清浪集镇到了。

第一次来清浪，是带着许多文字描写中的理想来的，刘舰平老师《船过清浪滩》的画面在脑海浮现，而眼前看到的，却是千篇一律的小城镇化建设复制，毫无特点的砖瓦房，高低参差，甚至有些凌乱的街面，杂货店遍地。看来，现代文明的高速发展，如春风吹到了每一个乡村角落，但我总觉得这一山一水的好景致，怎么就少了点什么。

“清浪滩，鬼门关，十只船来九只翻。”这首歌谣说的是以前的清浪，如今这里早就没有半点“鬼门关”的影子，高峡平湖，渔乡茶肆，日渐热闹。只有花白胡须的老人们闲时才会聊起先前的一些个故事，又或者那些水下的滩头在细数过往的精彩。

休憩安顿罢了，继续参观茶园。只是我已没有了昨日的好兴致。去茶园得走一段相当长的小路，阡陌迂回。越走越累的时候，就稍停下来，开始细数萦绕心里已久的那些烦琐，原本很多可以放下的东西，却一直背负在心头。走着走着，心就累了；走着走着，时光就老了。

此地茶园亦美，漫山碧透，清香沁脾，看着就舒心提气。忍不住采了几片嫩叶子，放在鼻尖，“莫道醉人唯美酒，茶香入心亦醉人”。能与自然亲密接触，让灵魂吸了一会儿氧的工夫，让心灵的舒畅赶走了一直郁着的情绪。

一行在茶园林间小坐休憩，我安静得仿佛端坐在内心的世界，只与自己的灵魂对望。瞬间的心思，万缕的情绪，化作一片茶叶的静谧，风住尘香，无声呢喃，心却早已泪流满面。一指苍茫处，淡淡流年香。一片茶叶的命运与人的命运真是似曾相识，只是有几人能真正去关注一片茶叶的命运？纷繁世界里，谁又是谁的茶情水意？

如果说品茶是一种心情，心情好时，便神清气爽；心情不佳，便也乏味苦涩。想来，一路看茶、赏茶、品茶，我的心情真是不知不觉中融合了茶样的复杂心情。一片树叶居然改变了水的味道，同样，也可以改变我的心情。一路走来，看山水，悟茶道，在茶中悟禅机，在茶中知甘苦，在茶中“松涛烹雪醒诗梦，竹院浮烟荡俗尘”。

好山、好水、好景致让人流连忘返。遗憾的是，不是每一处好风景都可以永远眷留，不是每一个好景致都不会辜负。人生一世，兀自繁复，终究怕是要辜负一些好东西。一路想来，我大概也许真的辜负了人生中太多的热闹，太多的美好。好在，还能从一片树叶的沉浮跌宕中悟到，真正不虚此行。

入夜，朦胧隐约的一弯月下，沅江水温柔而敦厚，轻舔着码头。一个人轻浅地徘徊在月下水旁，船过清浪滩的种种神话与传说，苦难与坚忍，迷蒙与清醒，安静与热闹，茶情与水意，既磅礴闳约又细腻真切。茶乡清浪，真是一个水墨氤染之地、流光梦魇之所，凝神谛听，唯有水下的滩头似乎在细细诉说……

# 通草寻幽竹影疏

推开厚重的门，有时光泄漏的声响，撕开一些生活的口子。该是时候出走一会儿了，在自然里，在山水间……

时光就这样，看似慢慢悠悠，水波不兴，却常常让一切美的事物或逃遁，或轮回。荒芜的树枝长出了嫩绿的细芽，酸涩的樱桃变得透红甘甜，一树青绿绿的枇杷也圆润透黄了。接着，院子里的石榴花红了，栀子花馥郁的香气四处弥散……款步而来的，是五月的夏，处处呈现着生机蓬勃的面孔和热闹的现场。

景色正当时，一切都刚刚好。最初的模样，最妙的感觉。我喜欢与自然为伍，喜欢徒步山林，踏雪寻梅，静观秋月，拈杏花春雨，赏墨竹疏影。吹一吹清新的风，嗅一嗅泥土的气息。隔着一些山，隔着一些树，看天清云淡，风吹花动，想一些生活之外的事。不知心底的情愫，因何而起，又因何而止，那些美得令人心痛的山水，时不时在我的眼里跳跃。潜藏在心里的东西，总想着写一写。可又担心，粗拙的文字，会把这一方山水，写浅了，写薄了，写不出她万分之一的灵性和淳美。

周末，清晨，曙色微醺，起了一点兴致。于是出走，去乡村。在乡间小路走一走，总是会有些许的惊喜。树林里，满目青绿，万物葳蕤。水田里，稻苗清新，沟壑纵横，渠水泠泠。空气中，到处弥散着水汽的清凉和野花甜润的馨香。所有的山间植物，都没了秋冬时节枯蔫的颓废，而是一个个飘逸的精灵，处处展示一片鲜活的绿意，使得我的眉眼绿了，心也绿了。

我喜欢山间植物，尤其喜爱竹。竹子历来为文人雅士喜爱，唯东坡和板桥先生最甚。想来，东坡先生是最有雅癖的，“宁可食无肉，不可居无竹”，痴醉了不少附庸风雅的人们。我虽不懂欣赏艺术之美，却对细细瘦瘦、有君子之风的竹一见倾心。上天一定没有辜负我，正是因着这份喜爱，我似乎并不偶然地总是遇见，遇见竹，就遇着心仪。

乡村田舍就应该有几棵竹子，茂林修竹，郁郁葱葱，似乎有了竹子，便是一直憧憬着的“桑竹可绘”的乡村模样。我对竹子怀着情结，老家岩屋潭那一片蓊郁的竹林，经常在梦里摇曳，只是很少有机会再回去。突然眼前一个热闹的竹林人家，确实给了我惊喜。这是名叫通草的小村落，通草，我理应这样认为：曲径通幽，无边无界的草木之地。这么一片蓊郁的竹林，一定是这整个村庄的灵魂。

鸟鸣风前，花迷野径，竹林间漫步，闭眼一想都是美的。能遇见如此世外桃源之地，幸甚，甚幸。“淡烟古墨纵横”，“高节清风曾见”。在那些吊脚木楼两旁，或是房前屋后，乡巷是狭窄的，房屋是古朴的，唯有那一丛一簇的竹林，在这个村庄最养眼。“书屋流光侵月明，墙角竹影舞缤纷”。如果晚一点，在有月光洒落的院子，院子里的竹影轻摇，是可以摇出一幅意蕴丰盈的中国墨画来的——明月松间，墨竹疏影，总使人想着是管夫人笔下的真迹。

山依然支撑起延绵的姿态，茂林修竹耸峙眼前，有点落落大方，又有点突兀而来，或是渐入梦里。我来与不来，竹林都在默默地守候。一阵阵山狗的吠声，总在提醒我这个不速之客，我实在无意打扰它们的宁静。安静地行走，或泥泞小道，或青石铺砌，走走停停，总能打发一些空虚无用的时光，似乎一脚就能踏碎整个午后的静寂。或是顺手采一把路边的野菜，也绝对是兴致所起。偶尔可以采到鱼腥草、马援苦叶，最兴奋的莫过于采到一个鲜嫩的竹笋，等拿回家洗净，切片，拌腊肉爆炒，想着口水就直流。

在林间走着，心笃定而宁静。或是用竹杖敲击青石板，发出自己喜欢听的清亮的脆响；或是看看，一路随心所欲的烟霞；或是听听，羊儿回栏的一路叮铃。山村越发有些空寂，这些极平常，也都极有韵味，是真正乡村的味道。路边几只小蚂蚱，在草丛中蹦来蹦去。它们在这样的山间，默默地生死，飞不高，也跳不远，却自在快乐。我有了一丝觉醒与悲悯：难道，我们每个人不也藏着一颗尚未觉醒的佛心吗？在自然中催化发酵，走着，走着，就醒了。

走得累了，可以随处歇歇脚。歇在农家小院的屋檐下，或席地而坐，或是蹲坐在门前一张闲置的长板凳上。听一听山风鸟鸣，嗅一嗅草花泥香，或是若有所思，伴随远远近近的鸡鸣狗吠，抒发一个读书人该有的情绪，思忖一些尘世之外的事。乡亲是友善的，只要是开着门在屋的，一定会迎我们进去坐坐。端杯热茶，捧出花生，热情而健谈地聊着一些乡村往事。但大部分的村居都是铁将军把门，斑驳的院子里偶尔有一两个留守儿童在与猫狗亲密玩耍着，遇见我们，睁大怯生生的眼睛上下打量，然后羞涩地跑开。村居生活，并不总是如电视画面里“采菊东篱下，悠然见南山”的雅，还有一些不足为外人道的艰辛。乡村并不都是美的，低矮的木房，颓败的院墙，松散的篱笆，慵懒的黄狗……然而乡村似乎从来都不用思考，思考未来的世界是个什么样子。不参与，也融入不了，冷眼静静地看着外界万物风云变幻。不过，村庄至少在我眼里，看见某一个切面的美，仍旧是好的，有这，已足够。继而，又希望她永远就这么宁静着、朴茂着，与世无争着。我臆想着她隅居于尘世之外的美，并暗暗地期许着她的未来，想必也应该是美好的。

天色渐渐暗了下来。天空是一盏乏了油的煤油灯盏，由红变黄，再变成暗褐。只不过是一眨眼的工夫，月亮就从屋顶树梢跃入了我的视线。一弯下弦月，似镰刀弯钩，小巧精致，周围笼上了一圈灰蒙蒙的光晕，仿佛一面上了雾气的镜子。也许是因为我的近视，总能让心底对熟悉清晰的事物产生一种朦胧之美。好在，我已经习惯了朦胧的世界，倒真正害怕看清这个世界许多缤纷杂乱的真实，或者说是真实背后的真实。但，我怕是欣赏不到月光下竹影摇曳，即成中国墨画的美了。我得回去了。

一直坐在门口编织竹篾的后生，终于起身回了屋；挽着裤腿，赶羊回栏的大爷，也蹒跚着到了家门，忙碌着生火做饭，开启乡村生活最朴实而重要的一幕。一只慵懒的大黄狗，偶尔吠几声，好像并不欺生我这个不速之客，或者说它早已不屑于搭理我。我确是害怕狗，见着它们就躲得远远的。我想着早该回去，可留恋这里的山，这里的竹，脚步迟疑。我只是路过，或者说是刻意来路过，我从一开始，就无意打搅它们的宁静。得往回走了，月光铺满了曲曲折折的小路，也照着那一片安静的竹林。远远地，只见一团墨，并不摇曳多姿，我最终也没能想象出一幅中国墨竹图来。

山村归于寂寞，竹子是清寂的，老人和后生是孤独的，通草村的一草一木，又是怎样地寂寞。他们对于孤独生长或殒亡滋味的体会，一定远远甚过我的体会。

村庄的竹子和人，共一样的命运，一茬茬地出生、远离，又一茬茬地老去、寂然、消失，如一颗石子投入水中发出沉闷的“噗”一声，之后，就再无声息。但，这一切并不使人难过，似乎一切原本就是这个样子。我，一个过客，只剩下了对这幅“归园田居”的羡慕，来这里，除了这个目的，似乎没有其他，村庄并不需要我们怀着同情或是怜悯的矫情。事实上，生活中原本就没有那么多廉价的卑微和怜悯。

我想着，应该用充满敬意的目光望着通草的一切了……

# 一树桃花一树诗

春天，一定是从田野里长出来的，从溪水里流淌出来的，从小鸟的歌声中唱响出来的，也一定，是被一树桃花悄悄唤醒的。

“是桃花让我爱上春天，还是春天教我爱上了桃花？”试想一下，世间少了娇柔妩媚的桃花之美，春天还能是春天吗？

一段时间以来，我被满满一园子的春色关在门外。春天似乎离我很远。我看不见她，她也望不到我。一些时光泄漏的声响，渐渐敲开一些生活沉闷的节奏，该是时候出去小走一会儿，在山水自然里，在春色无边里。据说，郊田之外未始无春。

必须，出发了，“桃之夭夭，灼灼其华”的季节，真的不想错过。三月雨润，杨柳披风，蓝溪两岸的乡村田舍，随处可见一树或几树桃花，尽管她与周围灰蒙蒙的主色调不搭，却还是早早地装点从冷色调苏醒出来的村庄、林子、田野。“孤村几岁临伊岸，一雁初晴下朔风。”在一个村子里，最能感受春天气息的，想必就是一树桃花的绽放。早春的山野是寂寞的，小草刚刚吐出细芽，浅草才能没了马蹄，早开的山樱，粉色如白，一切都安安静静的，直到一树桃花的盛开，春天就真正热闹起来了。也许并不需要成片成片的桃林，能远远地，看着村口，或是院头，开有一团一簇的粉红，心里顿时有了温暖，有了春天的方向。

一群知性的母亲，欣然组建了自己的徒步队伍，起一个美美的名字："桃花户外部落"。我们都渴望"扣舷得新诗，茶煮桃花水"的惬意生活，向往在某个"一季桃花一座城"里，伴一抹流云、一缕清风、一帘烟雨、一树花开、一季青葱。可愿倾城，覆我三世桃花，不经秋冷。可愿倾情，予我一世清欢，不作回眸。如此，便是最好。

徒步在山野的坡地上，在某处菜园子边，邂逅一两株桃花，"桃花帘外春意暖"，"人与桃花隔不远"。那种由内而外的欣喜，是无与伦比的。桃花闹闹地开在枝头，开得满目眩晕，淡淡的粉，红红的霞，"媚而不妖，艳而不俗"，俊美飘逸，诗云"满树和娇烂漫红，万枝丹彩灼春融"，我是毫不吝惜用夸张的词汇来表达心情的，"我只想守着一朵春天里跟来的桃花，把那有限的花瓣，数过来，数过去"。倘若俯身枝头，闻一闻沁人心脾的香气，那简直是如痴如醉了。"桃花的粉色是一座山，在这座山下，一种不知名的飞鸟匆匆而过，好像再多待一会儿，就会像桃树一样，开花，结果。"一切都是美美的样子，风景在眼前炫耀，美好在心间流淌，生活栖息在诗意中。

然而，桃花的美是短暂的。在我离开以后，在一场春雨之后，她就该"绿肥红瘦"了。"残红尚有三千树，不及初开一朵鲜。"越发忆起桃花初开的雅然，只可惜物是人非，人走花落。"落红不是无情物，化作春泥更护花"，她用那短暂易逝的美，装点一黛青山、一溪河水、一方乡土，想来桃花也算是有情有义的了。“花谢花飞飞满天，红消香断有谁怜？”闲云落花，月白天青，在我一个浅淡女子的眼里，一切万物皆有灵且美，有情且真。

桃花开败后，所有的草木就真正繁茂起来了，山花嫣红起来了，春水朗润起来了，雨脚丰盈起来了……一切都在恣肆地蔚然着欢悦、生机。阳光，在枝头跳跃不停。云彩，在山头涧底纵意抒情。随处可见的是，春天活脱脱得淋漓尽致，红的红、白的白、紫的紫，仿佛打翻了画家的颜料盘，毫不吝啬地给大地泼洒着芳菲。

“行到水穷处，坐看云起时”。徒步是轻松惬意的，至少可以短暂地放下一切，“久在樊笼里，复得返自然”，那种清新、简约、回归实在是种难得的馈赠。然而，可以放下的东西终究是真正放不下的。徒步回家，我们还得回到红尘中，继续扮演自己既定的那个角色，各种面具，各种无奈，随着生命不断延续。

事实上，我们的生存空间变得越来越逼仄，情感归属变得越来越无助，于是总想在一些事物中，找心灵的归属，找失去的自我。我不知道别人是不是这样想的，至少我是觉得在一片山水里，与一朵花对视，是能找到心灵的温度的，似乎看着一朵桃花的渐渐绽放，就能让梦里的故乡苏醒过来。

世间少不得繁华，但最终都会烟消云散。满目山河空念远，独留一世华美的凄寂。“太完美，有时候是一种伤害。”是啊，世间那些才情俱佳如花样的女子，谁又能真正红颜不老，除去华美袍子上的虱子独善其身呢？孤高清寂，难道是她们最终走向自己灵魂的唯一选择吗？“人面不知何处去，桃花依旧笑春风。”春草有再绿的时候，燕子有再来的时候，桃花也有再开的时候，只是我呢？突然想，我该原谅那个在我的课堂上涂抹粉红唇膏的女学生了。如此的春色里，春风荡漾，韶华易逝，谁不想做一回美美的自己？

试想，遣一道清风酒浓，与君对饮胭脂红。柳永的蓝舟过后，酒醒断肠处，会是谁的微笑清瘦如诗？杜甫江畔独步之后，又会是谁的桃花一簇开无主？一襟温软，一袖清风，一眸情浓。桃花开了，春天毕竟来了。且用一个昏睡几年未曾醒来的桃花诗人的句子，权当结尾吧："我就住在离你最近的那瓣桃花里，如果有什么风吹花动，你轻轻地唤一声，我会出来……"

# 蒲扇中的龙船

家里有一把上了年纪的蒲扇，朴拙、厚实，据说是外婆留下的，外婆那年看龙船，就带着这把蒲扇。

蒲扇被母亲束之高阁，不轻易拿出来，说是留点念想。但现在还是被我翻了出来，宽大而结实的蒲扇，扇出了一船小小的快乐，一夏清亮的向往，难道不是这样吗?

快端午时，读小学三年级的女儿兴冲冲从学校回来，宣布一件挺盛大的事情：“妈妈，我报名参加学校的纸龙船比赛了。”这是一项重要赛事，于女儿来说，不亚于参加奥运会。这下，可轮到我与一家人日夜忙活了。扎纸龙船，需要一副南竹篾片做成的梁架。梁架宽约五厘米，长一米到两米左右。梁架两头用炭火温烤成合适的弯度上翘，绷上纲线。船身得用有颜色的彩纸糊裱，船身下面需装有滑轮。纸船的上面用纸糊裱成数个风袋，斗口朝后。整整一个星期，我们全家出动，找的找篾片，买的买滑轮，与女儿一道讨论船的颜色，绘制什么花纹，折怎样大小的风斗，龙船的长度，风斗的个数，悉数都要细致地讨论与制作。最后，经过差不多十来天的紧制慢赶，一只黄红相间，绘有彩色龙纹，个头威武霸气的纸龙船，终于在女儿与全家人的努力下横空出世。

扇纸龙船，需要一把结实的蒲扇，我找到了母亲房间藏起的那把蒲扇。有了蒲扇，于是我开始训练女儿扇风的臂力与腕力、角度与力度。因为，比赛时，各人在自己指定的跑道内进行，选手需跟在纸龙船后面，一边用蒲扇扇风助动，一边呐喊奔跑。在扇风助动的同时，选手还要掌握好方向。方向的控制不能直接用手接触船身，如果发现船身有偏移，只能用扇子扇风校正。谁最先或时间最短抵达终点为赢。若是偏离跑道，则被视为“走艄”，要被判为输船。比赛那天，是端午节。龙舟广场上集结了上千名“小小龙人”，以蒲扇做桨，在陆地上“驱赶”着上百艘纸龙船激烈竞逐，你争霸来我称雄，红、黄、蓝、乌、花，色彩斑斓，造型妙趣横生，场面十分壮阔热闹。比赛时，我们全家人倾巢出动，为女儿助威呐喊：“橙子加油，橙子必胜！”不一会儿，只听哨声一响，屏气凝神的女儿额头系着红红的英雄结，手挥蒲扇，目光凝视着龙船与跑道，一下一下，十分稳熟而又有节奏地扇着纸龙船迅疾向前滑行，其间好几次差点偏离跑道，不过，很快又被调整了过来，最后率先抵达终点。女儿兴奋地摇着蒲扇欢呼狂跳起来，我们全家人搂抱在一起，像是女儿获得了奥运冠军一样，举着她环场绕行一周，威风极了。整个赛场锣鼓声、喝彩声和呐喊声此起彼伏，其竞赛之激烈、场面之刺激、氛围之浓厚，一点也不逊色于沅水河中大龙船的激流横渡。

除纸龙船外，沅陵过去还有划旱龙船的习俗。不过划旱龙船不是在五月，而是正月。旱龙船通常用竹或木头做成，船供奉傩公傩母（五溪一带盘瓠、辛女的另一种形象），由巫师领头，众人抬着她，于正月间敲锣打鼓祭祖娱神四处送福。主人家则要放着鞭炮迎接，并且还要给傩公傩母敬献香、米、花鞋、红绸布等物，认为只有送上这些祭物，才会得到祖先保佑，消病免灾，百事通畅。这与五月辰河传统龙舟赛祭祀盘瓠祖先，有异曲同工之处。后有《竹枝词》即形象地描述此风俗："旱龙船到画堂中，既上花鞋又上红。祝罢傩神无别事，一门清洁谢主东。"

沅陵人扒龙船极负盛名。当流放沅水湘江的屈原看到沅水龙舟竞渡的壮观景象时，不由得感叹"驾龙舟兮乘雷，载云旗兮委蛇"(《东君》)"令沅湘兮无波，使江水兮安流"(《湘君》)。唐代诗人刘禹锡更是身临其境吟咏出"沅江五月平堤流，邑人相将浮彩舟。灵均何年歌已矣，哀谣振楫从此起。杨桴击节雷阗阗，乱流齐进声轰然。蛟龙得雨鬐鬣动，螮蝀饮河形影联"这一千古流传的《竞渡曲》。

我外公是深溪口人，在水边的风浪里长大，极爱看龙船，说起龙船经来头头是道。每年端午前后扒龙船时，外公外婆都会从乡里坐船赶来县城，早早地带了小木凳，摇着老旧的蒲扇，占据沿河边极好的位置，看着一条条龙船从南岸冲向北岸，特别是看到自己乡里的船举桡冲岸时，自是兴奋不已，浑身是劲。后来，母亲也带我看过好几次龙船，每次看时，沸腾的沅水河上，汹涌澎湃的是满江的呐喊与锣鼓，满江的追逐与缤纷，满江流泻的是勇敢与剽悍。那种力的爆发与较量，碰撞与搏击，让两岸数十万狂热的观众浑身都是苞谷子劲。确确是"火之血，酒之气，山之骨，水之魂，五月辰河看龙腾，方识沅陵人。鼓如雷，烟似云，动桡雾气生，吼声破山门，三千载浪里争雄，九万年不老乡情，胜亦赢，败亦赢，帅旗满江横"(石煌远《龙腾序》)。

沅陵龙舟，在"三垴九洞十八滩"的沅水河上翻腾了几千年，早已形成偷料、关头、清梲、赏红、抢红、砸船、两大观点、三大流派等厚厚的一部沅水龙船经。人，是船的灵魂，船，是人的生命，天、地、船、人浑然一体。真正是：咬一口辣椒热一身汗，喝一碗烧酒赛一回船，擂一通大鼓壮一次行，摇一杆大旗天地旋……

小时候，我每次随着外公外婆，陪着母亲看龙船，多看的不是船，而是人。无论是大太阳天或是落雨天，到了约定的时间，扒龙船照常不误。看船的人，哪怕是丢了千般工夫，“宁愿荒废一年田，不愿输掉一年船”，都要摇着蒲扇、携了凳子，抱着小孩，有的坐在河岸码头上，有的坐在趸船上，有的被挤到河水边，人人都伸着细细的脖子，睁得眼珠子差不多都要掉下来，或是攥拳跺脚，或是捶胸搼背。自己看好的船赢了，则手舞足蹈，兴高采烈；输了，则痛心落泪，寝食难安，还要找个理由，与人争得面红耳赤，甚至父子兄弟夫妻反目。看船人，汗长水流地扇着风，从背篓里拎出几串粽子，津津有味地享用，也是一种风景。端午都有包粽子的习俗，外婆与母亲做的粽子，可以称得上一绝。用红枣、花生、苞谷、绿豆、腊肉等掺和在用木碱灰浸染过的糯米中，用箬叶包裹成三角形或小宝塔形，用棕叶线扎紧，十个八个一串，放入锅中蒸熟。刚开锅的粽子，外观青绿，内里嫩黄堆累，清香扑鼻，十分诱人。我小时与其说是看龙船，不如说，更多的是为了在热天热地中，感受那闹腾的气氛，吃外婆与母亲做的粽子，享受一个孩子该有的“放肆”的童年。

遗憾的是，外公走了好多年了。前两年，八十多岁的外婆也因为一场意外离开了我们。母亲去了张家界帮姐姐给孩子做饭，一年难得回来一两趟。没有了外婆的蒲扇与母亲的粽子，再去看龙船，已是索然寡味了。

好在，今年的端午，与女儿一起参加纸龙船比赛，又勾起了一些被岁月隐去的记忆。龙舟情结已然融入了沅陵山城老老少少的骨子里，龙舟精神也在不断地传承下来。当我把这把蒲扇交到女儿手中时，希望可以在未来的日子里，继续扇出一船小小的快乐，一船清亮的向往，一船五彩的前程。

# 夏有借母溪

如果来借母溪看看山水，我想，这个夏天应该意趣横生。

这几年，借母溪一直名声在外，县里旅游宣传也做得不错，原始次森林，沟谷风光，泉清水碧，神秘狃花习俗等。朋友一直说要来沅陵看借母溪，我知道，他素来悦山乐水，只要是山清水秀的地方就充满向往。我说，来吧，借母溪应该不负你的期待。

暑假末，朋友是带着朋友而来的，两台车，三家人，还带着野炊的工具。帐篷，茶具，钓竿，一应俱全，看来是准备安营扎寨了。对于去过多次的景点，我确是少了兴奋。但女儿是第一次亲近借母溪的山水，而且有朋友的儿子陪伴，三个小家伙，一路欢歌笑语，唱歌、猜谜语、诵童谣，根本不知道什么是疲惫。

从县城到借母溪，走张沅公路，近两个小时。山路弯弯，风光秀丽，一湾大河，一条公路，并驱向前。到达深溪口乡政府，往左拐进深溪，一直向前，经过枫香坪，到达借母溪乡政府，再往前，过洪水坪桥，一路经过小溪，经过田野，经过猕猴桃基地，经过村庄，山路蜿蜒向前，直到千塘湾村支部，借母溪游客接待中心，也就到了借母溪景区。

我们这一群拖家带口的，要想全程穿越借母溪是困难的。穿越借母溪，翻山越涧，爬坡上坎，一来一回，得两天时间，那还是专业徒步队员的速度，而我们只为看看山水，放松心情，自然是走到哪里算哪里，并不一定要到达终点。沿着溪边的栈道，看溪水蜿蜒在山谷间、丛林里，流出自己想要的方式，唱着自己满意的歌儿，并非刻意去逢迎。在林间穿行，目力所及处，遍山都是珍稀的树种，茂密的植被，不知名的野花和草木让人对山林充满了某种神秘与敬畏。溪对岸，黄色的彼岸花开在倒地的朽木旁，真是妖娆，整个山谷仿佛透着神秘的气息，藏着许多不为人知的秘密。高大的松树和低矮的灌木，交错铺陈，颇有层次感，茂密着却并不显拥挤。每一棵树，都长成自己喜欢的形状，数着自己不老的年龄，它们就是山中的旗帜，挺拔庄严，彰显着山的巍峨，总是给人积极向上的正能量。看看那些花、那些树，再看看自己，突然就有了某些感动。

一路向前，一路赏心悦目，所见之处皆是自然天成的野趣。走得累了，看一眼借母溪的一汪清泉，就会浑身通透、舒坦。倦了，随意铺坐在溪边大大小小、光滑圆润的卵石上，伸展四肢，或是躺下，望着蓝天白云，嗅着负氧离子饱满的空气，沟谷里野花的香味儿，忘记尘世里的诸多烦恼。饿了，随处可以栖息，支起帐篷，摆开炊具，餐后喝点小茶，幕天席地地聊一些往事。孩子们在河滩上捉蝴蝶，捉小蚱蜢，观察豆娘停歇在水面上，蜻蜓点水般地，轻盈的翅膀透着幽蓝，甚是美丽。在水浅处看水草浮动，在水深处打漂漂岩，后来干脆挽起裤腿，下河摸鱼，一来二回，总是徒劳而返，却毫不气馁，偶尔翻到一只小螃蟹，呼朋引伴，其乐融融，好不惬意。

这里的小溪，自上游蜿蜒而下，在林深茂密的沟谷间流淌着，一路叮叮当当，一路欢唱。百十步，一个拐弯。百十步，一个小水潭，水尤清冽，游鱼细虾，直视无碍，看起来悠闲自得。水潭碧玉如镜，清澈照人。因为是在深山峡谷之中，经过千年万年的冲刷，这些石头无论大小，皆呈圆形：滚圆、椭圆、扁圆、平圆。远远望去一沟漂亮的弧线，纵横交错，相叠相绕，任是毕加索转世也结构不出这样的图。小潭连着溪水，溪水连着瀑布，瀑布流着溪水，真是自然天趣，动静皆宜，刚柔相济。加上两边成荫的绿树，长满青苔的岩石，巉岩碎石，皆自成风格，令人称奇。

天空很蓝，溪水很清，古树藤蔓，霜染层林，五彩绮丽。这里绿意盈盈，那里金黄耀眼，各种色彩竞相开放，一层一层，从山顶，到山腰，到山脚，再到溪谷，总是那样浓淡相宜，恰到好处。每一个角度，都是一幅原生态美景图，置身于这样的山林沟谷，一定会有“久在樊笼里，复得返自然”的兴奋。如果可以，真想一直生活在溪水边，坐在河滩上，把脚伸进凉凉的溪水，踩着光滑的鹅卵石，看晨曦霜旦，看日月盈昃，岸边的风，吹起衣裙，吹乱头发，吹抚心上的褶皱。

有山必有水，有水必有人家。山深有人家，鸡鸣茅舍边。这里木材满山遍野，家家都是吊脚木楼，吊脚楼七零八落地分布在村子的各个角落，这边一栋对着山坳，那边一栋对着溪水，并没有四平八稳的规划，远近高低，倒也错落有致。村口总是站着那么一两棵古枫树，屋后必有一大片茂林修竹，多有一口老水井，蓄满清亮的泉水。田间阡陌纵横，篱笆鸡犬相闻，劳作的乡亲，晨兴理荒秽，戴月荷锄归，倒也怡然自得，偶尔起了兴趣唱几句山歌，竟让人耳目一新：太阳出来晒白岩，金花银花滚下来；金花银花我不爱，只爱幺妹好人才……

那一栋栋老木屋，一张张老墙壁，一口口老水井，这些都是村庄的脸，那饱经风霜，从未涂脂抹粉的脸，无比地庄重而又朴素。似乎只有读懂了这一张张脸，触摸那些凝聚在每一面土夯墙壁，每一块桐油木板，每一扇雕花木窗上的旧时光，才能贴近村庄，贴近自然，聆听村庄平静的呼吸，真真懂得村庄的魅力，自然的魅力，明白人生不过如草芥，逝者如斯夫。

这一山一水、一草一木、一村一庄，除了把朴实和秀美给予我们，还给人一种踏踏实实的安宁，让浮动的心沉下来，静下来。风吹着风，水流着水，阳光穿透着阳光，云朵依偎着云朵，风景温暖着风景。

回去的路，显然很慢，很长，流连这一片山水，不舍这一方宁静，只是谁都放在心里，不愿说出来。几个小家伙，已经没有了来时的兴奋，在车上呼呼地睡着了。风有点大，摇起了车窗，暮色四起，天实实在在凉了下来。已近秋月，凉意渐浓，霜染相思，借母溪的山水，也该进入另一种境界的美了。

都说，春夏秋是来借母溪看山水的好季节，唯独没说冬季。我从来没有在冬季去过借母溪，不知道那时，小溪会不会干枯、树叶会不会落尽、枝头是否挂满了灯笼似的红柿子？我还想看看白雪覆盖下的田野、草垛，挂满冰凌的吊脚楼屋檐，在山深人家围着火坑烤红薯，吃柴火熏腊肉，喝乡里米酒……

只能在心里默默憧憬着，时节尚早，不知道下一次进山来，应该在何时。

# 蓝溪上的岩屋潭

不说蓝溪有多美，且让人遐想无限，浅浅的，清清的，带着几许幽蓝的诗意。

我之所以觉得蓝溪美，大概因为它是养育我爷爷的母亲河。我爷爷的家乡就是我父亲的家乡，我父亲的家乡现在还能是我的家乡吗？倘若父亲健在，我想那是一定的。

儿时的蓝溪，河道干净敞阔，蜿蜒绵远，途经高山田野，村庄集镇，或碧水深潭，或浅滩激流，尚能水草繁茂，鱼虾成群。我曾记得暑假，和小伙伴们在这条碧蓝碧蓝的溪水里，学游泳，捉小鱼，网河虾，翻螃蟹，单纯而愉快。河里的小鱼一冒泡，吐桨花就开了。河两边，山雀子一叫，春天就来了。我童年最珍贵的那部分记忆，就水灵灵地洒落在蓝溪的两岸。

蓝溪最终是汇入沅江的，在一个叫作蓝溪口的地方。它的上游，是一个叫岩屋潭的水库。水库面积宽阔，延伸数里直达蒙福村。上世纪 70 年代修建了岩屋潭水电站，这大概是和凤滩水电站同一时期修建的。沅陵一县好山，除山之外，当然是五溪秋水了。想来，这蓝溪理应也是五溪秋水中的一处细枝末节。靠山吃山，靠水吃水。地处山区，没有别的工业优势，水力发电一直是县里的支柱产业。天气晴好时，站在山顶视线开阔，往下俯瞰，水碧潭深，大坝魏然耸立于两山之间，略略有些高峡平湖的景观。继续凝眸远眺，正值枯水季节，河床到处露出灰色的、大小不一的鹅卵石。河道像一条浅白的带子蜿蜒飘拂而去，流至下游日渐兴隆的集镇。一条与之并行的高速公路穿山越涧而过，将远处的集镇一分为二。水库蓄水并不多，水位尚浅，依稀可见一些水位标线。山里的水，涨得快也消得快。想起春夏洪水肆虐的时候，大坝也是经过重重考验的。坝下是绿荫环绕的生活区和发电房。小时候，我们学校组织学生来这里春游过两次。这在当时，心里是把它当成一个游玩胜地来膜拜的，觉得能来那里上班的人也特别威武，同时又充满了某种神秘感，特别是对那些密密麻麻如蛛网的高压线，既觉高深莫测，又惴惴不安。

后来，听伯父讲，当年没有修水电站以前，那里是一个叫岩屋潭的小村落。村落依山傍水，宁静幽寂，颇有田园牧歌的味道。我爷爷的家就在现在的那片竹林边，当时是一栋简易的两手推车式的吊脚木楼，住着爷爷和叔爷两家人。木楼前有院坪，后有竹林，鸡犬相闻。后来，岩屋潭因为得天独厚的地理条件，被政府相中修建了水电站。村子里的人们不得不搬迁去别处，有的搬到下游平坦的凉水井集镇居住，有的搬迁在一个叫云丛洞村落户，还有的，就安家落户在对河的张家村。一个村落散了，一些红白喜事就淡了，比如嫁女、起屋、上梁、满月酒，过年走亲、串门、讨财喜，来来回回，几个村，几里路，徒徒地多了好些行程，亲戚间渐渐地也就疏远了联系。

春节期间，因着心底的某种情愫，回了一趟老家，还专门去了一趟岩屋潭水电站，陪着母亲，及一大家子。车直接把我们送到了坝顶，下车四处一望，坝还是原来的坝，只是没有了记忆中的高度，也不似从前巍然。许多房屋设施，在风雨中荒芜了容颜，然而茂林修竹成片，四周绿荫耸翠，倒是较之前多了些自然之气。山水依然还是那方山水，一如往日地清润扑面。水上，一叶扁舟，一位钓者，气定神闲。一只白鹭从山的半腰、水的平面掠过，投下轻倩的影像。我不禁一愣，美在心里，顿时有了感觉。水岸横七竖八的几只渔船，只见晾晒的几张渔网却不见渔翁，想必我是错过了清晨网鱼的好时光。此时，此景，真不知是梦里仙域，还是名家的轻笔点染，有点成诗成画的意味。倘若是春暖花开的季节，随便走到哪个角度，融入这一方自然山水，都应该是好的享受。

许多时候，我想，我是应该写写这条溪，溪上的这汪潭，这座水库，这个电站的。只是，我对文字素来怀有敬畏之心，常常因自己的才情浅薄而卑怯，迟迟不敢下笔为文。我一直想让文字里有乡村的清新，有草木的香气，也有孩童的稚气和纯真。可是我却总是把叮咚的泉水写得沉闷，把山花写得艳俗，且老气横秋。有时甚至怀疑自己是不是写文字的料。我一思考，上帝就笑了。思考的结果总是不欢而散。

但是，岩屋潭是一定要写的。不仅仅因为父亲，还有关于一个朋友的嘱托。她曾经说：你写了那么多文字，能不能写写我们的岩屋潭呢？她用的是“我们”这个词，我当时有点感动了。后来就一直耽搁于工作，不是我有意遗忘了什么，而是，那些记忆于我们现在的生活终究是回不去的。后来水电站效益不好下岗改制，她去了外地，她父母的家也搬离了岩屋潭水电站，就这样一直失去了联系。如今，那些生活区的老房子大多空着，大部分年轻人自谋职业，在外面发展好的多在城里安了家，立了业。大概还有一些老人不愿改变生活方式，依然在年复一年地坚守着。岩屋潭还是原来的样子，似乎一切都没有变，只是我们已经长大，青春呼啸而过，于我们现在而言，已成奢侈的回望，回不去的一声叹息。

岩屋潭水库的水流经闸道，始终是流向蓝溪的。而蓝溪也始终是养育我父亲的河流，养育我父亲的河流同样也养育了我和姐姐，这是不可改变的渊源。蓝溪流经无数的村庄、田野、平地、林子，始终朝着一个方向流向沅江。大河向东，永无止息。可不知为什么，蓝溪流着流着，就流成了现在的千疮百孔，面目全非。钒矿、沙场、水泥厂，横亘两岸，尘土飞扬，河床乱石嶙峋。我真不忍心看到现在的蓝溪，它不再是往日清素的面容，且不说各种原因，混浊与污染是一定的。可是，世上哪一条河流，又能逃避被亵渎的命运呢？人与花、与草、与树、与河流，都会遭遇到各样曲折与不幸。然而生命的长河却又是无止无境的，最终会输给时光，不知道一条河流会不会一直输下去。一条河流的历史，就是一段岁月的战争。什么时候，河流的战争结束了，我还能不能再次找回蓝溪的蓝、蓝溪的念想呢？也许这些都如同我苍凉的青春记忆，只是一串一串的伤痕累累，早已经不值一提了。

不管怎样，一些记忆都会随岁月渐行渐远，模糊下去。特别是于目前不甚明媚的生活而言，能有一些或生趣、或苍凉的记忆，也许都是件挺奢侈的事情。且清且明的日子又要到了，我想，我该去山里祭拜父亲了。

# 一株野百合

五月，一个季节完美的截面，停留在这个与春天最远、与夏天最近的地方。云层上的阳光，可以随意地洒落，仿佛一切，都可以触手而及。

从金华山顶下来，嶙峋怪石旁盛开着一簇蓝调迷人的鸢尾花，伙伴们都惊呼起来，拿起手机、单反，一通铺天盖地地狂轰乱拍，拍得风中摇曳的花儿都有些羞涩得不好意思。

在离鸢尾花不远的另一处石头罅隙，一株尺许的百合苗安静寂寞地待在杂草丛中，既不显眼，也不萎缩，对生的绿叶努力向上朗诵着并不充裕的阳光，略显瘦弱的身躯，直直地挺着胸膛。我心里突然有些异样的疼痛，一个内在纯洁的念头油然而生：我要把她带回家，我要让她开出灵性宣净的花朵，让她绰约挺秀的风姿，成为一种遗世独立的高洁和优雅。我用纤细的手小心翼翼地拔掉周围的杂草，又找来一截树枝，在石缝中掘着，费了九牛二虎之力，终于连带着球茎的一小块黑土，被我用袋子细细地包裹着，珍宝般捧在手心。

下山的路，很长。我捧着这株并没有花朵的百合，如同捧着生活所有的希望。然而，过了没多久，这株离开了土地的百合，耷拉着头，所有叶片无精打采地低垂着，一副颓唐绝望的样子。同伴们都说，这株百合肯定活不了了，顺手丢掉算了。我忽然有了一丝悔恨与愧疚，也许，我真的伤害到她了，我真的不该让她离开她所生长的那块土地，哪怕如此地艰难，如此地贫瘠。伙伴们一路欢言嬉语，只我一人默默的，一会儿看看百合，一会儿又看看百合，她在我的手中缓缓地变软、变枯，我的眼泪差点都快要出来了。

回到家，顾不上吃饭，我找了一个大大的花钵，又从小区捧来肥沃的花土。将所有的泥土捏碎揉细，连带着球茎上的黑土和须茎，细细匀铺，待将百合轻柔地栽正、栽稳后，用花洒浇上水，忐忑不安地放置在阳台。

我开始默默祈祷。洗漱完，去看了看。临睡时，又去看了看。第二天清晨，起床第一件事，跑去阳台又看了看。

再看时，我惊呆了。先前耷拉的头，倔强地开始昂了起来，碧绿的叶片上甚至沾了几滴露珠，晶莹剔透。

一个生命，重新开始焕然；一个希望，重新开始绽放。

我突然记起林清玄《心田上的百合花》中的一段话："我要开花，是因为我知道自己有美丽的花；我要开花，是为了完成作为一株花的庄严使命；我要开花，是由于自己喜欢以花来证明自己的存在。不管有没有人来欣赏，不管你们怎么看我，我都要开花！"

我看着这株百合，这株从金华山顶移居到我的阳台的百合，这株曾经得到过金华寺佛光普照的百合，一定会不同凡响，一定会有天生的馨香。

接下来的日子，我陪着百合，百合陪着我。她一天天不露声色地生长，我一天天宠辱不惊地成长。我唱着她喜欢的歌儿："就算你留恋开放在水中娇艳的水仙，别忘了山谷中寂寞的角落里，野百合也有春天……"她每天早上都寂然欢喜沾满晶莹的水珠，那是她极度欢喜用力生长所结的泪滴。

一个多月后。莫大的惊喜骤然而至。百合花开了。细长的枝干犹如一位亭亭玉立的少女，雪白的花瓣微微向下卷曲，又片片向上像个喇叭吹奏着天籁般的歌曲。花瓣内壁，略略呈淡紫色，点缀着星星点点暗红，中间探出一根细细的嫩蒂，四周开放六朵暗红色花蕊，呈弦月状，分布在花蕊四周，静静散发出高洁袭人的芬芳。

一朵纯净、质朴、优雅、自信、从容、淡定、高雅、圣洁的天然之花，像提香的花神，似拉斐尔的圣母，在云端，从此风仪玉立，温温的，绵绵的，淡淡的，低眉浅笑，呢喃着难以言喻的意味深长，幽影氤氲的欢喜。

百合盛开的日子，我在苏东坡"草木如有情，慰此芳岁阑。幽人正独乐，不知行路难"的诗句中静待初晓的温暖；在陆游"方兰移取遍中林，余地何妨种玉簪。更乞两丛香百合，老翁七十尚童心"的吟哦中悠然欢愉；在严兆鹤"学染淡黄萱草色，几枝带露立风斜。自怜入世多难合，未称庭前种此花"的含蕴中迷津问道。在短的无意义、长的虚度中，品味、享受着百合与水仙、栀子、梅、菊、桂花和茉莉等这人间七香图的清音流韵。

有人说，百合花是由夏娃的眼泪所变。传说夏娃和亚当受到蛇的诱惑后吃下了禁果，被逐出伊甸园。夏娃悔恨之余不禁流下悲伤的泪珠，泪水落地后即化成了洁白芬芳的百合花。

也有人说，相传有一个名叫爱丽丝的姑娘，长得清秀美丽，她陪伴着母亲住在山里。有一天，一位公爵乘车路过山村。看见了爱丽丝，竟以为是仙女下凡，立即邀请她一起回城，他以为自己是公爵，权大势大可以为所欲为。岂料爱丽丝甘愿清苦，执意不从，大声呼叫。忽然，一阵山风刮来，姑娘不见了。公爵十分诧异，一看，姑娘所站的地方，耸起了一株百合，绽放出阵阵清香。

一株百合，一缕清香，一份纯雅，一方高贵，一处平静。她是朴素的，谦逊的，和蔼的，执着的，温暖的；她是清醒的，雅致的，倔强的，清澈的，坚毅的。事实上，后来的日子，我从老家的百合村起苗，又盆栽了满阳台的百合，初夏时分，开满了白的、黄的、粉的各色百合花。这些花儿，丰盈的不只是我家的阳台，还有沉溺于芜杂生活中的迟钝的心思。

世事喧嚣纷扰，生活迷离复杂，物换星移也好，海枯石烂也罢，那些虚无的对白，那些滥调的抒情，还该不该继续？一个人的心底装下了美好，就装不下混沌。一个人拥有了百合的清雅境界，不迷失，不沉沦，用一朵花开的方式，固守生活的落寞与希望，在美丽的清醒和芬芳中，营造出属于自己的阳光和春天，那肯定也是一件十分不错的事情。

# 落仙人家

听说，西水河岸落仙处的葡萄熟了，这让人很向往。

这个秋日，斜斜的阳光照着水边的枫树，渐黄的叶子灿灿的，在风中一片一片飘飘坠落。清溪流过碧山头，空水澄鲜一色秋。秋的景致，秋的韵律，像一首歌，一支曲，在酉水两岸恰到好处地弥漫。女儿早早地嚷嚷着要去摘新鲜的葡萄，我也正好可以带女儿体验一把“适与野情惬，千山高复低。好峰随处改，幽径独行迷”的野趣。于是，周末陪女儿学完钢琴，母女俩带上帐篷，前往落仙处安营扎寨。

落仙处，是酉水旁一个美丽的小村庄，距沅陵县城并不远，五公里左右，传说为神仙居住的地方。关于这样的村子，沈从文曾描述：“白河到沅陵与沅水汇流后，便略显浑浊，有出山泉水的意思。若溯流而上，则三丈五丈的深潭清澈见底。深潭中为白日所映照，河底小小白石子，有花纹的玛瑙石子，全看得明明白白。水中游鱼来去，皆如浮在空气里。两岸多高山，山中多可以造纸的细竹，长年作深翠颜色，逼人眼目。近水人家多在桃杏花里，春天时只需注意，凡有桃花处必可沽酒。夏天则晒晾在日光下耀目的紫花布衣裤，可以作为人家所在的旗帜。秋冬来时，房屋在悬崖上的，滨水的，无不朗然入目，黄泥的墙，乌黑的瓦，位置却永远那么妥帖，且与四周环境极其调和，使人得到的印象非常愉快。”

现在的落仙处，自然少了黄泥的墙，乌黑的瓦，代之而起的是各色别墅式的小楼房。干净整洁的水泥路通到家家户户门前，门前庭院三三两两地停着各式小车，一派富庶繁华景象。水边的土地很是肥沃，高处种满了桃树、梨树、柚子树、板栗树，低处则用水泥柱、铁丝搭起棚架，种上了葡萄、提子及各类菜蔬。有农人三五成群地，在田里、地头忙活。

村人见到我们，热情地打着招呼。女儿很是兴奋，一溜小跑到了葡萄园，一双典型的葡萄似的小眼睛，滴溜溜地盯着葡萄转，又是笑，又是叫的，蹦蹦跳跳地唱着歌，撒着欢，引得葡萄园主人不停称赞：“这小姑娘，好乖，好乖哦！”

葡萄园的主人看起来并不年轻，但很精神，留着短发，手背粗糙，嗓门洪亮，脸上扬着的笑容犹如她种植的葡萄品种“阳光玫瑰”沁甜而温暖，饱满而热情。落仙处村家家户户都种葡萄，就数她家的葡萄园最多，有五亩地之多。满园挂满青绿提子，紫红葡萄，极其惹人爱。这些土地给予的丰收固然开心，当然也凝聚着他们一年来风吹雨打的辛劳。劳动才知收获甜。我想，带女儿来葡萄园亲手采摘，也是为了锻炼她的动手能力，让她亲近泥土，懂得自然的恩惠，从而收获不一样的劳动成果。

女儿穿行在葡萄园里，阳光从密密匝匝的葡萄叶罅隙漏进来，串串清鲜可人的葡萄缀上点点光斑，很是斑斓多姿。置身其间，我恍惚就有了“隔断红尘三十里，白云红叶两悠悠”的惬意。很快，我们摘了满满一大袋葡萄、提子，葡萄园主人又送了一些秋茄子、秋南瓜、峨眉豆角。“人家在何许，云外一声鸡”，清幽的村庄，素朴的农人，让人心中缓缓充溢的是感动、开心与喜悦。

顺田埂缓步轻移四五十米，越过一处荷塘，再下行就到了西水河边。我选了河边的一处草坪搭起帐篷，铺上野餐垫，女儿开始在这秋天的原野上吃着葡萄，打着滚，撒着欢，有种难以言喻的“久在樊笼里，复得返自然”的欢呼雀跃。看来，她喜欢这草地，喜欢这河流，喜欢这岁月静好、与世无争的水岸人家。

我席地而坐，欣赏女儿，也欣赏眼前的西水。西水河对岸，青山开始有了颜色，一些树叶，由青变黄，由黄变红，透着层次，漫着绚烂，伴着袅袅炊烟，唐人宋人画儿一样，令人百看不厌。水是碧绿的，波光粼粼。几只渔船晃晃悠悠，或泊或驶，漫不经心，如川之逝的时光好像与它们没有半点关系。远处的草坪，几头水牛闲闲地咀嚼，偶尔抬起头“哞”的一声，算是大地秋歌吧，引得女儿也“哞、哞、哞”地模仿起来，此声彼和，煞是有趣。还有河滩干净的石头，石头里的细沙，沙粒里的光亮，水光潋滟中，一起跳跃成自然天成的山水诗行。在西水岸边，静静地倾听自然的耳语，历史的回音。悠悠西水，汤汤沅河，每一个细小的生命，都饱含着热情与梦想，天高水蓝，长河流远。

我久久地凝望，这方近在咫尺的水土，试图寻觅这块土地生生不息的秘密。我想，一块土地，就像一首宋词，上阕是生命生存的空间，下阕是安放灵魂的栖所。那个特殊的年代，如何能想象现在的幸福。我的父母，曾在贫瘠的泥土里刨食，不停地吞咽下糠粑、野菜和杂粮，而我，又不断在土地宽广的胸膛上四处奔跑，试图读懂它的沧桑、蓬勃和啸响。我们除了懂得，却真的不能为之做些什么。趁着天色暗淡之前，我得叫醒女儿，收拾好心情，捡拾一些花瓣和落叶，和鸟雀说一声再会，把这一方山山水水装在心里，把快乐请进心里，调亮以往的心情，暖一点，再亮一点，慢一点，再缓一点。

夕阳西下，晚霞斑斓。每天，都有一些事物完结，每天，都有一些美好的事物开始。这个秋日，摇曳掉人世诸多的凉薄，如一阕唯美的段落，在水岸人家，绽放出舒缓的韵律，让亲情滋长，暖暖地成为记忆中不会抹掉的一线风景。

# 无边落木

雨过闲田地，重重落叶红。有人说，落叶的意义，在于反哺春天。而我说，落叶本身也是美。

春天的美不言而喻，是藏不住的，即使把春天盛放在一行一行的残章断句里，也能听到大地蓬勃、万物逢春的声音。而秋天，早秋枯落叶，飘零似客心。夜深风竹敲秋韵，万叶千声皆是恨。秋是式微，是枯瘦，是卑弱，有着许多无奈和悲壮。芸芸众生里，谁不是宇宙自然里的浮尘？谁，没有心里燃烧的太阳？谁，心里没有起伏的涛声？谁，没有对春天的渴望？

可我，不知道为什么，总觉得秋天之美，有一种可以融进骨子里的亲和，有一种亲切得悲壮的大美，我喜欢秋天的悲壮，尤其喜欢斜阳里的落叶。我喜欢看漫天飞舞的落叶，喜欢在疏星残月的夜间，或是在城市的废墟间独行，或吟诗，或高唱，有着某种憧憬，对晨曦的期待，对生命的敬畏，而后，趁着残月的微光，把一些树叶埋葬，连同悲伤一起，然后，找一条小路，悄然回家。

每天的每天，走在从学校到家里的路上，经过一条狭窄的巷子，会看到一棵高大的椿树。椿树细密而修长的像眉眼一样的叶子，是我喜欢的样子。走在满是落叶的小道上，踩上去软绵绵的，发出嚓嚓的声音，像是对生命的某种敬畏。兴趣所致，我会拾起一片落叶，把它夹在教科书里，闻着一股淡淡的清香。之后的某一个时间翻起，会有一份小小的惊喜。可能是受到我的影响，学生们也会拾起树叶，泛红的樟树叶，狭长的竹叶，还有枫叶，把它们夹在书里，或者做一些树叶画之类的，粘贴做成明信片送给我。每当这时，我的心里，总是装下了感动。

散步的时候，我会去沅江边的僻静处，沿着施家巷的红墙小路，蜿蜒往下，一旁是龙兴讲寺的雕梁飞檐，一旁是县政府的老宿舍和一些七零八落的民居。龙兴讲寺大门前，一左一右两棵高大的银杏树，它们静静地聆听有关龙兴讲寺前世今生的心思，却并不发表看法，总是一言不发。银杏树满是金黄，一片片树叶，小伞似的，扇儿似的，又像大地的耳朵，飘飘落落，纷纷扬扬，依依不舍。广场上厚厚地铺着，仿佛铺上金黄的地毯，似乎有了某些艺术气质，让庄严、肃穆的龙兴讲寺，增加了某些生趣。

放眼望去，是一望无际的沅江，碧波千顷，两江交汇后，更显得恢宏阔大。生活在沅江边，觉得沅江就是我生命中离不了的一条河。更喜欢秋日里的沅江，蒹葭苍苍，白露为霜。沅江两岸的芦苇丛，丛林里高大的枫树，落叶乔木，一到秋天，都泛着金黄的光芒，在阳光下闪耀着，别有一番特别的美韵。我总觉得，沅江有许多神秘的特质，是和秋天分不开的，秋天的沉稳，滞重，深邃，秋天流淌的河水在诉说着一个个神秘的故事，那些有关高腔、傩戏、皮影、辰州符的秘密，还有远古一些不为人知的秘密。秋天也是最适合生长乡愁的季节，沅河里的一艘艘小船，就像沅江水里一个个小小的顿号，或者是问号，让辛劳一天的人们得以栖息，追寻一些活着的意义。更有一些游子，登高望远，遍插茱萸，于无边落木，生出思乡的愁情别绪。

小时候，我躺在母亲温暖的背上，穿过一片阔叶林子。去外婆家的路上，落叶铺满小路，或卷入溪水漂行，或栖息在两岸空旷的野地，厚厚实实的，并没有一丝一毫秋天的忧伤。偶尔在一堆树叶丛里寻找风吹落的栗子，或是发现一圈潜滋暗长的枞菌，惊喜是油然而生的。我那时并不懂生活的不易，不识秋愁的滋味，也读不懂母亲眼里淡淡的忧虑。

时光在落叶起起落落的轮回中流逝，我们大了，有了各自不同的生活忙碌现场。母亲去了张家界，算是客居他乡。母亲常常怀念家乡，也念着我。但我的心里总是装着一些山山水水，一些俗务，却很少想念着母亲。只是总在秋天的一些日子里，我对母亲的思念更甚，愁绪更深。秋风也知思离苦，满月皆是落叶情。现在的我，不仅懂得了母亲，也有了母亲的忧虑，只是我很少打电话与母亲交流心事，不想让母亲知道，我的心里也装下了她曾经的忧虑。就让我一个人，悄悄地忧伤好了。

这个秋天，被我忽略了那么久，我居然没有整理好心情，好好看一看秋雨中的残荷，看一看桂花里的阳光，看一看阳光里的尘埃，看一看尘埃里的生命，看一看风吹落的生命，看看一片树叶的旅行。群山，始终巍峨不动；流水，已然逝者如斯。

这个秋天，又似乎带着某些沉沦的气质。没有人发现，有些来自心底的寂寞，却是大自然能理解的，我得好好地潜沉在大自然里，告别随波逐流。我无言的时候，河水是沉默的；我寂寞的时候，山村是寂静的；我一声不响回头的时候，风在这里，歪了一下脖子，抖搂了一地树叶。是谁的忧伤，凉得发抖？我一声不响地沉默，在这个秋天的早晨，憧憬下一个适可而止的理想。好在，秋天还为时不晚，还没有尘埃落定，我还可以继续做完一些清淡的梦。在秋日的一片落叶里，在小巷深处的缝隙里，在墙角的某一个僻静处，在一河大水的某一个拐角处。再不想一想，就来不及了，万一冬日来临，我如何能承受得住，这铺天盖地的枯萎，和落雪？

一叶秋心凝白露，千愁万绪思正浓。有时候我会信佛，一花一世界，一叶一菩提；有时候我会信命，是你的，终究会来；有时候我什么都不信，包括我自己。纵情山水，人生所寄又能怎么样？大山大水，也不过有着人世一样的孤独。

秋来，落叶纷飞，小巷深处，踽踽独行。我用粗线旧毛衣，裹紧自己，身体和精神的健康经常误入歧途。风更大的时候，天空突然有双倍的冰凉。从现在起，只温暖自己，关于爱恨，我和小巷的深处一样，保持适可而止的沉默。

唯有把生活过得更有诗意，才不辜负日日路过这片秋色的幸运，再不看一看眼前的无边落木，明天，就来不及了。

# 凤滩与明溪

“西江美，锦绣织凤滩，妙笔绘墨山水秀，江边云树万重山，玉笛唤春还。”谁人一阕《忆江南》，道不尽酉水凤滩之美。

都说，酉水是神奇美丽的湘西母亲河。酉水自古滩多险峻，峡谷幽深，重峦叠嶂，风景如画。诗人所咏《舟行酉水》：“奔流冲破碧孱颜，竟日舟行峭壁间。一罅蔚蓝天凿孔，万重门户石为关。”凤滩，酉水河上一颗最闪亮的明珠，位于酉水的下游，凤滩旧时是酉水河上一个颇有来历的险滩，后因得天独厚的水利资源条件，修建了凤滩水电站，又因世界第一空腹大坝，而名扬四海。由凤滩水库乘船上行，可至古丈的小溪，再往上，可到永顺的王村芙蓉镇。凤滩水库纳上游之水，独具慧质，滋养下游百姓，造福一方。

我出生的那一年，凤滩大坝刚好建成，这是素有“水电王国”之称的小城一件了不起的大事。

夏风又软又暖的时候，一方清素的山

水，一路生命的开花，在酉水河两岸风生水起地荡漾。第一次参观凤滩大坝，是我读中学的时候。凤滩距县城约四十五公里，坐车约两个多小时。凤滩大坝，有“世界第一空腹大坝”之称，是70年代，沅陵山区的父老乡亲靠自己的智慧和双手建造起来的水电站。那个昔日凤凰飞过的险滩，如今成了沅陵最美丽的地方之一。适逢凤滩大坝开闸泄洪的时候，山云集，水云集，人云集。跳跃的山峦，奔腾的音符，被收拢，被释放，重组乐章，构筑惊喜，遇见震撼。我们欢呼雀跃，人生第一次感受“排山倒海”“雷霆万钧”这几个成语的力量。一位老师还咏赋了诗文：“电站雄风震，平湖万里悠，青山拔地起，碧水自天流。改革运良谋，功业自千秋。清晨极目望，晓雾唱渔舟。”

很多年后，酉水的风景如画，凤滩大坝的巍峨，大坝泄洪的壮观，高峡平湖的清阔，还有那位老师的诗意盎然，依然记忆犹新。

明溪是酉水众多支流中的一条。名不见经传的明溪，在距凤滩大坝不远的地方，虽说不起眼，但在我的记忆里。明溪从大山深处蜿蜒流出，有大明溪和小明溪，在明溪口镇汇入酉水。一条公路从县城蹒跚而来，在明溪口有了岔路，一端通往凤滩，另一端通往黑木崖，原始次森林借母溪。明溪距离我的老家蓝溪上游岩屋潭有很长一段距离，蓝溪汇入沅水，明溪注入酉水，原本没有什么瓜葛，走山路的话，翻山越岭，从清早走到天麻麻黑还不一定到屋。以前乡道没有柏油路，多是简易公路，山路弯弯，尘土飞扬，汽车一过，灰尘扑鼻，路人连眼睛都睁不开。小时候，我细瘦体弱，多病多灾，老人们都说要寄养一位干爷才好养活。却也是机缘巧合，一位姓曲的匠人来我家帮忙，母亲就恳请曲师傅接受我为干女。殊不知，很多大人不喜欢接受别人家孩子的寄拜，按照迷信的说法，是会折成人的阳寿。但曲师傅是个善良人，经我母亲的再三恳求，居然同意了。母亲很是高兴，准备一些礼品，叫我行寄拜礼节，磕了三个头，改口喊了一声干爷，然后用干爷打发的碗筷吃饭，寓意好养活。但我生性胆小认生，往后见着他，总是躲着，不甚亲热，且最最讨厌的就是改名字，也必须跟着他姓曲。我央求过母亲，但母亲说必须要改，我的病体才会彻底康健，真搞不懂母亲当时的“铁石心肠”。我极不情愿地被小学同学叫了五年的“曲丽”，直到初中，才得以改回张姓。

逢年过节拜干爷是必要的。干爷曲师傅家住在小明溪的深处，早晨出发天黑才能摸进他家。当然少不了被好好招待，地里的红薯，后院的南瓜、柚子，灯笼似的红柿子，还有香喷喷的腊肉、野味。我最感兴趣的就是和当地的孩子去明溪里捉小鱼，当然，我总是失败而返，顶多抓了几只小螃蟹，也兴奋得不得了。冬天没什么好玩的，就坐在河滩里晒太阳，用鹅卵石打水漂，看谁打的漂又多又密，胜出的孩子可以刮对方的鼻子。干爷家有三个孩子，加上我就是四个，干娘朴实贤惠，我现在已经不记得她的模样了，家里全靠曲师傅一人的手艺，城里乡下四处讨生活。后来我稍大一些，再也没有去过干爷家，我读初中后改了名，从此没有再见过他。后来偶然得知干爷去世了，他年龄不大，自从生了病就卧床不起，没有治好，留下尚小的几个孩子。我隐约想起算命先生说过我的生辰八字硬之类的迷信，就又似乎觉得，他的死是跟我有关似的，心里一直愧疚着，更不会知晓他生死之外的一些事情，于是，很多年，我都不愿意想起明溪这个地方。

但每次去凤滩，必然会经过明溪，我的记忆就隐隐地停留在明溪和凤滩的山水褶皱里了。

凤滩下游，有一些空旷的河滩，那岔河滩，或者是远一点的高滩，乌宿的四方溪一带，白田的落仙人家处。周末闲暇的时候，可以徒步来此搭建帐篷露营，三五好友，席地围坐，欣赏西水，看着如黛的山水、青葱的草滩，心就宁静了下来。一群牛羊咀嚼正午的阳光，一束束芭茅草站在水岸边，那么绿，那么静，那么和谐。还有河滩干净的石头，石头里的细沙，沙粒里的光亮，水光潋滟中，一起跳跃成自然天成的山水诗行。

那些流去的岁月，像凤滩闸道泄洪的水，像明溪清凉的溪泉，又像一片轻薄的羽毛，似乎轻描淡写，又似乎沾湿了某些记忆的沉，从西水的上空缓缓飘过。天，依然安静地蓝着，水，安静地在河里流着，无论从哪一个角度看，都是一副舒适安闲的样子。我久久地凝望着这些山山水水，山水自然也长长久久地凝望着我，一种温暖的感觉，流过我的心头。无论我表面假装得多么强大和自信满满，在一方清素的画卷面前，都有着一颗瞬间柔软和逐渐自卑的心。

# 树语何欢

我来此之前，那棵松树一直站立在那里。

也许，它并不是在守候着我，我来与不来，它依然在，一直在……遒劲而有力的枝条努力地伸展，和其他的树木争着头顶的一片天。实际上，它占了上风，大概因地势较高的缘由，它总是那么挺拔，那么孤立……

但它走入了我的眼里，一棵村庄里孤独的树。我猜想，村庄的树也是有语言的吧，它站得那么高，看得那么远，就是山的一面旗帜。它总是会孤独的吧，孤独的时候，特别想找谁说说话，说一说见闻，说一说感受，说一说心里想说的话。我常常在山间徒步，四处乱窜，走着走着就迷失了归程。我在自己的家乡遗失了乡愁，只好在别人的村子里转悠，企图发现一些有光的惊喜。不管那棵树欢不欢迎我，我还是常常打搅它，听它被风吹动的树叶，发出哗啦啦的声响，聆听它心底的呼声，甚至咆哮的愤怒。村庄因为有了这棵松树的原因，我再不会迷失方向，我以它为起点，终点必定也是经它而返回。一下子，我就对陌生的村子有了亲切感，对路线掌握于心，似乎整个林子，就没那么深幽恐怖了。

高大的松树下面，是一片灌木林，灌木以土绛树、黄荆条、刺槐为主。这些树干坚韧，树枝交错，虽是寻常的树种，却总是茂盛而倔强的样子。在林子的灌木丛里，总能发现几只鸟窝，这些鸟窝都垒得不高，一伸手就能把它从树杈上摘下来，或是一阵暴风雨就能轻而易举地刮落，那些高大的树，是鸟雀们天然的窝。它们和鸟群，成为不能不彼此相依的朋友。

在一些上年纪的古村子，也总能看见一棵棵树，高大苍劲的古枫树，仿佛一把巨大无比的伞，荫蔽着整个村子。它们是村庄真正的代言人，一到秋天，满树红彤彤的叶子，伸展开，像一个个美丽的小手掌，整个村庄，似乎笼罩着一个灿烂的华盖。风一吹，整个村子尽是枫叶哗啦啦的响声，这声音是旷远绵邈的，一直传到每一个深怀乡愁的游子心里。村庄的人们，各有各的愿望与期盼；村庄的树木，也各有各的风骨和韵味。在不一样的树，一定会生出不一样的愿想。

每一棵树，应该都和人一样，有年轮，有喜好，有脾气，有自己的语言，只是我不曾听得懂。林子里的一切闹，一切欢声笑语，都通过风传给了树，也感染着树，让树长出敏感的耳朵。如果可以，树一定有一颗奔跑的灵魂，不然它不会把自己的种子让风送去那么远的远方，也不会让鸟儿带着自己的孩子飞向未知的将来。仿佛被囚禁了的大树，只能长出无数双耳朵，无数粒种子，听大自然的节奏，安于土壤的温度，季节的轮回，用心生活，期待花开，直到有一天，结出自己的种子，用无声的语言，四处传播自己的理想。

前几年，外婆去世了。临死前，她还在寻找回故乡的小路，可惜她走错了方向，可惜她离开家乡太久了，可惜她把自己也忘记了。蜿蜒盘旋的路，笔直的路，大路、小路、泥路、水泥路，每一条路，都仿佛是通往故乡的路，但她没有找到回乡那条必经的小路，那棵旗帜一样的松树。她唯一惦记的，就是那个大山深处的小村子，那里有她生活了一辈子的家。那栋风雨飘摇的吊脚木楼，那片竹林，屋后的那片松树林，那口长满青苔的水井。但是她眼睛看不见，看不见村子，看不见那棵高大的松树，也看不见自己前世今生的影子。

每次想起外婆心底的遗憾，我的心中都充满悲凉。小时候，我常去外婆家，沿溪绕行，翻山爬坡，最后需攀爬一条长长的石板路，才能到达她住的村子，那是一个叫石家坡的小村。在山腰上、村口边，亦有一棵高大的松树，树身老迈苍凉，底部有裂痕，侧面生满苔藓，它努力地站立着，像村庄的一面旗帜，又像村中一位慈和的老者，长久地守望和庇护着这个村子。因为去外婆家的路程很远，我常常走不动，赖在母亲的背上，只有远远看到那棵高大的松树，才肯从母亲背上下来自己走，仿佛它是终点的那条冲刺的红线，给了我心底无限的动力。看到那棵松树，村庄就快要到了，我的童年乐趣也就开始了。

老家的后院处，也有树，一棵棕榈树。听母亲说，那棵树是姐姐出生的那一年，爷爷亲手栽下的。小时候，我们常常和那棵树比谁长得高，但我们最终都是输掉的。它撑开的像手掌一样的枝叶上，曾晒过我的那些花花绿绿的布尿片，我们也曾用狭长的叶片，求着爷爷教我们编织一只只栩栩如生的小蚱蜢。它藏着我们懵懂的童年，陪伴我们一起成长。那时候，我和姐姐在那棵树上，爬下爬上，笔直的树干，伞状的树冠，和边上的泡桐树一起，遮了后院的半壁阴凉。偶尔来栖息的燕子，因为找不到可以歇脚的枝干，叽叽喳喳地叫几声，盘旋着飞走了。我从来不曾听过关于树的声音，只有在夏夜，摊开凉席，在后院里纳凉，树上掉落的棕榈种子，滴滴答答，滚动了一地。风吹着树叶，发出窸窸窣窣的响声。当时感觉，那是我听过的最美的树的语言，真正是大自然的絮语。

不知从何时开始，我从一个村庄的孩子终于变成了一个村庄的旁观者。周末经常在大山里徒步，看着林子里的一些细枝末节，一些鸟雀上演的话剧，温暖而精彩的片段，不知道什么时候，眼角就流下了不知是幸福还是感慨的眼泪……伤逝风草也好，山道弯弯也好，蓝溪水长也罢。如今，我只能在别人的村庄里，听听树语，寻找乡愁。

季节翻过一页又一页，一篇又一篇，唯有村庄，唯有那些树，还是那么从容、平静，抵抗岁月的风霜刻痕，生长着深邃。我尝试着挽留，但捕捉到的只是记忆的碎片，关于岁月的闲言碎语、无边的悲秋、不舍的依恋。万物有灵，怎么可能无心？我不知道，世俗中染过风雨的我，有没有资格，倾听那些树的心音，做树忠实的听众？

岁月碾过一个又一个日子。帕斯卡尔说，人只不过是一根苇草，是自然界最脆弱的东西，却是一根能思想的苇草。人由于思想，可以囊括宇宙。我想，树，亦然。

不知道以往的出发，是不是为了现在的回归？我要如何才能理解村庄，完全听懂那些树语？也许，我只有站得更高，树一样高，和鸟雀为邻，与清风做伴，才可以俯瞰所有剩余的日子，领悟一些村庄未知的奥秘。

# 后山阳光

平淡的日子里，储备一份精致而阳光的心思，似乎很重要。

无数次，走在城市的道路上，走在乡间的田野上，走在泥泞不堪的小路上，走在平整宽阔的大路上，或者走在悬崖的峭壁上，走在无垠的海岸边。每一次行走，都会有不一样的选择，不一样的心思，不一样的遇见。

我喜欢周末出行，也不一定要到达很远的地方，或者是家门口的沅水岸边，或者是附近的西水大桥，或者是太常的青山茶园，或者是凤凰山上的望江亭，或者再远一点的洪山界、金华山、二酉山、胡家溪、借母溪、凤滩水库，总归，都是风景不错的地方。

或者，哪儿都不去，坐在阳台上遐想。当站在铭都小区的阳台上，对后山那一片苍苍茫茫的树丛，以及山上那高高的亭子——应该算是个瞭望塔，充满了神秘与向往。我想着，日子长着呢，近在咫尺的风景，总该有成行的机会。但放在心底，倒成了未完成的心事，总是让人惦记着。

等我把周边能走的小路都温习了一遍，终于想走走后山的那片林子。一个阳光的午后，背着简单的旅行包，保温杯里暖着水，带一本旧杂志，穿上新买的运动鞋，清汤挂面的装束，或者什么也不准备，就当是午饭后的一次散步。

去后山林子，有几条小路，每一条路都能七弯八拐地到达目的地。但不管怎么走，都得经过一片民居，这些年，如雨后春笋拔节而起的民居，高低错落，见缝插针密布在一些闲置的空地上，有的修建在大路边，还有的是占用了田地。民居屋各有特点，有的厅堂华丽，有的小门小院，还有尚初成的毛坯房。但它们都有一些相似点，都是灰白瓷砖贴面，镏金铁艺门窗，铝合金防盗网密布。从外观看来，阔气而辉煌，似乎千篇一律，又似乎各有姿态，好像主人在有意无意攀比着一些什么。我只是匆匆路过，并没有过多留意里面居住的人，或者是一些老人，或者是一些孩子。大部分的房子关门闭户，没有多少烟火气息，让我偶然想起“蓬勃的废墟”一词。房屋前后开阔一点的地方，总会被整理出一小块儿空地，种上各样蔬菜。你看，豌豆花爬满了竹篱笆，嵌满了丝丝缕缕的藤蔓，小小的花牵出了一树浓青艳紫的缤纷。菜地的萝卜花、油菜花也相继争奇斗艳，但它们都有着过于朴实而不张扬的美，这种美，更多地让我需低下头去欣赏。但我急于想穿过这一片民居，我是个喜欢清静的人，而且最近越来越害怕与人打交道，心里集聚着说不清道不明的情绪。穿过这一片菜园子，应该说由无数块儿零星碎片组成的菜园子，园子里的白菜、芫荽、莴笋、葱、蒜等等，全都青葱肥沃，长势很好。我一见着这些绿油油的蔬菜，就怦然心动，或者说紧张的心情放松了许多，脚步放缓了下来，田边地头的亲切，空气的清新，盎然的绿意，置身于此，我的内心在有形与无形的坚硬中，柔软了不少。一只小猫蜷在一堆石头上，颓垣废弃的青砖，乱石堆砌的墙角。我靠近的时候，它用充满哀怜的双眸巴巴地望着我，发出尖细的喵声，待到确定我并无恶意时，放松了警惕，无所畏惧地，蜷着身子，舔着细瘦的爪子，伸了一个长长的懒腰。

再往后山走一点，就是那一片林子。光线似乎暗了许多，林子也渐渐地深了，这既给我惊喜，也让人生出莫名的寂寞。这城郊，已经很少能看到这么茂密的林子、这么粗壮的树木了。如果不是在树丛的缝隙间看见不远处的高楼林立，还真以为误入一片原始森林呢。准确地说，这是一片被热闹遗忘的宁静之地，这实在是一片不可多得的林子。居然离城区这么近，它像屏障一样，把眼前的城区及远处延绵的群山隔开。虽然，一些树木遭到了砍伐，所剩的面积也不是很多，但依然能看到幸存下来的几棵参天挺拔的松树。这些松树也许有着几百年的历史，甚至更久一些。问过当地的老人得知，在80年代，这里是曾经红火的林场，国营沅水林场。难怪，这里的植被比别处丰富，依稀还有几棵上了年龄的古树，树木茂密而幽寂，林子干净而规整，和周围的群山与众不同，应该说有些出类拔萃。

浅浅的阳光里，林子里的青石台阶反着幽幽的光，小路上覆着厚厚的松针，松果和乔木的落叶横斜在路上。一个老婆婆弯腰驼背，从林子深处的青石阶走下来，台阶上印下她纤瘦的影子，她的身影柔弱如一根稻草。放牛的老汉，跟在牛群的一家三口后面，脚步并没有我自认为的轻松，脸上有着不易察觉的落寂。他吆喝牛儿的声音，凄切而悠长，让人想着他在山外打工的孩子们。一群中年妇女，穿着洗白的解放鞋，背着成捆的山竹子，有说有笑。没有背篓的那个妇女，把两捆竹子交叉成A字形，担在肩上，健步如飞，笑声清脆泠泠，散落在最终通向那片民居的蜿蜒小路上。

在后山林子自在行走的时候，我几乎忘记了时间，忘记了季节，但春天到底来了。春天可以从一朵花的盛开开始，可以从一朵花的零落而终，落红纷覆，锦绣堆叠，墨悲丝染，更多的是期盼，是寄予，是寻思。林子里最有风韵的那一部分，是由樱花的万般情绪释放出来的，它们大抵在温润的地气下就开始酝酿了惊喜，热热闹闹地开过之后，有的花瓣落在泥土里，如撕了一地的浅红信笺。然后，天地间一片嫣紫银黄葱绿，扑面而来，尺树寸泓都荡漾着山水的情意、季节的虔诚。一些叫不出名字的杂木，枕山形而生、而势、而挺拔，它们只有长得更高、更壮，才能享受头顶的那一片蓝天，让阳光轻拂树冠，得到风雨最佳的奖赏。鸟儿在林子深处演奏着春天的赞歌，我在这片林子里，读到有关春天的诗行和韵脚，也读到一曲万物生的天籁梵音。

如果，我不写一写这片后山的林子，它到底是不会引人注目的，但这又有什么关系呢？我写与不写，它依然绿在那里，静在此地，守护着一个又一个四季轮回，守护自然生老病死的秘密。我想写它，完全只是因为，我想写了。或许在很多年后，守着一盏茶香，时光清隽，捧一本闲书，和煦悠长的，自然还有我的回忆。也好，去想一些，以往想过的事，走过的路，让日子熏染着茶的馨香，偶尔也能想起这片林子的几声鸟鸣，和鸟鸣之后的静谧。

其实，曾经好想去远处看看，也向往一些山外的地方，当到过世界之远，才珍惜眼前之近。当真正失去，才懂得拥有不易，风景随时在那里，好景同游却不同赏。我想，真正能看懂这世界风景的，除了双眼，难道不是自己的心吗？世界可以装在心里，世界可以大到诸多雷同，但彼时此刻的心情，却不可以重现。

时光的一半是恩赐，一半是感怀。一些迷失，是因为道路太多。一些选择，是因为选择本身。

这时候的安静真好，我需要这样的安静。一路向空气和鸟鸣问路，我终于没有弄丢自己，也许还沉淀出一个全新的自我来，这是林子给我的馈赠吗？也许是的。一路上，没有哪个角度的空气是慌乱的，没有哪个地段的鸟鸣是悲伤的，没有哪棵树木是萎靡不振的。一路上，总有披红挂绿的惊喜；一路上，飞鸟传来的声音短促而清脆，不时也穿插叽咕之声，却是只闻其声，不见踪迹。若非亲近这片林子，这里面的诸多生老病死的秘密，实在让人匪夷所思。每天，成千上万的诞生都是从林子里发出的，成千上万的死亡也不过最终回归林子的怀抱，包括人世的回归尘土。林子似乎不动声色，不戚戚，不汲汲，却能揽万物生死于其中，丝毫不悲恸。

太阳斜了下去，我该走出这片林子。回转身，林子已经变得幽深不可知。一种自觉不自觉的“伤感”涌了上来，这两个字已然融入我的骨子和全身经络，我该如何一丝一丝摒弃呢？我得学会拥有一粒种子的坚忍，学会守护一只青鸟的高贵，我不知道何时才会达到这样的高度，在广袤的林子面前，我只能渐渐地矮下去，低下去，直到尘埃。一生无论怎样壮怀激烈或高贵优雅，终点，不过是后山林子深处的一抔黄土。人和一片林子，看似远离，却有共存的境界。我们最终，都会从繁华的城市走向这片后山，走进这片林子，在林子的坡地上，找到一个合适自己的位置安息千年。

此时，当下，我得安静一会儿，不应该被“忧伤”这个词打扰。生命芳香弥漫，清欢相伴，于这片静处和低处的林子，领悟一场万物生的天籁梵音，也算是不虚此行。

# 桃花滩

我的眉宇心间，桃花和滩之间，只隔了一个美丽的祈愿。

时光清浅，岁月繁复。三月里，几场暖阳的温馨抚摸，浑然不觉间，令人欣喜的几串花苞蓦然鼓了出来，春天在这些深深浅浅的色彩里被点燃了。低处，偶尔几株枝条稀疏，三三两两，零星点缀着几个花骨朵，清雅绝尘，平添了几息灵动气韵。

看着它们静静生长的力量，我的心里有瞬间被填满的感觉。

从沅江的北岸，到达南岸，香炉山的后面，李子园的附近，我的印象里，有一片桃林长在水岸的坡地上。我来寻它的时候，芳踪全无，寻而未果，桃花只能在心里怒放了。好在，心里有风景，世界就会有奇迹。我继续走走停停，七弯八拐，误打误撞，不知不觉来到了龙溪口。只见大河边上，蒹葭苍茫处，一处院子安静其中，低矮的院墙爬满了绿色植物，偶尔探出的几许桃枝，灿烂如春，让心头一暖。出于好奇，走近院子，原来是一家傩文化山寨，门口立着一块很有特点的标牌，一栋三间砖瓦房，虽不奢华，却也有其特点，三个独立的吊脚木楼，依次并排。最让人眼前一亮的，是外墙壁挂满了大大小小、花花绿绿各种面具，有的面目狰狞，有的慈眉善目，有的歪嘴龇牙，有的严肃凝重，仿佛误入面具大观园。院子周围满是柑橘树，一行一垄，错落有致，叶子繁密，把房屋围在中间，有众星捧月之感。虽未到开花的季节，却感觉到柑橘叶透着隐隐的香气，让人想象金橘飘香的盛景。一棵栀子花树茂密地站在门前，蓄势待发。

未必不是惊喜，在不经意间，就遇见一场不可多得的桃花傩。

傩山寨主人正在专心地雕刻他的面具，并没有发现我的到来，直到我仔细端详挂在墙壁上的各种面具，发出惊讶与感叹的时候。对于一个陌生而充满好奇的路人，他表现出了十分的热情。山寨主人比想象中年轻，甚至有点俊朗，并不具备传说中傩师这个职业必有的神秘感和洞察人心的深邃眼神，面相和气质似乎有几分明星甄子丹的影子。但他只是他自己，脸上有着某种从容与淡然，或者说是带着某种忧郁的气质。他认真地介绍山寨和视为珍宝的傩面具，然后又去雕刻未完工的面具。只见手法娴熟，一会儿工夫，一张面具就已具雏形了，然后精心打磨、修正、上色、晾干。屋前屋后，多是傩面具和雕刻要用的木材，如柏木、柳木等，木料须是生木雕刻，等风干了再雕就费时费力些。木制案台上放着大大小小、宽窄不一的锉刀等工具几十把，一应俱全。我打量着，暗暗地想，陶醉痴迷于自我世界里，内心应该是装满幸福的吧。这让我想起沙滩上搭建城堡的小女孩，这个世界上，没有人比她幸福，至少，在那一瞬间里。

山寨主人的和善让我稍稍放松了心情，我四处打量，十分虔诚的模样。对于傩文化知识，以前我真是一知半解，今天算是真正认识了傩，也勾起儿时的某些记忆，有了一种时光恍惚、岁月倥偬之感。我想，对于这快被遗忘的非物质文化遗产，现在还肯花心思保护的人，真的为数不多了。主人倾尽家财，收藏、保护、制作这些珍贵的面具，实在难能可贵，不说未来的价值与意义，单是这种精神，不禁让我对主人多了一份敬佩。我这个看客，如果不是偶然遇见，如果不是因为寻桃花，如果不是心里怀着美好的愿望，我又岂会遇见这么一场桃花与傩的相遇。看来，今天的不虚此行，要改变我今后一些固执的想法，至少应该相信，告别对未来莫须有的忧与怨，人生有着不可预见的美好。

我自小生长在湘西这片土地，见过无数山花野果，也见过一些稀奇古怪的旧事儿，多多少少听到一些神秘莫测、奇门遁甲的传说。我们那时还小，只是听老人们偶然谈起，并不当真，也仅仅是传闻，并未亲眼见着。有的老人喜欢逗孩子们，偶尔讲一些神鬼故事，或者戴上红红绿绿的面具，瞪起铜铃般的眼睛，狰狞怒目，口里振振有词，手舞足蹈，似乎在行什么法术，听闻到恐怖之处，我们都捂着眼睛，吓得作鸟兽散。

我至今对那一张张奇怪而狰狞的面具心有余悸。小时候并不知道那是叫傩面，更不知晓傩是什么意思，有什么用处。逢年过节，总是会有一些来村里探路或是讨生活的陌生人，背着布包，包上系挂着一张花花绿绿的傩面，或是唢呐之类的东西，走路吭吭哐哐地响。听说陌生人会祈愿，会施法，遇到家里办红白喜事的主人请去好吃好喝招待着，晚上就开始一系列奇怪的祭拜仪式。如果怠慢了这些人，他们在走后会悄悄地对那些不孝之人，或刻薄的恶人施手脚，让人在不知不觉中，茶不思饭不想，倒床不起，最后抑郁消瘦而终，非得请到他们本人，求爹爹拜奶奶地赔礼道歉，方才解了法术。我小时候，最怕一个人在家，怕那些背着布袋子的流浪艺人来敲门。一旦看见陌生人来了，远远地，不敢搭话，也不敢怠慢，让他们在门外候着，连忙进屋取东西，恭恭敬敬地用一升米或者是几个糍粑粑打发走人。等走后，想起母亲说的话，防人之心不可无，拿起棕扫帚，反着手，扫三下，意在去除一切灾祸，一切污秽。

我始终认为，在数量庞大的汉字字库中，最古老而神秘的字应该是“傩”字。傩是什么意思呢？小时候不知道，现在长大了依然不十分清楚。于是我问度娘，原来，傩被称为“戏剧活化石”，是上古时代图腾崇拜时期的一种仪式。那些狰狞的面具、奇特的服饰、凝重的动作、古怪的言语、充满神秘的场景、近于原始的仪式……这不是古希腊的酒神狂欢仪式，也不是印第安人的原始宗教活动，而是中国一种古老的戏剧——傩戏的表演。表演者古称巫觋、祭司，被视为沟通神鬼与常人的“通灵”者，表演时装扮上各种服饰面具，模仿与扮演神鬼的动作形神，借神鬼之名以驱鬼逐疫，保佑百姓过上安宁生活。傩神方相氏便是人们经常扮演的角色之一。《周礼》中记载：“方相氏掌蒙熊皮，黄金四目，玄衣朱裳，执戈扬盾，师百隶而司傩，以索室逐疫。”

以前的湘西大地，傩祭是既壮美又盛大的活动。但现在的孩子很少有机会见到，我在小时候也只见识过一场真正的傩戏表演。我们大湘西这边表演的傩多是辰州傩，辰州傩原始而热闹，祭傩通常做三天三夜或七天七夜，规模也可大可小，大者，讲气派、排场，围观者数以千计，场面气氛热闹。上至官员，下至庶民，全都热情参与，一时间击鼓呼噪若狂。表演时，由吹海螺、敲木鱼、大小钹、锣、鼓、撞铃者各一人组成，掌坛法师使用印尺、令尺、卦、神印等法器，“法堂”一般设在主家堂屋内或天井坝中。是时，敲锣打鼓，又唱又念，手舞足蹈，通宵达旦。辰州傩整场活动分为“开坛请圣”“跳堂”“送神”三个阶段。辰州傩的诸神称为“善神”，奉“善神”至上，相信“善神”具有挥天之力，能够为主家消灾赐福。最后以“送神”词念“送走九十九个家鬼，送去七十七尊家神，大鬼走上方，小鬼走下方，走千年丑，走百年恶，驱鬼过都匀，送神出辰州”结束整场傩戏。

山寨主人依然在雕刻面具，和主人道别时，我特意嘱咐，并留了电话，下次有傩戏表演的现场一定要通知我来看，我虽是交代了，却不知下一次的表演在何时。也许，我会很快看到傩戏表演的现场，也许，很久都不会有，至少我在小城住十几年，只是听闻，并不曾所见。我想，山川民俗，风物遗产，失去的终究寻而不着，存在的依然不可逆转地老去。湘西大地上的美好，渐渐遗失的习俗，大多雷同的建筑，淡漠的人情世故，不分美好与丑陋之间的界限，已经不是一天两天。乡间村落越来越感觉不出从前特有的亲近与热闹，那种夜不闭户，路不拾遗，来者皆是客的淳朴。

我不明白，眼前的桃花和傩之间有什么必然的联系？我也不明白，先人为什么要用一张离奇狰狞的面具，祈福如桃花一样美丽的心愿，面具的背后是否有着一颗简单而真诚的心？我有太多的不明白。要说联系，那就是一份对美好未来的愿想与憧憬。

不去想了，唯愿枝头桃花妩媚，年年相似。

天黑了下来，有情侣在河边码头散步，有老人对着江岸渐起的霓虹发呆，有年轻人在祈祷开春的好运程。一树一树的桃花开败，终会落去，一张一张有故事的面具，也终将被人遗忘。大千世界里的美丽，被时光不断消融，一些陈旧而稀奇的记忆，儿时听过的一些神乎其神的故事，包括童年的纯真，终不知去向。再去问一些年长的老人，都说不清楚了，或是那些离奇诡秘的故事，都埋葬在了沅水酉水那宽阔的江底，丢失在老人们渐渐模糊的记忆里。这个时代，那个依然神秘的“傩”字，在许多人眼里，始终只是一个生僻字。

桃花正绚的这些日子里，我也想悄悄地雕琢一张傩面，把桃花一样的精致心情，把生活的诸多表情，藏在这张面具的背后，默默祈福，祈福这个世界，包括自己。

# 第三辑

# 踮起脚尖：未央的流年刚刚好

很多这样的时候，我静坐窗前无所事事，看着窗外蒙蒙的天，看看手捧的书页，看看未央的流年。一河苍茫的大水，一些往来匆忙的人群……我看着他们，也看着自己，看着看着，就看住了一片幸福，看住了一片时光。

# 炊烟内外

居住在闹市中心，只要推开窗，便是高高耸立的地标建筑 IFS 国金中心，有时在云中，有时在光中，楼中每一个金色的窗格里，都有奋斗者们红尘仆仆的故事，以及那些炊烟生长的往事。

每天，我都会从河东这栋玻璃幕墙金光灿灿的大楼旁出发，穿越大半个星城，去往河西谋生。身处一个人人奔波的时代，归去来兮，无限感念。在城市的洪流中东西穿行，久了，累了，内心便渴望归园田居，聆听牧童的远笛，醉在乡愁的炊烟里。

此时此刻，在看不见炊烟的围城里，我只怀想我的蓝溪，蓝溪的万千足迹尚有我行走的影子，有我无法忘却的亲人、老屋、田埂，还有阿黄和黑雪。

我喜欢回到蓝溪，有时，并不只为向往的一线炊烟，一泓清流，只要一眼望去，芭茅水草，白云苍狗，桑麻可绘，内心坦然，就足够好了。

归来，与出走，老屋一直都在风中。老

屋虽在，可看守老屋的父亲，却不在了。每每睹此，心里就惆怅、酸痛，甚或涌起莫可名状的悲凉。十几年前，当我还在省城求学的时候，父亲因为一场意外，没能留下半句话，就如打水漂的石头，在碧蓝碧蓝的水面上，飞快地划出几瓣漂亮的水花，突然就沉入河底，再也找不见了。

许多物事，经了岁月，却经不起风雨，犹如瓦砾一块一块地，被风拐跑。雨滴，打在木楼板和窗棂上，也打在心尖，和眼泪一起淌成一条载不动许多愁的河。

回到蓝溪的时候，阿黄一直都在，它摇头晃尾，一会儿走在我的身边，一会儿将我甩得远远的，一会儿又落在我的身后。它在草丛里刨一刨，用鼻子到处嗅一嗅，眼里瞅着山花野草，原来，它也和我一样地兴奋。

阿黄是关宏姑爷家的一只狗，原来并没有名字，乡下很随意养的一只山狗，样子忠厚，亦老实，浑身黄软软的毛，显得并不油光水亮。阿黄，是六姑给狗取的小名，姑爷说，倒也恰到好处。

那年的春天也恰到好处，一路有我喜欢的苦楝树，正开满枝头，满是紫色的小花，间夹着刺槐花，白色带着浓郁香气的花，成串成串的，连风里都满是它们的味道。苦楝紫，刺槐白，还有一些叫不出名字的灌木丛林，也都长满满树的叶，开满恰到好处的花，这是一年最美的月份，衔风带雨，描红画绿，也是草木一生最闪亮的时光。

关宏姑爷家还有一只黑狗，大家都叫它旺财，我觉得它应该另换一个名字，叫黑雪，大概是因为我偏爱雪吧，雪自天而来，有灵性，黑雪亦机灵，它浑身黑乎乎的，黑眼珠滴溜溜地转，尾巴不长，毛很厚实，这个名字大概也是适合它的。这两只聪慧的土狗，亦静亦动，静则灵，灵则慧，深得主人喜爱和偏好，儿女没在身边陪伴时，它们几乎成了关宏姑爷漫长日子里的慰藉与念想。

我来的时候，不巧，黑雪和六姑下山赶集去了。乡下的赶集日，每周一次，似乎很重要。采买一家的生活所需，大到种子肥料，小到针头线脑，六姑一背篓就能背回来。遇到买猪崽或者是牛犊，姑爷才会一起去。一年之计在于春，赶着季节，得抓紧时间种下一春的希望。阿黄守家，见我来，一直朝着我吠。几年没来，显然，阿黄已经完全忘记了我，我自然成了陌生人。关宏姑爷一声呵斥：一家人，不认识了吗，吠什么吠？于是阿黄立马摇起尾巴来，围在我身边转来转去，它转，我也转，院子里，竹林后，水田边，乡居的一切，于我都是新鲜而熟悉的。屋后竹笋，拔节飞长，竹林婆娑，竹叶正青葱翠绿。

来到后山一处水库边，俯瞰蒙湖，山环水绕，碧玉一样正绿着。几只渔船横在水上，羊儿岸边坡地上吃草，不紧不慢，并不知是谁家的，也不见主人，但这并不重要。岸边所见之处，皆是一片草滩，各种小花，开得风生水起。那些贴着地面生长的蒲公英，铁着青绿，开着浅黄小花，携着种子，小伞一样，簇成一团，绒绒的，白白的。那些见风就长的紫云英，浅红，深紫，淡绿，各色杂人眼的花，簇簇拥拥，它们这是要给春天一个圆满的畅想，它们和人一样，都想要在这个尘世中，拥有一席之地呢。

坐在水边的草叶之中，不由得，我又想起了冬梅。

冬梅是六姑的女儿，比我小两岁。小时候，我们很要好，一起玩过老鹰捉小鸡，一起下河里翻过螃蟹，也一起在老枫香树下聊过女孩子的小心思。后来我考学去了省城读书，乡里通信不畅，联系自然就少了。

冬梅初中毕业后，在家乡做了几年农活儿，在山水里长养着，出落得水灵灵的。后经媒人介绍，离开蓝溪，嫁给了外村一户有钱人家做媳妇。在家乡还在烧柴煮饭的时候，冬梅家就用上了液化气，盖起了小洋楼，家里还装起了空调。其实，村里冬天不冷，夏天不热，装空调纯粹是讲讲排场而已，用得上的日子少。

冬梅出嫁的时候，村里老老小小都来看热闹，纷纷议论着：冬梅命好，嫁出蓝溪，一辈子不愁吃不愁穿，享清福。六姑和姑爷堆满笑容把女儿送进了大红花轿，锣鼓敲敲打打，鞭炮噼里啪啦，轿夫热热闹闹地抬过了山路弯弯，又将冬梅送进布置一新的小轿车，一路浩浩荡荡，好不热闹。而我当时还在省城的学校，乐此不疲地读书考试，没能回家祝贺，不知冬梅坐在花轿里的时候，有没有回头看看蓝溪，看看生养她的父母，看一眼养育她的炊烟，有没有流下不舍的眼泪？

后来，冬梅回来的日子渐渐少了。再后来，听说冬梅的生活处境一般，拖了两个孩子，柴米油盐，生活虽好，日子却多是煎熬。幸福，对许多女人来说，似乎稀罕又奢侈。很多时候，日子过着过着，就不知幸福去了哪里。事实上，目前的我，境遇也好不了多少，我关心不了冬梅，唯有默默祝福，希望她在日子的寻常中，修一颗强大而柔韧的心，度一切生活的厄运。

树缝中，草叶间，夕阳渐渐斜去。六姑回来的时候，天也黑了下来。黑雪淹没在夜色里，它不吠，看来它并不排斥我，阿黄和我亲近，惹了它的嫉妒。它安静在灶门边，眯着眼，听六姑讲说不完的白话：唉，你爹要是在就好了，可惜了呢。六姑每次话一出口就是这句话。父亲走了有多少年，她就念了多少年。我说：六姑，不要念了，我们都惦记着呢。六姑回过神来，起身进房，拿出几个蒿叶粑，在炭火里烤了起来：你们小时最喜欢吃了。她边烤边说话，边说边翕动着嘴唇，这个动作与父亲是如此地相似！我又想起了父亲，小时候吃肉的时候，父亲只看着我们吃，边看边嚅动着嘴唇。他们是亲兄妹，我想念着父亲，六姑何尝又不是呢？那一夜，在乡下窄窄的床铺上，我辗转反侧，听了一夜蛙声。

第二天早起，我得和母亲回城里，女儿读了小学，我们也跟着像上了犁头的牛，守着一亩三分地，去哪里也不能随心所欲了。

六姑和姑爷在屋边送行，六姑话还没讲完：你家的老屋也该修一修了，回家来也好有个落脚之处，老屋是祖业，不能卖的。还有，山鸡捉一只去，竹笋扯一袋去，想家了就回来。我用力点头，不语，辞行的脚步似乎有些迟疑：父亲苦了一辈子，从没在城里享过一天福，如今，他都不在了，翻修老屋又有什么用？

阿黄摇着尾巴，黑雪还是眯着眼睛盯我。我看着在炊烟里的六姑与姑爷，想着在生活旋涡里的冬梅，还有看不见的父亲，心里莫名地芜杂起来。他们的子女，我们这一代人，故乡都在远去，生活多的是霓虹高楼，少的是鸡犬炊烟，幸福也总是在不断被定义。

不管怎样，也不管阿黄、黑雪欢迎与否，我还会回来的，父亲的老屋，只要住进心底，就永远不会坍塌，乡音乡情，也都会如春天的草花，潜滋暗长，溢着清亮的光，虽简单、朴拙，却踏实，有着炊烟之内的殊胜欢喜，也有着炊烟之外的宁静安详。

# 岸上秋歌

坐在一堆乱石头滩里，看对河的船，山影翠墨，水呈青绿。悠悠的时光，并不心疼地流淌着。此刻，此处，梳理一些由来已久的心思，甚好。

龙兴讲寺下的一片河滩码头，倒是个适合想心事的地方。码头并不宽大，河滩草长虫飞，只是随了流水，可任由往事纷至沓来，无休无止，尽管周围并不十分宁静。

河边的采沙船把河底的沙石翻挖、清洗、运送至这边的码头，这里俨然成了一个沙石的集散中心，长长的传输带，发出轰轰隆隆的声音，盖过了往来船只的鸣笛。

河边码头上，一对不太年轻的夫妇，带着一个七八岁的小女孩，坐在河滩上，旁若无人地吃着盒饭，简单粗劣的几个小菜，在塑料袋里裹着，随意地散开在码头的台阶上。这似乎并没有什么不妥，他们眼里没有旁人，也没有外来的物事干扰，只有一家人的微甜，只有解决温饱后的小小满足，其中也或许有着生活的无奈，但眼神里流露出的，依然是其乐融融。

几个年轻人，闲闲地在河边散步，笑声感染了阳光，淡淡的风，疏影横斜。兴趣来了，拍几张照片，有山，有水，有船只，有岸边栖憩的鱼鹰，映入这一方山水中来，增加一些神秘而特别的灵动之美。

河滩不远处的水域，大约有十来只鱼鹰，停歇在竹竿铺成的排筏上，并不十分整齐，各有各的姿态，各有各的心思。有的低头梳着自己的羽毛，有的傻愣愣地蹲着，仰起脖子，眯着眼睛，有的干脆把脖子缩进翅膀里，旁若无人地打着盹。有的很乖巧，站立的姿势也亭亭玉立，很淑女，让人心底生出几分怜爱。有的鱼鹰实在闲不住，张大嘴巴，嘴巴又长又尖，嘴尖带着钩，嘎嘎地欢叫着。这些小家伙，停歇在渔主人搭的简易凉棚里，凉棚顶上有塑料薄膜盖着遮阴，几根木头柱子支撑着，下面是十几根粗大的竹子，捆扎在一起成了竹排。涨水的时候，竹排是一个流动的家。水位退下去时，竹排搁浅在岸上，远远看着，就是一个安稳的家。今天渔家似乎不在家，鱼鹰们没有捕鱼任务，它们显得特别闲，也特别开心，有种一眼看得出来的任性和欢快。

随着一阵嗒嗒声越来越近，那是正在返乡的机扳船，正渐渐地往这边靠拢。远远地，也能看出船老板是位健硕的中年汉子，晒得一脸的黝黑，天天来来回回，在河里走上两趟，每一趟都情绪饱满，每一趟都尽量是一天最好的状态。快近岸时，声音骤然，鱼鹰们早早散开逃离了。

不一会儿，机扳船远了，水与岸都静了下来。巨大的采沙船也终于开走，工人把石头和细沙卸完之后，驶离河岸码头，突突突，船鸣巨响，不知又去了哪里开启下一轮的挖淘。河里的沙石，好像总是用之不尽，取之不竭。

打鱼的老汉，划着小渔船儿，回到了岸上。他动作麻利地甩下锚，停稳船，开始清理渔网，把那些活蹦乱跳的小鱼，一个一个从渔网上摘下来，放在一个半旧的铁盆里，鱼不多，大小几尾，收获并无惊喜，盆里才垫了一个底。

突然间，码头似乎有些异样。河岸上三三两两站着的一群人，神情有些肃穆悲凉。其中的一个还在抽泣，另一个似乎晕倒，被人搀扶着。一打听，心里一惊，一凉，一痛。原来是昨天下午放假，一个附近学校的初中孩子在太常码头洗澡，一个猛子扎下去，就再也没有上来。到现在为止，还没有找到影子。也许是顺着水流漂到了下游，也许是沉入水下的沙石，也许，他只是不幸运，并不十分留恋这个世界。在岸边，没有了他的身影，只剩下哭得肝肠寸断的父母。难道生命真是一张没有价值的白纸？谁不想用自己的画笔着上喜欢的颜色呢？但是孩子，你到底去了哪里？如果水流带你到梦里的大海去了，可要记得游回来，等你回家的人，除了父母，永远不会是别人。

坐在冰凉的石块上久了，腿有点微微发麻，我才意识到几个时辰悄悄流逝，该回去了，时光从一块岩石斜向另一片石头。我站起身，往码头上走，想着今天早上出门的时候，女儿送我一束她昨天下午亲手做的花，卡上写着：妈妈，我爱你！是的啊，我该收回我的胡思乱想，赶紧去接上英语培训班的女儿，这会儿也该下课了。

回来的路上，一想到那位悲恸欲绝的母亲，我下意识搂紧了身边的女儿。女儿尚天真，满是童言无忌，属于她的叛逆期还没有到来，她也还没有意识到，未来有很长很长的路，我们母女得要同心相偕，一起相互陪伴着走过风雨。

生活画着圈重复，重复得似乎寡淡。无意义伴着有意义，有意义中又含有多少无意思的事。但没有人停下来感伤，人们都在低头赶路，为了生活，或者是为了更好的生活。偶尔想起那些在岸边胡思乱想的时辰，一些看似云淡风轻，无关紧要的生活，在眼前晃过，这让我的心，在喧嚣的尘世里，瞬间宁静了。过往不弃，不吝，不言，在这样的时间和空间，看山影，听水声，任由慵倦与苦寂，虔诚而执着地活着。

生活，并不容易。容易的，是结束生活。隔着河，隔着岸，隔着风雨，隔着年代，等我实在写不出句子的时候，我会想一想岸上秋歌，想想那些无语的石头，一个人放空自己，同时又把自己填满。填满了，心才不会空着。也想想什么才是最重要的，生活该走着自己喜欢的模式，脑袋该装自己想装的东西，让心彻底属于自己。

天地自然，万物丛生。喜怒哀乐，漫漶其间。面对无语的河滩和大大小小沉默的石头，有风掠过双肩，我们彼此凝视着，没有深渊，也没有悬崖，只有橙色的霞光，在燃烧着远山近水。目醒之处，也许有一点久违的轻松，即便只那么有限的一点点，也就够了。

# 五溪秋水为君清

我想，沅江一定是蓝溪当初的梦想，也是最后的归宿。

沅江，又叫沅水，流过我所居住的小城沅陵。小城干净、整洁、文明，虽经济落后了些，污染却是少有的，我自认为这是沅江最干净、最美丽、最自然的一段水域，当然不免有我的偏爱，谁不说家乡好。

小城有着不带一丝纤尘的自然之美，犹如素面的苗家少女，纯净而青涩。她的美，美在山，美在水，美在悠远的人文历史。而沅水的曲婉自然无疑是小城之美的灵魂。沅水的美，美得脱俗，只有自然之趣，而无雕琢之痕。沅水的美，美在春的清雅、夏的活脱、秋的深邃、冬的素静。沅水的美，美在曲婉，美在自然，美在厚重悠远的历史。

母亲和我现在的家，就在沅水的岸边，推窗即可看到沅江以及江两岸的山水风物。对面青山苍翠，门前漫江碧透，唐人宋人画一样的山水小景，似最醇的青梅酒，看一眼，闻一下，就让人沉醉不已。这里毗邻闹市，宁静中不乏热闹：河里船只的汽鸣声、码头上小贩们的吆喝声，无疑成了这幅大写意山水画卷跳动的音符。从蓝溪出发，定居在这条大水边的我，就是在这些跳跃的音符声里成长着，成熟着自己的思想，濯洗着自己的灵性，徘徊着自己的梦想。

我常常伫立在窗口，静目，远眺，任思绪山南水北地放牧。一种岁月悠悠、长河沧桑之感，蓦然而生。我喜欢这条源自云贵高原的水，从凶猛到柔顺，从奔涌到曲婉，曲曲折折，自自然然。一年四季中，我尤其喜欢秋天的沅江，喜欢那些在温暖中日渐苍凉的水。不知为何，我总觉得这个时节和她的气质是极般配的。“自古逢秋悲寂寥”，按说我不喜欢多愁善感，可是此情此景，加之时节原因，总能掀起心底的某些情绪。我想，我到底是与沅江有缘的，纵然在伟岸的湘江边求学多年，最后的最后，我依然还是回到了沅江，回到了生命出发的地方。

秋日的水滨，我会慢慢地蹀躞行走，放任思想的流动，尽管秋的寒瑟敲打我有些单薄的衣服。岸边的垂杨柳，历经春的繁华、夏的醇实后，依依不舍地梳落掉变黄的树叶。那些将落而未落的叶子，憔悴而忧郁，一脸感叹生命短暂的模样，让人怜惜。河堤上，零星的几株野花自生自灭地开放着，花虽金黄灿烂，茎叶却细小纤柔，有点营养不良。我的心里不免泛起一丝落寞和哀愁。大自然的每个生命个体，都想在自己的季节里使劲灿烂一回，它们一样渴望能绽放春天的繁花锦瑟。生活中，一些卑微而不被人注意的小生命，都应该得到相应的尊重。没有一粒沙，怎么会有长天大漠；没有一滴水，怎么会有大江大河。

夕阳西下，烟浦几抹，残星数点，暮秋的一弯冷月被渔家女子悠远的歌声唤了出来，静默地倒映在寂寂的沅水河上，雾色空蒙，素色银光，恰好是一幅月夜水墨图的初稿。

生于斯，长于此，我却从来没有像现在这样，对沅水的秋色有着如此深的感悟。在城市生活的几年里，我接受着时尚与现代文明的陶冶，可内心始终冲刷不掉如沅水般淳厚的心性，依旧有着如沅水般的柔韧，自然之本真、朴实，我想，这是沅水给予我一辈子磨不掉的品格。

记忆中，沅水河边有数不尽的码头、数不尽的吊脚楼和数不尽的船只。那些码头很长，从城中一直延伸到水岸边，青石板铺成的码头被形形色色、尺寸不一的脚板踩磨得油光可鉴，遇到下雨天，石板能照出人影。河边林林总总的吊脚楼，宛如一只只灰褐色的天鹅，优雅地歇息在沅水两岸，长长的支架是天鹅高挑的脚，高高翘起的飞檐是天鹅高傲的头颅。吊脚楼是大湘西较为普遍的建筑，几乎家家户户都是这种木制的水边阁楼，外面用桐油漆得油光发亮，室内的布置因人而异，讲究一点的人家，门窗皆雕花，里面亦摆设雕花的家具，如太师椅、雕花床、毛巾架等，各种龙凤呈祥、鸟兽鱼虫图案，栩栩如生。水岸边，密密麻麻的船只，你挨我、我挨你，泊在码头边，或横七竖八，或错落有序，跳板搭着跳板，船头靠着船尾，仿佛撒落江面的一张张渔网。这样的记忆，总能温暖一个人疲惫的身心。更多的时候，我站在沅水边，将这些剩下的想象无限地丰富起来，壮阔起来，整个人也随着曲婉流深的水辽远起来。

我在不断地想象了。千山万壑中，这条历史的沅水，一定是桀骜不驯的，桀骜不驯方显现自然的本性。她其实远远没有我们现在一眼看到的平静宽畅。那时，她蜿蜒千年万里，那么多的激流险滩，她穿越着暮霭烟尘，一路狂飙，劈山碎石，彰显着沅陵人特有的胆识和浪里争雄的勇气。沅水中放排的汉子们，劈波斩浪，出生入死，风雨兼程，给当时蛮荒落后的湘西带来了文明的种子、发展的方向、希望的曙光。小时候，听舅公说起他年轻时在沅水河中放排的惊险，我不敢想象当时的激流险滩，听着却是震撼人心——他们是在用血、用汗、用命在水边讨生活，完成某种生命的壮举。如今的沅水河，一切都变了。缘于国家重点工程五强溪、凌津滩电站大坝的截流，呈现出了崭新的面目，昔日的险滩激流成了历史长埋河底，沅水河骤然变得宽阔而又平静，在两岸青山的倒映下，显得格外翠绿、清冽，一如温婉贤淑的江南女子，少了些许的强悍与泼辣，少了昔日的忙碌与繁华，本性中流露出少有的温婉、善良、包容、随和。

屈原曾在《湘夫人》中这样描述："沅有芷兮澧有兰……观流水兮潺湲"，林则徐也有对联对沅水盛赞："一县好山留客住，五溪秋水为君清"，古往今来，文人墨客盛赞沅水的诗文何其多，尽管她偏居在此蛮荒一隅。在商业氛围日渐浓烈的大环境下，曲婉自然的沅水河，依然葆有天然之趣，尚无更多雕琢之痕。从开始的开始，到最后的最后，家乡的沅水河，越发地显现出不随大流，偏居一隅，从容自然，独具魅力。

如果人生就是一条河，且宽阔，且丰沛，她是可以包容一切的。可往往，我们活着活着，就狭小了，就平淡了，远远不如一条河流活得丰富、绵延、深情！故乡的每一条河流，每一个渡口，早早地镌刻下始终不渝的两行字：不断地离开，不断地重逢。而崇尚自然之趣的我，又何曾不是这样子的呢？

# 春天的意义

很多这样的时候，我静坐窗前无所事事，看窗外蒙蒙的天，看一河苍茫的大水，或是往来匆忙的人群。偶尔一只鸟飞过，轻盈地盘旋一圈，去了我永远不知道的地方。

窗外，我并不十分清楚一场春天的繁华盛景正在酝酿与勾勒，我无暇顾及春天的感受，同样也无暇顾及自己内心的感受，或者可以说，我早已失去了看花赏春的精致心情。

春天的来与去，于我一如既往的生活又有多大的改变与意义呢？平凡如我般痴愚的女子，吹不皱一池春水，泛不起阵阵涟漪，任缤纷五彩也好，浅吟低唱也好，蜂飞蝶舞也好，我居然都可以忽视掉，而且还忽视得那么轻描淡写。

也许，只有内心沉寂千年的人，才会如此淡然与不屑。也许，我该真正思考一下春天的意义了。

一直喜欢感叹怀想，这成了我生活的重要部分。一个朋友告诉说：你简单了，生活也就简单了。其实我一直简单，简单地活着，简单地畅想，简单地幸福。童年的不幸相比于其他苦难来说算不了什么，强说苦难未免有矫揉造作之嫌，清贫而不苦难的当下生活，应该说是最适合我的词。多年来，我极力去除浮躁与世俗的诱惑，让自己沉静下来，让灵魂富足着，直面真实的自己。想要拥有灵魂的卓尔不群，却处处与幸福擦肩而过，只落得灵魂在高处，寂寞在深处。那么，让自己孤寂的灵魂有一个依托，有一个出口，才是春天意义的所在。

日日走在学校到家里的两点一线上，看的、听的、闻的，都是忙碌的市井场面：买菜的婶子为了卖完一背篓的小菜得守候一天的时光；势利小贩为了几毛钱的得失与人喋喋不休地争吵；形容憔悴而无手艺的中年汉子为了得到一天的活儿计，大清早，聚集在劳务市场守候雇主的光临。有时，遇上雨天，等上半天没人来雇工，只得失望地回去，第二天继续早起，继续等待雇主，期待能有好的运气。于他们而言，用劳动换取一天的生活必需，才是意义。

走过这样的街面，目睹这样的场景，特别在春季回潮天气里，看烟雨潇潇，人车混杂，难免路面泥泞，过道湿漉，弥漫霉味。我的心情不能不说是沉郁的，化解不开，又无能为力。芸芸众生里，熙熙攘攘中，谁不是为生存而忙碌，生活不提“容易”二字。然而，他们或如蓬草，或如劲竹，依然在春天里蓬勃起来，怀抱一份简单的希冀与愿想快乐地活着。很多时候，我在无形中，将自己的命运与他们的命运做了一个笼统的比较。其实，我想刻意区分开自己，以显示自己的高贵，事实上，我的内心是溃不堪击的，当下的幸福指数于我，竟然是一个奢侈的词。不由得想到那个狗与狼的故事：狗说，我有美味的骨头，你有吗？狼说，我有自由。狗说，我有温暖的狗舍，你有吗？狼说，我有自由。狗说，我有主人的爱抚，你有吗？狼依然说，我有自由。很多时候，我们都在享受舒适生活的同时，又羡慕嫉妒狼的自由，享受春天的生机盎然的同时，又厌恶早春的阴晦与潮湿。

此时的我，内心依然孤傲着，没有放弃灰暗，坚持走着自己的日复一日。然而，春天是不可抗拒地来了。

早春的压抑，让人透不过气来。不过“浅春亦可醉花阴，只是心境有谁明”。你不能因为种种不快，而怨恨到春天头上。酸葡萄心理是会有的，但不可否认的是，春天本身是坦荡的，是明亮的，也是充满活力和期待的。春天足以滋润那干涸了一个冬天的心田，给予内心掺搅一份或重或轻的刺激性涟漪。

那么，春天于我的意义呢？我曾经渴望是一棵树，有一棵树的厚重，哪怕轻如一片树叶的分量。我想我一定要做向阳的那片树叶，看天空澄碧，看群峰巍峨，看大河磅礴，享一个人的自由。而后任落叶飘零，或轻盈，或悲悯，都无碍在尘世间卑微地行走。

好吧，就算我始终无法明白春天的意义，就算我永远做不成一棵树，且让“落红不是无情物，化作春泥更护花”，来安慰那份心底的失落与寂寥吧。其实，生活并没有让我完全盲目，我也没有真正迷失过自己，尽管有很长一段时间，我找不到自我，但我的内心始终明白，我要坚守什么，始终都在寻找春天的意义。

冬去春来，夏繁秋收。在春天里，一切都有着生命的始端，是该抛却曾经泛滥弥布的自我幻影，内心沉浸的过往生活点滴，遵从这年年如一的春的始端，让春的思绪不凌乱，让春的心情不沉郁。这个春天，依然，不能草草地错过。

因为我明白，春天有春天的妩媚，夏天有夏天的清爽，一切都是需要赞美的。那些小草需要赞美，那些落花需要赞美，那些蚯蚓、粉蝶、蜜蜂，空气里的负氧离子也需要赞美，以及那些风雨里讨生活的男人女人，都是需要赞美的。时光流走一些细枝末节，生活剩下一把粗线条，人生不会轻易改变流淌的方向，许多无意义，该是日子的本来面目。作家罗曼·罗兰说：“世界上只有一种英雄主义，就是看清生活的真相之后，依然热爱生活。”

窗外的杜鹃花开得正灿，粉的、红的，姹紫嫣红。一河垂杨下的沅江水，仿佛也对这个世界充满乐观，奔流不息，不知疲惫。我坐在电脑旁敲打文字，在窗前阅读心仪的书页，泡一壶早春的茶，寻一些陈年旧事里的些微光芒，让心灵上开出花朵，从无意义中寻找一些有意义，就这样，一切都是美美的样子。

# 上下之间的遇见

上课。下课。这是我日常生活使用频率最多的两个词。上下之间，局促了我大部分的时光。

已然是春天了，外面的花花草草兀自热闹。这与我去看或是不看，没有丝毫关系。其实，我看不见春天，已经很久了。并不是说，眼睛不行，看不见任何什物。相反，视力虽然有所下降，但看些厚云积岸、大水走泥的山川风物、四季冷暖等庞然大物还是绰绰有余的。有时候，也不是看不见春天，而是春天看不见我。只是碍于繁忙的事务，我与春天多多少少显得有些格格不入。想来，生活没了春天的景致与盎然，到底是件悲怜的事情。

周末，跳出上下之间的逼仄与狭隘，我决定去河边走走，看看。

沅河边，柳树发芽，樱花绽放，草青花盛，有点万物生的梵音味道。沿河闲着大大小小的人，也闲着大大小小的事。我忽然就闲闲地想：这“万条垂下绿丝绦”的柳树怎么就长出“二月春风似剪刀”的叶子了呢？它遇见了什么？是什么让它如此婀娜婆娑？

有顽皮嬉闹的小孩子爬上柳树，摘了一枝两枝，弯过来拧成圈，扎了缠，缠了扎，很快便成了帽圈圈，戴在头上，三五成群雀跃着忽东忽西，脆灵灵的呼朋引伴声抖搂坡地，叮叮当当的，甚至悠荡在水上，也会漾出一圈又一圈漂亮的涟漪。这，让我很羡慕。

什么树长出什么样的枝与叶，显然是由树的本质来决定的。你总不能期望随风飘拂的柳树长出梧桐树叶来吧。如若那样，柳树就不成其为柳树，梧桐也不叫梧桐了。那又会叫什么呢？总不会新造个物种，叫柳梧或是梧柳吧？显然，这等乱思乱想，毫无疑问地，明摆着是毫无意思。

树终究有树的方式，成梁成桥，成桅成船。以一棵树的方式去远航，势必收获诸多的浪花与浩瀚，那也是不错的选择。

走走，停停。或许，终究会遇着点什么。

然而，树，最渴望的依旧是遇上树。一株火红的木棉抑或是一树绚烂的夹竹桃，默默地相守、相望，“根，紧握在地下；叶，相触在云里。每一阵风过，我们都互相致意，但没有人能听懂我们的言语”。仿佛永远分离，却又终身相依。多少年过去，一棵树与另一棵树，相互参差掩映成整个城市与村庄的风景。遇风，遇雨，遇霜，遇雪，遇阳光，遇攀折，遇砍凿，都是必然的，说不上好，也算不上坏。人面桃花也好，疏影横斜也罢，那些姹紫嫣红的色彩与清荣峻茂的容颜，那些土地深处散发的温情与长年累月不朽的系念，以及与阳光雨露一起的抱朴守拙，踏歌四野，没有淡漠，没有遗忘，只有契合，只有守护。

倚在一株木槿花旁，深深地吸上两口气。我遇见树，树也遇见我。这种遇见，又有着怎样的深意呢？

一些日子重复得太久，会像成熟透了的果子散发出阴腐的霉味。司空见惯的诸多风物因为太过熟悉反而会视若无睹。许多的时候，因为伤痛而记住了伤痛，因为左手不认识右手而忘了珍重。我们只顾在黑暗中小心翼翼地注视脚下，而忘了仰视远处的山峰。只顾一时的混沌中挣扎，而忘了目之不能及的地方用心去回眸、心之不能及的地方用智慧去思想。我忽然觉得，我该在这个春天遇见自己了，我不是一直想做、在做一个明媚的女子吗？

此时此刻，我从古朴而清新的乡下，从繁华而热闹的都市，凝望着树下的大河流水，我似乎应该诀别一些东西，守望一些东西，谋划一些东西。按部就班的生活，没有什么大波大澜，日复一日的工作没有什么大起大伏。可是，在很平常的清晨曙光里，我同样可以俯仰花草树木上晶莹的露珠，将每天上下班长长石阶上的阳光悄悄收藏，用心香传递出一脉柔软安静的诗意与精彩。于树缝中看夕阳，于草坪里听蝉鸣，拾一枚秋叶夹在书中，让思情蘸满墨香，捧一瓣俏皮的雪花，赋一缕季风清澈的音籁。种一片月光，享受生命中一路风景带来的美丽。这种美丽，虽然没有惊鸿一瞥的怦然心动，却潺湲成静水而涓涓流深。

一个人思想有多远，路就有多远。一个人胸襟有多宽，视界就有多广。有容乃大，有容乃悦。现实的芜杂与险恶，也许不是我一个小女子能够改变的。但我知道，我可以通过改变自己，从而影响学生，影响家庭，如一只小鸟精心地构筑自己柔软宁静的巢穴，以自己独有的不蒙丝毫尘垢的生存观念与状态，烛照他人与这个世界。

春天的花朵开了，我需要与往日的阴郁做一场诀别。这让我想起公元前 399 年的苏格拉底。按照雅典法庭的裁决，他要在监狱喝下一杯毒芹汁来结束自己的生命。在生命的最后时刻，他的妻子不顾一切地在狱门外高喊："他是我的！"狱吏感佩于此情此景，于是打开牢门让她来到苏格拉底的床边。只见她挺直腰板，黑得发亮的头发卷起梳成一个大髻，在悲伤中她仍然保持着体面，整个面目都带着一种庄严的气质。她知道丈夫喜欢她这样。她说："过不了多久，我就会去找你的。"她神圣地面对监狱窗口外的太阳说："我的丈夫是一个伟大而智慧的人！"临刑前，苏格拉底对儿子说："对妈妈要和气。"他把妻子披散下来的一小缕头发放回原处，对妻子说："你知道我们是彼此相爱的。当你唠叨时，我心里就会好受些。你也知道，我甚至乐意听你的唠叨……等着吧，我们会在极乐世界见面的。在那里，我将会报答一切。"苏格拉底将生命最后的美丽留给了妻子，妻子在生离死别的那一刻依然保持着体面与庄重。他们是在将生命的美丽做最后的守望与坚持，是在做人世间最为感天动地的诀别。

我们时刻都在诀别很多东西，与一个个王朝的背影，与一天天逝去的日子，与一寸寸沙漠盐碱化的土地，与种种行将灭绝的物种，与遭遇不测的朋友，与恶疾缠身的亲人。每当这个时候，我们需要面对，需要承受，需要守望，需要坚持。即便明知"鸟儿愿是一朵云，云儿愿是一只鸟"是不可能的，但生命美丽的智性光辉依旧要穿透青天白日，洗尽四季铅华，悄悄地叩响宁静的安详，得到一种轻浅明媚的丰盈。

河风悄然吹拂，花朵静静开放。遇见春天，遇见树，更遇见自己。不错，很好。

# 一个句子的尽头

一本书，翻开，又合上；一支笔，拿起，又放下。

夜深，小窗依旧。静谧的夜空，几颗疏落的星闪烁着若有若无的光。案头粉色的兰花开了，一缕寂雅恬淡的芬芳袭来，让人的灵魂似乎有了香味。

窗前，树影婆娑绰约，是我所熟悉的。我看着树，树也看着我。泛着墨香的书页里浮出陈丹燕的心语——来生愿做一棵托斯卡纳的树：我长在山坡上，天天晒太阳，鸟在我头上叫，风从我的树枝里经过，像梳子经过长长的头发。我的一生只要好好地站在那里就行了。要是没有人打扰，我想一辈子待在自己熟悉的山坡上，边上的每一棵橄榄树都是世交，从来也没有迁徙时的恓惶。

普罗旺斯的一年，托斯卡纳的随想。没有了思想的疼痛，也无须奔赴一场罗密欧的悲剧。静静地，岿然站立，总是不错的吧。

许多个夜晚，我或坐或立于这个轩窗，将流沙坠简中一些苍山砾石覆盖的线头扯出来，琐碎的、古拙的、苍凉的、悠远的，差不多即将被遗忘了的物事，还有被时间折叠的自己，瞬间都会战栗着复苏过来，既沸腾着无数奇迹，又空茫得无涯无际。

一个人，从《诗经》中走来。在蒹葭苍苍的水面，那些寂静如初的窈窕淑女，“手如柔荑，肤如凝脂，领如蝤蛴，齿如瓠犀。螓首蛾眉，巧笑倩兮，美目盼兮”，在怎样“思无邪”的境地里，“邂逅相遇，适我愿兮”地死生契阔。从关关雎鸠到于以采蘩，总有人风花雪月，总有人不解风情。紫陌红尘，如花美眷，终究抵不过似水流年。我忽然想到，这样的女子，如朵朵圣洁静放的莲花，在时光的湖畔极尽鲜妍，她们的故事，又曾被多少人听过、读过、怜过、爱过？屈子天问的时候，李白举头的时候，易安寻觅的时候，东坡怀古的时候，他们是否都曾怀想、聆听过那些凄婉动人的千年传唱？

一个人，从汉代大赋中走来。司马相如的一碗酒，喝出繁盛的子虚上林，“凤兮凤兮归故乡，遨游四海求其凰”的乐音，是否曾留下当垆的卓文君“愿得一心人，白头不相离”的深情绵邈与恣意决绝。一个“大风起兮云飞扬，威加海内兮归故乡，安得猛士兮守四方”的庞大帝国，用尽数百年的时光，“兴废继绝，润色鸿业”，铺采摛文的宫苑都邑，高辞博采的田猎博弈，缘情而绮靡，体物而浏亮，描情述怀，体物写志，盛世雅颂，当是满满的正能量。所幸，还有一个“究天人之际，通古今之变，成一家之言”的司马迁，效先贤仁人“发愤之所”，意有所郁结，不得通其道，故述往事，思来者，终成“史家之绝唱，无韵之离骚”。

一个人，从魏晋的颖悟旷达中走来。“竹林七贤”的酣饮畅谈，《文心雕龙》中的玄心洞见，“结庐在人境，而无车马喧”的妙赏深情，一些幽涧，一些古木，一些峭壁，一些悬石，一些野花，一些老藤，一些曾经在孔子头上飘过的白云，都在觥筹交错的风流中，起坐弹鸣琴，俯仰而自得。山气日夕佳的幽旷，飞鸟相与还的清欢，竟是那样地欲辨已忘言。古老的竹林，至今还燃烧着酒气熏天的翠色；一曲雷霆风雨、戈矛纵横的《广陵散》悲怆成名士的绝响。且以风姿作风流魏晋人物晚唐诗。难怪，有一种潇洒叫魏晋风度。

一个人，从唐诗宋词中走来。辋川淙淙流淌的溪水，荡尽摩诘衣襟上的俗尘，空山新雨后，一颗不老的诗心在大唐的书页里捋须长吟。那里有“人生得意须尽欢，莫使金樽空对月”的纵意潇洒，有“朱门酒肉臭，路有冻死骨”的沉郁顿挫，有“衣带渐宽终不悔，为伊消得人憔悴”的悱恻惆怅，有“大江东去浪淘尽”的博大豪放。淡妆浓抹总相宜的西湖，青山隐隐水迢迢的扬州，一览众山小的泰山，惊涛拍岸的赤壁，一个个满腹经纶的才子，青衫羽扇，风度翩翩，更有那琴棋书画样样精通的闺中红袖，吟诗作画，抚琴吹笛，斗棋赏鱼……

一个人，从小桥流水中走来。古道西风瘦马，纸香墨飞天涯。曾几何时，舞低杨柳楼心月，歌尽桃花扇底风，一场《牡丹亭》里的游园惊梦，黯然落幕了悄然远遁的悲欢离合。红楼梦醒，阆苑仙葩也好，美玉无瑕亦罢，无尽的繁华和笙歌，都成了水中月、镜中花。唏嘘感叹一个又一个王朝的背影，早已在如川之逝中灰飞烟灭，唯有一些锦字绣句依然散发出灿烂耀眼的荣光，地久天长。

窗外的树，在深夜的风中微响了一下。我从厚厚的书页中探出头来，凝视着它。我与树，并不远，只隔了一个窗户的距离。每天，我都要从这棵树下走过，多少年了，它一直站在这里，平静而慈祥，像一个古老的、圣者的微笑，似在看着什么，等待着什么，甚至站成了风有琴弦、鸟有家园的风景，让一点萤火、一颗流星都有了某种神秘的天命。

在一个句子的尽头，领着自己回家，轻啜一口菊花茶，意净心清，看住一片肃穆灿美的时光，守住一片书页里的幸福，等待着一场千年后的际遇，记忆的门楣何曾不会将一怀温婉典雅的情思深寄？

# 栾树花开

待栾树一扬花，时节就入秋了。

我现在的住所旁，有一棵栾树，不高，却很繁茂，树上时常有鸟的影子穿梭。平日里我并不太关注，直到花开时节，才注意到它与其他树的不一样。细小的复叶，细小的黄色花，簇簇拥拥，似乎还散着淡淡的香。风过处，花落一地，犹如黄金雨，洋洋洒洒，也不算过分地热闹，一粒粒的，有着初秋的默然。这是我第一次留意到栾树花开，也必然给我以惊喜。

早晨送女儿上学时，脚踩着遍地的落花，心是疼惜的，越发有点小心翼翼。栾树花期短，忽而几天，黄色小花没了影儿。树梢上也就理所当然地挂满了小果，很轻盈，似薄纸糊成三面角的小灯笼，风一吹，满树的小灯笼，哗啦啦作响，透着立体的美。时节加深，小灯笼由浅黄渐变淡粉、紫红、褐色、深褐，直至完全褪去了色彩，成为一簇风干的标本。风一吹，一个一个，或是一串两串，纷纷落下，抛在水沟、草坡、泥土地面，也落在孩子的脚边，落在他们的日记扉页里，成了可以怀恋一秋的念想。

阳光下的金秋，暖和而灿烂，大地丰厚而成熟，万物都在遵循它们的生长规律，一丝不苟，井然有序。开花的开花，结果的结果，落叶的落叶，似乎并不在乎你的调度或者在场。但是，孩子的教育，似乎很需要家长的在场感，所谓教育，说简单点，无非是老师、家长和学生合起来，在做一件大事情。如果，在这样的秋日周末，陪孩子坐在窗前树下读书，应该是一件特别有成就感的事儿。的确，阅读让人宁静，宁静致远，启迪心灵，滋养智慧。阅读就是一颗小小的种子，当父母把它种在孩子的心田，再用耐心去浇灌这颗小小的种子，定然会爆发出勃勃生机，长成后来的参天大树。

接到女儿班主任老师电话时，我正送走作家班的学员们。在这个喧嚣的时代，有人热爱文学，有如此蓬勃的文学现象，应该是让人欣慰而感动的。九月份以来，是我们学院比较集中的培训时间，连续两个班，共一个多月时间，作为班主任的我，一心扑在工作上，起早贪黑，疏忽了对女儿的教育与关心。特别是这个学期，女儿从县城小学转入省城，其间的融合与差异，该有一段很长的适应期。我在孩子最需要帮助和陪伴的时候，是一个缺位的姿态，想想，真是汗颜至极。班主任老师并没有责怪我这个不称职的妈妈，她说女儿很乖很懂事，让我写写女儿的阅读故事。哦，我的心总算放了下来。

是的，这半年来，我和女儿就似两棵从乡下移栽到城市的栾树，还没怎么适应生长，就到了花期，于是得努力开花，尽管花瓣细小，并不起眼，还是有着一丝幽香飘过。

女儿从小就特别乖巧懂事，大多能管理好自己的生活，每天放学回家，第一时间做完作业，吃了饭，就捧着心爱的书本，津津有味地读起来，我并没有刻意规定阅读书目，只要她愿意读的书，总是支持的。稍微懂得教育规律的人都知道，孩子的阅读和学习一样，并不是一朝一夕的事情，很多时候，我们缺乏耐心，犹如牵着一只小小蜗牛散步，这需要家长长期的陪伴，养成长期坚守的习惯。

但凡谈到阅读，大多是指向阅读名著，特别是世界经典名著。起先，我也给孩子买了一些名著，如《水浒传》《西游记》《三国演义》《红楼梦》等，还有一些外国书籍《鲁滨孙漂流记》《格列佛游记》《窗边的小豆豆》等。我发现女儿特别喜欢《西游记》和《三国演义》这两本，《西游记》中每一回故事她都十分熟悉，且达到了痴迷的程度。她还特别喜欢读《三国演义》：刘、关、张桃园三结义，诸葛亮草船借箭，刘备三顾茅庐，关羽千里走单骑，这些情节很经典，读了之后，女儿为诸葛亮的聪明智绝、为关羽的英勇忠诚而惊叹不已。有一年我们去洛阳，参观完了龙门石窟，还去拜谒了关羽在洛阳的衣冠冢，那一把重八十二斤的青龙偃月刀，挑起了小小少年的英雄梦。

当然，女儿阅读童话的过程是轻松而愉悦的，因为童话的文字本身很轻松，幽默故事也很搞笑，整个阅读过程都是一种特别的开心与愉快。孩子插上想象的翅膀，十分乐意飞往童话的乐园。她读了一系列童话故事如《安徒生童话》《格林童话》等，还有一些当代儿童文学作家作品，如汤素兰阿姨的童话《笨狼的故事》系列和童话《红鞋子》等，笨狼可爱的一面令人啼笑皆非，他的笨中包含着可爱，傻中蕴含着执着。这只笨狼带给孩子的不仅是快乐，更多的是领悟，他让孩子们学会了乐于助人，不怕吃苦，勇于奉献，多替别人着想，这样这个社会将会充满很多爱。

前年听曹文轩先生讲课，我给女儿买了一套他亲笔签名的儿童读物，其中《草房子》特别受孩子喜欢，记录了男孩桑桑在油麻地刻骨铭心的六年小学生活，讲述了一个个催人泪下的故事。这些纯真的故事告诉孩子们：每一个人的人生都不是一帆风顺的，都充满了酸甜苦辣，苦难和幸福，犹如白昼和黑夜一样永远与我们相伴，当苦难来临的时候，我们不能逃避，要满怀希望，要微笑着去面对。

读这些儿童文学让女儿快乐，且有震撼人心的力量，善良、尊严、顽强以及散发着人性之美的光辉，不断地影响与冲击着孩子幼小的心灵。孩子的童年就是一间溢满阳光的草房子，浪漫、温馨、快乐、悠远、纯洁且无瑕。是阅读，丰盈了孩子的童年和少年时期，甚至为其一生的人生格局和成就，打下坚实的基础。《牧羊少年奇幻之旅》中有言："有一个伟大的真理，那就是，不管你是谁，也不论你做些什么，当您真心梦想着什么的时候，你最终一定可以成功。"

我想，阅读就是给孩子打开一扇窗的同时，又打开了一扇门，每一扇窗里都有星月蓝天，都有灯火阑珊，每一扇门里都有着温暖的呢喃，营造着一个书香梦境。因为阅读，爱会变得更有力量。阅读，将改变我们的生活，点亮孩子的未来。在阅读陪伴中，看着一棵小树苗，安静地长成，何其乐哉！

让孩子读书，自己也要读书，父母始终是孩子最好的榜样。在无数个这样的夜里，忙完生活琐碎，灯下静读，与书中一群智者做心灵的交流。不刻意用文化和知识装点门面，抛却浮华，面对干净、丰富的灵魂，也是极有意义的事情。

我说不上有什么很深的教育与阅读体会，可能要让美丽的班主任失望了。作为一名教育和文学工作者，默默地阅读，继续写下去，于我而言就是最好的归属。如果因此能影响到我的女儿，以及更多的人，就是最好的结果了。

一些时光在季节的轮回里流淌，多少个栾树花开的日子从平淡中溜走，怎奈何时光斑驳了华年，也仓皇了几多人生。既然我们的时光终是要因无所作为而被辜负，那么，在这些清浅时光里，陪着孩子读书，权且让书香四溢，也算是在这个既陌生又熟悉的城市，给无可归置的心灵一个踏实的安慰。

# 木匠二伯

回到老家，看到老屋，自然就会想起木匠二伯。

老屋很老，老得快要坍塌了。少有人住的老木屋，经了岁月，梁柱子开始歪歪斜斜，似有风雨载途的难受，积满了苍苔的黑瓦，经不起日晒雨淋，当风过院墙，瓦砾时不时地掉落，一块一块的，啪啪啪，碎骨粉身。

老屋，是二伯一斧头一凿子帮着爷爷与父亲建起的。

年轻时的二伯，是位不错的木匠，皮肤黝黑，身材适中，颇有几分英气，且性格随和，开得起玩笑，镇上的老老小小都喜欢他。请他干活儿的人很多，总是张家的活儿还没做完，李家又上门来了，这家请他起个猪栏，那家喊他搭个偏房。对于邻里街坊的这些事，二伯总是笑眯眯的，有求必应，有时甚至连工钱也不收。若是东家需要根扁担或是锄头把，二伯一两袋烟的工夫，一双粗糙的大手，把锯子扯得飞快，碗口大的树筒子在他手里摆弄几下，劈、削、刨、磨，一气呵成，一根挑箩扛筐的扁担便轻盈如飞，横空出世。锄头把，则粗细圆润有致，一点也不伤手。

二伯从能拿得动斧头起，就跟着爷爷学木匠。遇到起屋修根基，特别是起架上梁时，东家得同时请上好几个木匠。但掌墨、画梁这些关键性的大活儿还得爷爷和二伯掌舵。爷爷年纪大了，遇到重功夫就喊二伯去，二伯也不推辞，欣然接手。他一年四季都有活儿干，每天清早挑一担沉沉的工具箱，大大小小的凿子、刨子、粗锯、细锯、斧头等家伙就有几十样。他精神抖擞，哼着《红灯记》里的唱段："临行喝妈一碗酒，浑身是胆雄赳赳……"早上到主人家做木工，晚上天黑回屋，一天下来，主人好酒好菜地招待，搞个斤把五花肉炊萝卜丝，外加两三斤米酒，工钱自是好讲。

二伯，人勤活儿细，是蓝溪这方土地上做了几十年木匠的老师傅。工钱也不贵，从最初的每天五块，后来涨到七块、十块、二十块，遇到主人家里贫穷的，就用几斗米抵了工钱。这两年涨到每天三百块。别看工钱涨了，可二伯一辈子也没发过财，现在依旧住在爷爷留下的三扇两间的木屋里，二伯住木屋西头，东头是我父亲的。二伯屋里并没有几样拿得出手的家具，真应了那句老话："瓦匠常年住茅棚，木匠屋里无板凳。"

最近几年，镇上找他干活儿的人越来越少。并非二伯手艺不精，而是需要做木工活儿的，日渐减少。现在的农村起房子，都是钢筋水泥，红砖砌墙，瓷砖贴面，门是清一色的防盗门，窗是铝合金窗户，家具也大多买现成的板式组合家具，传统的木工几乎没了用武之地。

古话说，家有千金，不如薄技在身。这话，用在二伯身上，现在显然已经不灵验。时代变得太快，让人措手不及。许多木匠都改行做起泥瓦匠，或是油漆匠、装修工，什么赚钱就做什么。但二伯很固执，守着一身手艺，就是不肯屈就。没有木工活儿做的日子，二伯明显地落寞无聊，甚至潦倒起来。二伯田也不种，地也不刨，三亩薄田租给种西瓜的外乡人，每年给他几百斤谷子了清。他没了往日的“浑身是胆雄赳赳”，挂在嘴皮子上的话多是：钱多多用，钱少少用，没有就不用。只要每天东家西家地混得一口酒喝，心情照样很滋润。给人家整整猪栏，修修门窗，喝上两口，东倒西歪地回家，逗逗张家的孙子、李家的黑狗，兴致来了，就歪吼几句：“咱当兵的人，就是不一样”，居然也不跑腔跑调。这样的日子长了，邻居们便不再喜欢，而是厌恶、讨嫌。

我记忆中的二伯母，烧得一手好饭菜，养鸡种田，缝缝补补什么都会几下。镇上哪家人要是给孩子做婴儿鞋，或者给老人做寿服，都会来找二伯母帮忙。她模样长得标致，皮肤白皙，笑起来还有两个小酒窝，一副干净利索的样子。逢到镇上哪家办红白喜事，准会找伯母帮忙倒茶待客。在农村，倒茶可是体面人才有资格干的事情，拿不出台面的就只能在后厨帮忙洗菜、洗碗。

镇上人都夸二伯福气好，娶了个漂亮能干的老婆。那个年代，一个木匠，仅凭一身劳力，一口锅，老父亲分家的两间木屋和几床棉絮，就能把一个如花似玉的姑娘娶回家。爷爷的三个儿子中，二伯是最早定亲的，因为二伯母当时相中的就是二伯——人聪明，又勤快，最主要的是，还继承了爷爷家传的木匠手艺绝活儿。

当了木匠的二伯，其实并没想当一辈子木匠。他最想的，倒是去当“雄赳赳”的兵。那年，柿子还没成熟的时节，镇上贴了征兵红榜，三兄弟一起报了名，唯有二伯被挑中。结果，爷爷死活不同意，磕着旱烟袋一脸严肃地说：“老二呀，这次招兵一家只能去一个，你比哥哥年轻些，以后有的是机会去，而且你也定了亲，不能辜负人家姑娘。你哥老实，年龄大了，人又木讷，几时才能遇到这样的机会翻身？你娘走得早，我一个人养大你们不容易，你们要相互帮衬，何况你们是穿一条裤子长大的亲兄弟！”

二伯苦着脸，在床上辗转反侧，想了一夜，最后决定让大伯顶替。新兵队伍整装出发的时候，他去送大伯，看到戴着大红花，穿一身崭新军装的大伯，二伯羡慕嫉妒但不恨，回家后，一整天没有进一粒米，光顾着喝闷酒。

机会一旦失去，便不会轻易再来。后来，阴差阳错地，二伯的当兵梦终于碎了。二伯母是在二伯心灰意冷的时候嫁过来的。二伯母能干顾家，还时常从娘家背些米呀，油呀，辣椒、红薯、鸡蛋之类的东西过来接济，甚至惹得娘家哥哥嫂嫂不满，说什么嫁出去的女，泼出去的水，不见往娘家提东西就算了，却还要倒贴，真是背时透顶。

尽管如此，二伯母却并没有得到二伯十分的呵护与爱。二伯自从“当兵梦”破灭后，整个人变了样，除了依旧做得一手好木工活儿外，开始变得少言寡语，一日三餐，不能少了酒。家里的空酒瓶堆得好高，聚起来可以砌一面墙。收破烂的老头最喜欢往二伯家里跑，每次都不会空手而归。后来，二伯嫌用酒瓶打酒麻烦，干脆改用塑料壶子装酒，一次能装十斤的那种大壶子。对于嗜酒如命的二伯，二伯母劝也好、骂也好、哭也罢、闹也罢，总是不能奏效，偷偷一边去流泪。日子久了，索性懒得再管。

一年冬月，雪粒子还没有落完，二伯母一场大病先去了，这也算是老天对苦命的二伯母的解脱。二伯痛苦之余，依然嗜酒如命，谁也说不通。爷爷因为二伯不争气，一直是块心病压在心里，不久便半病半气也过了世。二伯从此就一个人吃饱全家不饿了。二伯偶尔也伤心后悔，特别是一个人在那间空荡荡的老屋，看到冷锅、冷灶、冷床铺，越发放肆喝酒，然后在院子里扯起喉咙，歇斯底里地吼：临行喝妈一碗酒，浑身是胆雄赳赳……

有一年我回乡来，见蓝溪的小孩遇见二伯就躲，还嫌他脏，瞧不起他，恶作剧地编了顺口溜：木匠老二是酒鬼，醉酒浑身都是胆。边唱边刮鼻子。二伯喝得醉醺醺地回来，一路上听见小孩瞎起哄，他边追边喊：小狗崽子，再喊，不打死你！一追一跑，闹得满院子鸡飞狗跳的。

乡下的日子过了也就过了，谈不上好歹，有口饭吃就好。几十年里，二伯依然住在风雨飘摇的老屋里，家里邋遢不堪，家具用品破旧，都黑漆漆的，东西乱堆乱放，连过路都绊脚，衣服随意地搭在床头，没几件干净得体。他偶尔得点零用钱，却拿来买酒了。大伯经常回蓝溪来，每回来一次就接济二伯一回，他念着二伯的旧情，说是要接他去城里住。但二伯一直不答应，他不愿离开老屋，离开老屋就没有了根，常言道：叫花子都还有个家呢。二伯早已习惯了一个人的逍遥自在，大伯怕他想起那些伤心往事来，就不再提了。

每次回老家，我会给二伯带些好吃的，也给些钱，但这些又能帮到他什么呢？与二伯言笑晏晏后，每每背转身，我都会落下泪来，这泪里有点哀其不幸、怒其不争的味道，为他，也为父亲。所幸的是，这个冬天，听说，镇上的村支书带着扶贫干部来看二伯了。这，或许，是这个冬天开始温暖的信息。

# 那一年的渭溪

渭溪水好，山好，木材多，出米酒，特别是水田村的豆腐很有名。

渭溪以前是单独的渭溪乡，后来撤并到凉水井，于是，在心里我把渭溪也当作了家乡。渭溪是沅陵与溆浦交界的偏远乡村，距离城区远，山高树茂，溪涧流清，民风淳厚。周末闲暇，驱车去凉水井，经过蒙湖大桥，经过张家滩，一个多小时，可到穿岩孔，过了穿岩孔，渭溪乡政府就不远了。穿岩孔的另一端，是去往大枫溪和小枫溪的路。大枫溪我是去过的，好远的路，有一年被派去村小监考，走得脚板都起了泡。枫溪翻过去就是圣人山了。

常常想着渭溪，想着渭溪的山和水，也想着溪水边的村小，把渭溪也当家乡是有原因的，因为那里是我参加工作的首站。如今想起在渭溪村小的时光，总让我能够更好地认识自己，明白过去。因为有了那些真实而可爱的存在，时间开始明亮起来，那些让我装在心里的人和事，像田坎上的野菊花一样，沁着流年的馨香。

去渭溪张家佬村小，还得过了乡政府，沿溪继续往上，约半个小时，就可以看见一片密集的村落，一个偏远的村级小学，由村委会修建的一排两层楼的砖木瓦房，静静地伫立在小溪边，在全村最显眼的位置，也是全村最好的建筑。村民大多住吊脚木楼，村里的砖瓦房并不多。村小外粉刷的石灰墙上写着几个大字：百年大计，教育为本。村小共有一到四年级四个班，四个老师，当年我被分配教一年级和四年级语文，也教二年级和三年级的音乐和美术，从上午到下午，一天都有课。一弯生锈废弃的犁头，用铁丝吊着，悬挂在教室走廊外的梁柱上。敲钟的老校长是当地人，每天最早赶来学校，最后一个回到家中，他用棒槌敲打的钟声，年复一年，日复一日，追赶着村里孩子们童年的脚步。

坪场里，一杆旗柱上飘着薄薄的五星红旗，两个木制的篮球架瘦瘦地立着。闲暇时我常在下面打篮球，打发寂然而无奈的青春时光。吸引我眼球的是学校大门边的两棵树。一高一低，一大一小，放眼望去，枝叶伸展，绿荫如盖。樟树总是抢了近旁桂树的风头，实际上桂树将要开花的日子，孩子们就把樟树忘了。

更多的时候，孩子们在樟树下嬉戏，你追我赶，跑跳自由。或是在樟树下面捉迷藏，跳皮筋，把皮筋绳绑在两棵树干上，依次跳过皮筋，跳不过去的就受罚，看似简单，孩子们却也玩得不亦乐乎。等这些都玩腻了的时候，又想着新花样来，扎纸飞机、滚铁环、打弹珠等。或者在我的美术课上，捡来一堆秋天里的樟树叶，拼成想象的图画。更多的时候，操场上泛黄又繁多的樟树叶，被老校长一把竹扫帚扫去，呼啦啦地风卷残云，片甲不留，但落叶是扫不尽的，第二天早晨，铺天盖地，依然如故。

当年，我只有十九岁，是个爱做梦的年龄。当我渴望留在城市工作的梦想破灭后，不得不带着失落和惆怅，背着棉被行李，提着锅碗瓢盆，像当年下乡的知青，坐上摇摇晃晃的班车，开过全是泥土的简修公路。到了学校，头发几乎全是灰尘。没有地方洗澡，我就在学校下面的小溪里洗了，一身湿漉漉的，回到房间才换衣服。冬天冷，提一铁桶热水，在厕所冲洗一下就算好了。像所有电影里的故事情节一样，乡村女教师扎根农村，书写坚守与奉献之歌。也因此受到了校领导和村民们的尊敬。尽管我当时也受了鼓励，但心情仍很低落，一心想走出大山，但面对课堂上的孩子们，还是一脸灿烂的样子。

我人生的第一张讲台，便是缺了角的木桌子，和学生的课桌一样大小，凹凸不平，上面放着粉笔和黑板刷。黑板是用两根木头支起来的一块木板，斜靠在墙上，黑漆都掉落了，要用很重的力气写字，才能让学生看得清楚。不白的墙壁上有四个窗户，用薄膜钉着，上面有许多用笔或是手指戳开的小洞，风一刮，呜呜作响，根本起不到防风效果。不冷的时候，我总是把门打开，以便让教室里有足够的光线。孩子们抑扬顿挫的读书声，总是吸引着一群闲着的老乡，或抱孩子的妇人前来围观旁听。有时候，村子里的黄狗也肆无忌惮地闯进教室来，于是教室里便哄堂大笑。很多次，我无奈地看着这一切，忍不住偷偷地掉眼泪。这时候，教室会“嘘嘘”地响几声，孩子们似乎很自觉，马上鸦雀无声，他们用大大的眼睛看着我。我知道，他们怕我离开，他们是爱我的。

要在村小生存下来，吃饭是颇费心思的事。总不能天天去学生家里吃百家饭，或者是到隔壁郭子婶娘家里搭餐。日子久了，仍旧是不方便。于是我和同来的女孩商量，轮流做饭。乡里需烧柴煮饭，木柴虽有现成的，但每次都要劈开。有一次，一不小心，劈开的柴块弹到额头上，便留下了一块小疤痕，成了抹不去的记忆。接着便是生炉子、提水、洗菜、做饭，弄了一两个小时，总算解决了温饱，但我们脸上黑一块白一块的，成了花脸。郭子婶娘看着我们笨手笨脚的样子，笑得上气不接下气，摇着头说：“唉，可怜了你们这帮城里孩子。”我从小跟着母亲，吃苦并不多，好多家务不会做，和大山深处能干的渭溪女孩相比较，算是愚笨的。有时候为了省事儿，我们一天只做一顿饭，早上煎糍粑或者面条过早。经常没有菜，也没有地方买，要等到四五月才有新鲜蔬菜吃，平时孩子们轮流给老师带一些豆腐、辣椒、黄豆、坛子菜、糯米糍粑和萝卜白菜，临近年边了，我们偶尔还被请去吃一顿杀猪大餐，享用水田的豆腐、盐腌酸辣椒、小脚的山鸡、黄豆炖猪脚等舌尖上的美食。我们围着火坑，喝着渭溪米酒，听一些当地老人讲古，似乎就会忘记了自己是一名外来的村小老师，或者干脆就是这个村子里哪户人家的闺女。又隐隐地觉得，这个村子里的女孩，都比我幸福一些，至少，她们有暖和的家，有想要就要的自由。

那时，我住在学校的宿舍里，说是宿舍，实际上是两间教室之间的办公室，由于没有外来老师住，办公室就变成了我们的家。床、桌子、板凳、锅碗瓢盆、教具等，全挤在一间十几平方米的房子里，由于年久受潮，墙壁黑乎乎的，我买了几斤白纸才把墙壁装裱一新。屋后靠山，遇阴雨天，会钻进一些蚂蚁、蚯蚓和小爬虫之类的，夏天还会有蛇的光顾，把人吓得目瞪口呆。于是，叫上住在附近的女学生和我做伴，女学生名叫秋菊，小小年纪胆子不小，皮肤黝黑，走路飞快，周末上山爬坡，总是把我甩好远的路。厕所在教学楼旁侧，每天晚上我们打着手电筒穿过楼梯的路上，是艰难而胆战心惊的。

终于盼到发工资的日子。我记得，县财政困难，有半年没拿过工资。我从家里打包米和油，那时渭溪乡里流行一句顺口溜：老师老师像条猪，不发工资也教书。我在村小教书的那些日子，不曾为母亲买过一件贵重礼物，也不曾为自己添过一件像样的衣服，有时候还帮助一些交不出学费的孩子垫交学费。看着那些贫穷的母亲、孩子渴求读书的目光，我又能说些什么呢？世上有一种目光，只能是属于母亲，或者是来自老师。现在想想，当时太年轻，还不能理解，真正的教育是需要从骨子里的热爱，少不了大爱情怀。我为自己做得不够而深深地内疚，同时也希望更多的人来关注和关心我们的乡村孩子。

那一年，姐姐和姐夫从海南回来探亲，专程坐车来渭溪村小看我，当时看见我的住宿和生活现状，忍不住抹了眼泪说："妹呀，这个地方不能长期待下去了，你跟我们去海南吧。""是的，我终究会离开这里的，但是我要用自己喜欢的方式离开。"我在心里默默地为自己加油。

因为日子太薄了，我不想被一滴雨淋湿，被一场风打败，我始终保持着坚实的内心，教学的热情，在无数个和溪水为伴的日子里，挑灯夜读，用书本当被子，温暖和充实着自己的灵魂。当然，我在村小教书的时间不满一年，就收到湖南师范大学的入学通知。回首在村小的那两个学期时光，突然觉得弥足珍贵。现在看来，当时的困惑、彷徨、失落，甚至包括一些感动，更多的是一份发自内心的真情流露。现在反而回头感谢那些深受磨难的日子，让我能坦然面对现在生活的风风雨雨，从容而自信，让我在纷繁复杂的诱惑中，依然高贵着灵魂。散学之余，随意涂鸦一些散文诗歌，以此来怀想，或者说是敬畏那段在村小的日子：

那一年，一只鸟雀飞入薄云，光阴倒映在一河浅浅的溪水里，善良与爱的幻觉，在身体里滋长。

那一年，雨水像记者伸出来的话筒喋喋不休，那一刻，我开始尝试淡然面对雨雪，尝试着和季节的时针对上了表。

那一年，我在山脚的两层砖木小楼里，绘制着小小的梦想。楼外一棵高大的樟树，静静地竖起耳朵。哗啦啦唱响的溪水，流出一个村子的热闹与希望。

那一年，我在空旷的水泥球场，倾斜的木制篮球架下，拍响一些声音，叫醒整个村子寂静的月光。

那一年，我爬上山坡采摘野果，偶尔遇见的几朵百合，迎着阳光微笑，洁白的花朵，散着某种神秘的光芒。

那一年，我用不太成熟的思维理解着“身正为范，学高为师”。讲台上白色的粉末，沾飞在额上的头发，心里隐隐地，被自己感动了一遍又一遍。

那一年，我度过的每一个夜晚，如一棵桂树，安静地香过深秋。我爱过的每一个日出，如一粒晨露，稍纵即逝。在彼此的眼神对望里，孩子，我已经放低了自己，低到了尘埃。

那一年，是风抵达荒原，是雪落在心尖，是流年转身中的一抹留白。

# 母亲的张家界

忍不住又回头看了一眼，开往张家界的班车已经走远了。

此时的张家界，又该是斜雨春归、山色空蒙、滴翠流香了吧。

张家界和我的家乡沅陵之间，静静地隔着一条张沅公路，也隔着深溪口、枫香坪、军大坪、筒车坪、四都坪、大坪、沅古坪，以及一些叫不出名字的村寨民居。弯弯绕绕近三个小时，爬坡越岭，穿溪跨涧，最终，不过是从一个村庄到达另一个村庄，从一种方言到达另一种方言，从一条水途到达另一条水途，从一种生活习惯到达另一种生活习惯。

这么些年，母亲就一直奔忙在沅陵与张家界之间的张沅公路上。她应该清晰地记得，这些一路蹚过的溪河、路过的村庄、越过的山岭，似乎都成了她内心的牵挂，可以如数家珍，娓娓道来。因为来回的次数多了，母亲与司机张师傅也逐渐熟识。每次来回捎带的东西过重时，张师傅都会帮着母亲提一把，顺便夸一句母亲贤惠能干，母亲就颇自豪地说起自己的两个女儿：小女儿在沅陵，大女儿在张家界，因为时常心有牵挂，所以两边来回跑。

起先，母亲是不习惯住张家界的，后来时间住得久了，习惯了澧水河岸的方言，也念着澧水温柔的滋养，就不太愿意回来，年岁也渐渐大了，腰不好，也不适应坐长途车。于是，思念与牵挂，在心里被莫名地拉长了许多。

而我，始终在原地，成了守护家乡的人。而最该守护家园的母亲，却随姐姐客居在了外乡。母亲眼里的外乡成了姐姐现在的新家，母亲心里依然眷恋着留在家乡的我。

此时的张家界，美得那么动人心魄。地处湖南西北部的张家界，属武陵山脉腹地，气候温和，四季宜居。张家界以山闻名，奇峰多险峻，造化钟神秀。

而我始终觉得，母亲眼里的张家界，是张沅公路上的来回奔跑、两头牵挂、一地相思；母亲眼里的张家界，也是山水画卷、美不胜收的张家界；母亲眼里的张家界，还是具有土家风情、烟火气息的张家界。

在我的感觉里，有了母亲行走脚印的张家界，似乎更亲切。母亲的张家界，原来是大庸府城，永定区在市区，武陵区远了一些。闲暇时间，姐姐带着母亲和我，市内外核心的几个景点也都去过，大气恢宏的天门山，有亚洲第一长索道，九十九道弯的盘山公路。鬼斧神工的天子山，神奇的杨家界，震撼的袁家界，奇险的黄狮寨，美丽的金鞭溪。当然不只这些，幽深的宝峰湖，世界溶洞奇观黄龙洞，玻璃桥大峡谷，都是非常值得一看。张家界的景观，自然不用一一介绍，世界自然文化遗产，得天独厚的地理条件，早就闻名于世。山在水里，人在画中，雄伟与纤弱，阳刚与阴柔，结合得那么完美。不知为什么，上苍独爱这片土地，爱得有点让人羡慕。

如拔地而立的山峰一样，近几年，张家界市区的高楼多了起来，日子好了起来，生活滋润了起来。每年元宵节的那天，整个街市，似一坛酒、一幅画、一首诗，也似一片欢乐的海洋。母亲唯盼望着张家界的元宵节。元宵节那天，几乎全城百姓参与其中。天门盛装庆佳节，澧水欢腾闹元宵。每到春节，市民就盼着过元宵，那一天，广场锣鼓喧天，热闹非凡，唱花灯、舞龙狮、观灯会、赏歌舞……比过年还要热闹。

日子好了，生活忙了，思念就少了。母亲每天早早起来，做好早餐，就出去买回一天的菜。去菜市场要经过很长的一段路，母亲有时为了省钱，去离家很远的蔬菜批发市场，批发市场比外面便宜，而且种类繁多。母亲每天提着一大袋菜，然后走路回家，要走一个多小时。有时候提不动了，就扛在肩上，却始终不坐公交车，被压弯了腰的母亲，显得越发地矮瘦。母亲有些时候是固执的，对他人都好，唯独对自己。时光是平等的，也是苛刻的，我们都长得如此大了，母亲又怎么不会老去呢。

幼时的记忆里，母亲温婉，从来没有厉声呵斥过我们，只是在吃饭的时候高声吆喝几声，平日里她总是温声细语，很是耐烦，一遍又一遍打扫我们弄得一地狼藉的屋子，还得打扫屋檐下、堂屋里，打扫整个院子，原本简陋狭窄的家，经了母亲一阵拾掇，倒也显得干净宽敞起来。她并没有歇一会儿气，接着又手洗我们在泥巴地里打滚的衣裤。母亲有一块光溜光溜的搓衣板，每天晚上嘁里咯嚓地搓洗全家的衣物。仿佛母亲一生的时光就是这样蹉跎了的，而且蹉跎得如此心甘情愿，我们在这样温暖而熟悉的声响里理所当然地长大。

没有读过什么书的母亲，给予我生活中的诸多道理从来都不是书本上教的，却很在理，让我很是服气。母亲也从来不是索然无味的人，她和沉默木讷的父亲把平淡的日子过得很精彩，这是我做不到的，就像我现在努力想把平淡的日子过得精彩一样，我却总是力不从心。母亲就像家里的一位导演，指挥着家里大大小小的事，上演油盐酱醋琐碎的生活片段，让简陋的日子充盈着温暖。她用尽气力给予我们疼爱和呵护，使我和姐姐少了许多同龄孩子受的苦难。我想，母爱和卑微是没有什么直接关系的，甚至，越是卑微与平凡，越能显现出母爱的光辉。母亲在我们面前总是开心乐观的样子，似乎看不到忧伤，特别是父亲走了的那几年。每次与我通电话都说自己好得很，让我放心，不要牵挂，而实际上，我曾无数次遇见母亲独自垂泪的场面。

春节了，母亲和姐姐回沅陵老家过年，简单而丰盈的年，与亲戚们见了几面后，就得匆匆赶回。年后，每个人都开始了忙碌，外甥女子钰正值高三，正是需要母亲照顾生活的时候。母亲每日去学校送饭，来回要走一个多小时，她说权当是锻炼身体。母亲如果在老家，应该没有那么忙碌，她应该住在乡下的房子，种菜、养鸡，和邻居聊家长里短，过着简单闲适的乡居生活。虽然母亲头发白了大半，身体也不似从前健朗，但她总是把自己收拾得干净整洁，丝毫不显颓废之态。

年过完了，忙碌与离别也就来了。母亲和姐姐她们明天出发，我去车站送别，其实，我最不习惯车站送别的气氛，人山人海不说，空气里全是感伤，但每次送母亲是不可避免的。待我匆匆忙忙上完几堂课，赶到车站，看着母亲已经大包小包过安检，进车站了。我连忙迎上去，帮着提东西，看着母亲憔悴的脸，刚染不久的头发，露出了几根不服帖的白发，就想着帮母亲捋捋头发，想到母亲即将出发，心里是不舍的，又不知道说什么，仿佛千言万语，也不知道从何说起，即使说了，也是重复千遍的老话。想着我已经好久没有帮母亲洗过头发了，以前在家里的时候，每次母亲洗完头发，都是让我帮着吹干。母亲似乎很享受我的服务，每当这个时候都会得意地笑着说，还是女儿贴心。可如今，我这个女儿照顾不了她，反而让她牵挂，只能远远地看着，望着她离开的背影。我知道，母亲的孤独感，总是时不时地浮上心头，像山上一座座笔直的山峰压过来。特别是华灯初上，母亲在张家界陌生的街头穿行，像走失的山野里的牛犊，找不到回家的路，仓皇不安。同时不安的，还有在家等候多时的姐姐，和远在家乡的我。渐渐熟悉了路，心里就坦然了。每个人的漂泊感，总是从离开故乡开始的，离故乡久了，远了，他乡即成了故乡，心也就有了新的归属。

我不知道，母亲是否真的把张家界当成了家，或者只是留恋在张家界的姐姐一家，但她明明也是牵挂着我的。

张家界的山水，远远不会老去，还是亘古不变地青郁，让人魂牵梦萦，一如我和母亲彼此不绝如缕的思念。而母亲一年一年老了，皱纹深凿，沧桑憔悴，老了的母亲经不起来回地折腾，如果累了就不要奔波了，人生短短，在哪里生活不是过日子呢？

张家界的山水在母亲的心里，似一坛酒，一幅画，一首诗，但，更多的是日子的念想。

# 玩味的童年

清晨，薄薄的阳光透过咖啡色的窗帘浸进来，房内溢满温润的暖意。

女儿嘟着粉嫩的小嘴，眼睛尚未睁开，双手开始环着我的脖子，细脆脆地撒起娇来：“妈妈，妈妈，你昨天不是问我，我出生之前在做什么吗？我呀，告诉你一个小秘密，你可不能让小草儿知道哟。我梦见自己一直在云朵里挑妈妈啊。直到有一天早晨，我看见好漂亮的你了，觉得特别开心，我好想给你一个惊喜，做你的乖乖小宝贝儿，想啊想，真的没想到，第二天一早，我已经在你的肚肚里了。”听着女儿梦幻似的话，一股热流涌遍了我的全身，我一把搂过女儿，亲了亲额头：“是啊，妈妈也梦见咱好乖好乖的橙子了，妈妈好爱你，然后，就把你生下来了。”女儿继续说：“妈妈，我好爱你，我要你今天一整天都陪我玩游戏。”我刮了刮女儿的小鼻子：“好啊，妈妈今天就陪咱橙子呢，我们先玩石头剪刀布，谁输谁跑步，怎么样？可不许耍赖哦。”母女俩就这样在床上开始比画起来。女儿赢了，我翻身起床在房间跑起步来，惹得女儿哈哈大笑。女儿输了，本来还想赖床，因为约定在先，也只好乖乖地起来，自己穿衣洗漱，抿着嘴，在客厅跑来跑去，整个房间铺满了欢声笑语。

像这样亲子互动的日子实在不多，大多数时间，只是女儿一个人在房间角落玩摸她的玩具。

女儿有很多玩具，天上飞的、地上跑的、金属的、塑料的、木质的、绒毛的、带响声的、会说话的，五花八门塞满了她的小屋。我与女儿玩着玩具，唱着儿歌："月亮月亮粑粑，里头有个妈妈，妈妈出来买菜，里头有个奶奶，奶奶出来烧香，里头有个姑娘，姑娘出来跳舞，里头有个王五，王五王五你莫怕，小狗躲在床底下，呜哇呜哇要吃稀粑粑……"女儿一边做着自编的动作，我一边差不多笑岔了气。

幸福的童年都是相似的，不幸福的童年却各有各的不幸福。女儿喜欢玩各式各样的玩具，特别是游乐场的娱乐项目，旋转木马，碰碰车，海盗船，弹跳蹦床，捕鱼，滑滑梯，荡秋千，玩沙堆……有时嗨得忘了自己是个小女孩，假小子似的，高门大嗓，野着性子。我总觉得，玩才是小孩子最正经的大事儿。我想给她一个快乐的童年记忆，参与她的成长，于是，只要有时间，就会陪着她玩，变着花样玩，只要益智开心就好。

有时，看着女儿尽情地玩着蓝色小精灵、芭比娃娃、遥控飞机、六彩魔方等，我瞬间会想到自己的童年，以及童年的那些玩具、玩伴、玩味。

我们那个年代，童年基本上和土地有关。春天来了，我们采来山花和野草，编成花环戴在头上，摘片柳叶吹响口哨，引得不知名的小鸟也跟着叫；夏天到了，我们在湖边打水漂，看小石片在水中钻进钻出；秋天，在丰收的院场，将一个个草垛当成堡垒，躲在里面捉迷藏；冬天在坪场堆雪人、打雪仗。男孩子削个木陀螺，在地上抽得团团转。女孩子缝沙包，丢来丢去，丢出满院子的开心。

我那时踢毽子、跳皮筋挺厉害。毽子多是自己做的，用一小块碎花布，包上一枚铜钱，再把一支鸡毛管子（最好是雄鸡毛或是鹅毛管子）的一小截，下端剪成十字形开口，用针线缝牢，成为底座。再在未剪开的鸡毛管子上端插上十几根好看的鸡毛，长的插中间，短的插外沿，尽力插紧。鸡毛最好是五彩大公鸡的，又长又好看，也好踢。踢毽子也有很多花样。一种是普通的踢法，左脚着地，右脚踢，以一次不“死”所踢出的数量作为输赢的评判；另一种则是花式踢法，扬、拐、尖、托、笃，偷、跳、舞、环、踩，对、岔、绕、掼、挝，斑斓精妙得很，每到课间或是放学后，小伙伴们除了一个人独踢，有时还轮流传递着踢，常常踢得汗长水流，不亦乐乎。跳皮筋时，踩这根、跳那根，再踩过来，换脚，再跳过去，然后两脚一翘，一个优美的舞蹈姿势，像变魔术一般，两根皮筋从右脚变到了左脚，还没等人想明白，又一个高空翻转跳跃，一根皮筋已经牢牢踩在脚下，既刺激，又开心。

男生最喜欢玩的，是打陀螺，滚铁环。那时，陀螺没有买的，都需要自己制作。在山上砍了手臂粗的梨花木或是油茶树，用锯子锯出三五寸的一截，用刀削成上圆下尖，尖处还有钉了小铁钉，便于钉桩。陀螺有大有小，陀螺做成了，还要做鞭子。田坎山脚有一种可以剥皮的细杆子树，将皮剥了阴干，做陀鞭时，用水一浸，系在小手杆上，捆牢。打陀螺时，或用手旋，或用鞭绳缠紧陀螺，举起来用力将绳索一抽，旋起一圈炫目的光轮，转出一片欢呼与惊叫。打陀螺可以一个人打，也可以几个人打，对碰，谁的碰死了，谁输。也可以看谁的钉桩钉得久，以不动且时久者为胜。滚铁环，则常是将不用了的水桶箍或是木脸盆箍拿来打磨平整，直至整个铁环光亮圆润，然后再用一个尺半长的U形弯铁钩钩住，推着铁环在地上直立滚动。别看动作简单，要想推着它奔跑，却是需要下一番功夫，尤其是拐弯，很难掌握。几个人滚铁环时，站成一排，一声令下，看谁跑得快、跑得稳。常常累得满头大汗，却又十分滑稽可爱。

自然，还有跳房子、打飞板、玩弹珠、做皮弓、折飞机，还有用了芦苇织手枪、扎马匹，用棕叶编蚂蚱，活灵活现，应有尽有。

现在回想时，我那时童年的玩具与游戏，远远没有现在这样丰富多彩。每一样都需要自己动手制作，每一个游戏都需要与伙伴一起约定规则。但那种手插进土里，脚浸入水里，耳听万物动静，目视大地变化的童年体验与智慧，却是特别值得珍惜与怀念。

有人说，游戏是儿童的事业。确实如此。玩具没有贵贱，喜欢就是宝贝。生活没有贫富，内心自有一份幸福。旧时光里，那些粗糙简陋的玩具所带来的玩味，伴随在田野地头、学校操场与上学放学的路上，如今，那些玩具早已陈旧褪色，那些玩味却在记忆深处，生根发芽，好像先我而生，一直埋伏在成长的途中，枝叶茂盛，别有一番风姿与韵味。

“唐僧骑马咚那个咚，后面跟着个孙悟空。孙悟空，跑得快，后面跟着个猪八戒，猪八戒鼻子长，后面跟着个沙和尚，沙和尚，挑担箩，后面跟着个老妖婆，老妖婆，心真坏，骗过唐僧和八戒，幸亏孙悟空眼睛转得快……”女儿一边用色彩铅笔在纸上画着山峦、房屋、树木、烟囱、花朵，还有一个扎着羊角辫穿着花裙子的小姑娘，一边念着我晚上教给她的儿歌。这些儿歌，是我曾经念过的，我希望女儿也能够在她的时代念下去，因为，在那里，能够遇见最好的童年时光，也能遇见童年最好的自己。

我知道，于女儿，将来，还有许多的喧嚣和热闹等待着她，如若在某个时刻，她能将窗外的浮嚣关在门外，能缓缓洇开某种记忆，在一只小鸟轻盈地掠过水塘时，得到清浅的回味，想必也是极好的。

# 夏蝉的生命

我一直都是不喜欢蝉的，也不喜欢这一类带翅膀且四处飞窜的小昆虫。

夏日的午后，刚想睡个午觉，屋后的皮树上，蝉不间断地聒噪，还自以为是地叫着“知了，知了”，仿佛这个世界它是不可一世的智者。听得烦了，拿根长长的竹篙，往树上一顿敲打。安静了一会儿，但过不久，它又歇斯底里地叫起来。我自然不会轻易妥协，看到从蓝溪游泳回来的小伙伴，正闲着没事，我们商量着，一拍即合，于是就轻手轻脚地爬上树。原来，它们并没有我想象中聪明，似乎还呆头呆脑，很容易到手，一只，两只，把它们关在空饮料瓶子里，开心地看它们在里面扑腾、挣扎。瓶子虽穿了小孔，但时间久了，还是会因缺氧而窒息死亡。看着知了死去的躯体被一群蚂蚁拖进洞里，我丝毫没有同情与内疚，这似乎与我平日里的善良与柔弱反差很大。我想，人或许对某些事物有着与生俱来的恨意。

后来，看过无数生命的来来去去，都以

为自己不再会轻易地对人事施以怜悯，然而，那天我在林间小路上看到一只瘦小的夏蝉，或许是病了，在地上微微挪动，薄而透明的翅膀收敛着，我不知道等待它的命运将是什么，总之它与我平日里见到的骄傲得不可一世的夏蝉反差很大。恰好最近读到小思先生的《蝉》，心里就有了一些触动，我突然同情起这个小东西来。我以前总认为一到冬天，夏蝉会躲在林子里的某个角落，等到来年夏天再出来卖弄一番，我想我是误解它了：等秋风一过，这些个小东西的生命就完结了。

原来，夏蝉也和花草一样，只有短暂的一季生命。花草尚且有来年再生发的机会，可是生命给每一只夏蝉的机会只有一次。从孕育到幼虫，再到我们看到的夏蝉，短则三五年，最长的居然是十七年。然而，它等了十七年，就只为了活一个夏天。生命只有短短的九十天，或者更少，它却尽了全力展现自己，用自己的歌喉，没有惊天动地，只不过是孜孜不倦，它许是在宣告："这个世界，我来过，你知道的。"它们只不过是要好好地活过，活出价值，活出奇迹，这些平凡的小东西难道不是给了我更多的感动吗？

我想，我该原谅夏蝉的聒噪了，特别是在这些秋风萧瑟的日子里，它们都躲在什么地方呢？或苟延残喘着，或早已永远停止了美妙的歌唱，带着对这个华丽的夏天的美好回忆，热热闹闹地来，静悄悄地离开，只能留给珍惜它的人们一声叹息罢了。唉，生命因短暂而美丽，是谁制定这么残酷的游戏规则，让美好都那么短暂，那些刻骨的记忆，难道真的要因失去而越发美丽吗？

我无法理解，只是现在，越来越无法原谅自己的慵懒和无知。

书房挂着"天道酬勤"四个字，是一位书法好友的良苦用心。十年了，微微有些泛黄，我知道，于这几个字而言，很惭愧，相比起一只夏蝉，我的汗颜是无可逃避的。一路想来，我居然从来没有为自己的梦想认真努力过，我总是任命运摆布我的思想，让命运给我惨淡而又伤痛的记忆，偶尔扇动翅膀想飞，却留恋起红尘的温暖。我小时候曾立下“读万卷书，行万里路”的理想，可惜荒废了，读万卷书是远远不足，我终其一生也不可能读尽天下好书，行万里路也只是走马观花，人生真得“路漫漫其修远兮，吾将上下而求索”。

相比起一只夏蝉，一个短短九十天的生命周期，一只为生命的精彩而孜孜不倦的昆虫，我的惭愧是必要的。我偶尔写就的一些文字，或是自娱，或是应景，全凭一时的喜好。我知道，一个作家就得关注社会民生，涉猎更广阔的题材，思考更现实的问题。我知道，青春尚留有余温，为时还不算晚，得唤醒多年来积满诟病的心灵。

我的书柜书籍不少，好书不多，堆积重叠，偶尔翻动，已是落满灰尘。一些美丽的文字沉睡得有点令人心疼，可是，人浮于世，庸庸碌碌，这也绝对不是我一个人的诟病，接受现代文明和时尚生活的我们，却要每天阅读海量的快餐信息，用“鸡汤”疗伤，喜好打听隐私，活在虚无和茫然中。“天道酬勤”四个字，于我们目前的生活，难道只应该是书房的装饰吗？

每天早晨，叫醒自己的不是闹钟，而是梦想。这些虽庸淡的日子，常常水波不兴，却能于无形中摧毁一个人的意志。我们得常常思考，究竟什么样的生活才是有意义的生活，什么样的意义才是真正的有意义？于我个人而言，以菊香作盏，静守四季炊烟，于无声处，默默地坚守，爱着一种情怀；于朴实无华中，静水流深，在薄情的世界里深情地活着，活出自己短暂的精彩，哪怕仅仅做一只夏蝉，足矣。

无论我表面假装得多么强大和自信满满，面对一只羸弱的夏蝉，都该有着一颗瞬间柔软和逐渐自卑的心。

# 灯盏窝的暖

大雪日，似乎要下雪，可天并没有要下雪的意思。出门走走，我不只是想要一个围在火炉边的冬天，带着些微的慵懒。

前日看山水小品《湖心亭看雪》，就羡慕着明代雅士张岱先生，偶尔兴致盎然，独往西湖，觅觅寻寻生活的一些雅趣，在上下一白的雪世界，感受旷远莽苍的自然之美。但我蜗居小城，实在没有好去处，只在窗外的山水和嘈杂的大街小巷，在俗物纷繁里，隐着一份超然物外的闲情雅致。

天阴冷，系着新围巾，戴着手套，出门逛逛，女儿跟屁虫一样地黏着，欢呼着如一只小脱兔。每到周末，女儿要上各种各样的特长班，难得有时间陪我闲逛，我想带着女儿去辰州中街的新华书店看看书，消磨一个无趣的周末。不经意间来到大街上，街头商铺林立，人车喧杂，步行街、好吃街、荷花路、文化路，无一例外，总是那么热闹非凡。

寒风吹过，一丝寒意袭来，紧了紧衣服。

女儿嚷着说肚子饿了，于是我们来到好吃街，好吃街的铺面虽然简陋，不甚宽敞，还很拥挤，却是小城有名的早点、小吃一条街，有小笼包、蒸饺、花卷、猪脚粉、米汤圆、油条、灯盏窝、米豆腐、蒿叶粑等各种小吃，巷内每天人来人往，生意火热。女儿看见巷口有炸灯盏窝的小摊，一个个黄灿灿的灯盏窝排列整齐地摆在铁锅架子上，锅里还有没炸好的，鱼儿一样地浮在油面上。女儿不肯走了，快要流口水的样子，直嚷着要吃。好吧，买两个，用油纸包着，一块钱一个，炸灯盏窝的老人一边找零钱，一边夸女儿可爱。女儿双手接过，捧着，有点烫，边吹边走，急不可耐的样子，待稍冷一点，就大口大口地吃起来，很开心满足的样子，我心里很是欣慰。

小城的街头巷尾，各种小吃甚多，小摊小店，花样丰富。猪脚粉是本地有名气的美食，外地来的人多会吃上一碗，热腾腾的，撒上葱姜蒜，放点芫荽菜，连汤都香了，真是回味无穷，不虚此行。小城的老一辈人，在做小吃这方面，似乎都有着或多或少的绝活儿，不仅会做蒿叶粑、米豆腐，还会腌酸萝卜、坛子菜，以及制作各种糖类，如酥糖、兰花根、晶晶豆、雪枣、鸡蛋糕等等，做的食品不仅好吃、好看，分量也足。小时候，我跟着母亲上街，在老城的铺子里，买酥糖、兰花根，或是吃一碗猪脚粉，或是炸几个包着卤豆腐干或是萝卜的灯盏窝，开心得就像过了年一样。

但是现在，会做灯盏窝的人渐渐少了起来。我记得天宁市场外，有一家炸灯盏窝的，味道正宗，生意好得很。每天炸两桶米浆，还没到中午，就卖完收摊了。摊主是个肥胖的中年妇女，一脸爽快的样子，一边炸，一边说着笑，忙不赢时，她就叫顾客自己拿，蘸糖，打包，拿到的人满脸开心，捧着就大口开吃，没有买到的，在油锅边守候着。做灯盏窝看起来简单，却是头一天就要准备好所有的原材料。把米粉磨成米浆，过滤，沉淀，取一个特质的提勺，舀一勺米浆在圆形的提勺里，铺开打底，中间放上各种各样的菜，有豆腐干、酸菜、小河虾、糯米辣椒、萝卜丁等，上面再铺盖一层米浆，摊平，夯实，然后连提勺一起放在滚开的油锅里炸，油需用乡里的菜籽油，最好是新油，才有原汁原味的效果。当表面炸得焦黄的时候，用夹子翻一下面，再油炸另一面。直到两边都香嫩焦黄，才夹出锅，放在铁丝做的网架子上，沥过了油。等到不太烫的时候，咬一口，脆酥酥，香嫩嫩，真是舌尖上的美味。一股童年的味道，随之弥漫充盈在心里。不知怎的，炸灯盏窝的妇女好久没有摆摊了。不知是家里出了什么事，还是一块钱一个的灯盏窝赚不了钱，改了行呢?

看着女儿开心地吃着，冒着热气的灯盏窝，突然间温暖了这个寒冷的午后，让我想起一些往事来。

小时候在老家吃灯盏窝的馋样子，至今难以抹了去。每每想起，都在心里默默地咽着口水。集镇上，炸灯盏窝的是住在我家斜对面的桂婶娘。星期一到星期六，桂婶娘在田里种庄稼，星期天赶场，就卖一天灯盏窝。天还没亮，就要去街面上占地方，做烧柴炉子、热油锅等一堆琐碎的准备工作。不论刮风下雨，她依然雷打不动。那时候，我除了盼过年，就是盼着赶场。父母除了供我们读书，没有多余的钱用来买各种零食。盼到星期天赶场这一天，母亲才能买各种好吃的给我和姐姐解馋。我最喜欢的还是灯盏窝，买了一个吃，不够，还馋着，站在油锅边不愿离开，眼睛鼓鼓地盯着在油锅里上下翻动的灯盏窝。桂婶娘看在眼里，偶尔会递给我一两个炸得不太规整的灯盏窝，包着萝卜馅，偶尔是豆腐馅，依然香酥可口。我吃饱了才满意地跳着跑着回了家，居然忘记说一声谢谢。

许多年过去了，我到过一些地方，吃过各种小吃，仍然念念不忘灯盏窝的味道。二中校门口，也有一位炸灯盏窝的老人。一个简易的油锅摊子，四方桌子摆满各种酸菜，一位上了年纪的婆婆在炉边忙着，用一块纸板围在炉子前面，挡去了刮来的寒风。一双粗糙的大手，在锅里翻来翻去，锅里滋着油气，飘着菜香，吸引着校门口来来往往的孩子们。一些乡村留守孩子，或是家里住得远的，中午不回家，买一两个灯盏窝，或是一碗炒米面，匆匆忙忙地吃完，就又回到教室里学习。看着那些不能回家的孩子，我总是多一些关注的目光，从他们身上仿佛找到以前的自己。有一天中午，因为许多作业没有批改完，我中午没有回家，一个女孩子，敲开办公室门，给我送来了两个热乎乎的灯盏窝，她小声说："老师，给您的。"我看着女学生清丽而文静的脸，心里一阵暖流，感动地说："谢谢你，老师不用，你自己吃吧。"女学生红着脸，还是把灯盏窝放在办公桌上了，仍然低声说："老师，您吃吧，不然我不好意思，我想向您借一些杂志看，好吗？""可以呀，想看什么书就自己挑。"我指着书桌上一堆杂志，很开心的样子。

每次家里搞卫生，总会清理出一些过期的杂志，我不愿舍弃，毕竟里面有一些文质兼美的好文章。我总觉得，这些杂志虽然失去了时效性，但知识是不打折的。我的书柜不大，早已塞满，堆放在书桌上又占地方，这些过期杂志的命运不是变成垃圾丢掉，就是贱卖给收废品的老人。于是，我带了一些杂志和旧书放在办公室，这几乎成了一个小小的读书角，我告诉学生们可以来办公室借阅。当孩子们听说可以免费借阅，纷纷来借书，那些杂志瞬间遭遇疯抢。抢到的学生如获至宝，没抢到的遗憾连连。这一幕太突然，我有些感叹，开始遗憾以前曾丢掉的许多杂志。应该早就想到这一点，二中学生大多家境贫困，其中留守少年多，平时午饭都省吃俭用的，更不会去花钱买这些文艺杂志。现在的学生，知识阅读面很有限，我常常鼓励他们要多阅读课外书，才能写好作文，提高成绩。从那以后，我把家里的过期杂志都保留下来，又选一些有价值的带到学校借给学生，学生对书本如此喜爱，多少让我这个语文老师感到欣慰。

那个用灯盏窝换书的女学生，毕业后不知去了哪里，不知有没有考上心仪的学校。想着小时候在地摊上租小人书读的时光，又想着在油锅前馋着灯盏窝的孩提时光……一转眼的工夫，一切就都寻不着了。

雪终于没有下下来，寒意依旧，只是眼前冒着热气的灯盏窝，暖了这些日子里潜藏在心底的寒凉。

# 年 味

每到腊月，母亲便从张家界姐姐家打电话回来，没完没了地念叨年货的事儿。

这几年来，母亲一直在帮姐姐带孩子，一年难得回老家几次。每次回来，都心急火燎地去老家张罗她自认为必须要做的那些事儿。其实，那些事儿也不叫什么事儿，大不了就是做酸萝卜、腌白菜、霉豆腐、熏腊肉之类的，坛坛罐罐、婆婆妈妈的一大堆。

快过年时，母亲必得早早地回来，做蘸满芝麻的红薯片，做印了红“囍”字的糖扇，又用磨子推豆腐，石臼里舂糍粑，仅糍粑就分糯粑粑、假舂粑粑。母亲热火朝天地忙活好几天，堂屋油光光的案板上，成行成列地摆满压了花的粑粑。粑粑要阴干一两天，母亲虔心得很，每天都检阅部队似的要看过好几次，翻过好几次。未翻粑粑时，就背了背篓，到山上捡上好的深而翠、宽而大的箬叶，并拾掇一些棕榈叶，回家用温水洗了，做芝麻、豆腐或腊肉馅的叶子粑粑。

母亲一回来，年味也就回来了。这期

间，最隆重最喜庆的一件事儿，就是杀年猪。以往，母亲在家时，都要喂养一头年猪的。现在，没时间自己喂养了，就到亲戚或是邻居家买一头，或是年初捉了猪崽，要姨姨或舅舅替养着。

每逢年关，用红薯、玉米、南瓜、萝卜等喂养得膘肥体壮的年猪会成为一家人关注的焦点。在农村，年猪的大小也往往成为家家户户勤劳与富足的象征。

村子里有一两个专职的杀猪匠，时近年关，吃香得很。村里百十户人家要杀年猪的，需提前预约。杀猪时，乡民总要先烧点香纸，以求土地菩萨的允许与保佑，同时将纸钱蘸了猪血粘在猪圈门上，祈求来年的“猪事”顺趟与五谷丰登。

杀年猪时，鸡叫三遍，大人就起床将满灶锅水烧得翻滚。长而椭的腰食盆里兑上一点冷水，放好两根棕绳。一切准备妥当，便只等杀猪匠开宰。同样是“鸡声茅店月，人迹板桥霜”时分，杀猪匠扛着一副行头吹着口哨雄赳赳气昂昂地来了。肩上扛着穿着四五副刨子的铁铮铮的通条，提篮里放着大小不一的四五把尖刀与砍刀。

杀猪匠稍事休息，吸溜完一袋烟，背着手去猪圈打量打量可爱的黑猪或“长白条”，看着它们的憨态，嘴里会咕噜咕噜地念叨些什么，大致是“猪呀猪，你别怪，你是阎王一道菜”之类的。随后，打开猪栏门，吆喝几个帮手，力大者揪着猪耳朵向前猛拽，一个拽紧猪尾巴使劲向上抬，使猪的两个后蹄离地，猪便使不上劲去挣扎。四五个人手忙脚乱的，猪嗷嗷大叫，人也嗷嗷大叫。最终，将猪拽上备好的案板，杀猪匠手脚麻利地用棕绳将猪的四肢套了锁扣，同时用绳子将嚎叫的猪嘴捆绑严实（以防猪嘴咬手）。此时，杀猪匠一手揪着硕大的猪耳，往前猛一拖，一手操持尖刀在围裙上嚯嚯一擦，照准猪脖颈位置，尖刀迅速狠狠地攮进去，只听“扑哧”一声，猪血飞溅，淌在专门接血的瓷盆或木盆里。然后，尖刀再左右搅动两三下，汩汩的猪血便哗哗流入盆中。气喘吁吁的几个帮手再吼一声，使劲揉一回猪身，猪血再次流出，直至流净。约莫三五分钟，只剩一点点血泡在颈项此起彼灭，猪在颤抖中四肢做了最后的一蹬，终于奄奄一息。

此时，杀猪匠将尖刀上的血迹，在猪身上十分麻利地一抹，随手在猪后腿小蹄处割出一个豁口，用长长的通条通至猪耳与前肢，然后憋足劲，用嘴衔住豁口，鼓起腮帮子满脸通红地吹气，直到猪身变成胖乎乎圆滚滚的皮球一样，方才用绳扎紧，再次吆喝帮手们将猪翻下落入腰食盆。至此，大人、小孩提的提桶，端的端盆，将滚烫的开水放入腰食盆中，边烫边用棕绳来回拉动、翻动。不一会儿，四五双刨子在猪身上下翻飞，约半个时辰，猪的体毛煺净，变成白亮亮的胴体，只待用肉钩悬在楼梯或树桩上，等候开膛破肚“开财门”了。接下来的事情，大抵是煮猪血、翻大肠、理下水、割猪头、砍边、过秤事宜，大人、小孩全笼在一片喜气洋洋的欢悦之中。事毕，用棕叶穿了猪头，将其放在堂屋神龛下的八方桌上，很虔诚地敬“历代祖先之位”，还得敬土地神。

整个杀年猪的过程，其实有点血腥。女孩子大多不忍心过细地去看。有时就跑到一边，看看各家各户的窗花与堂屋里的粑粑，或者干脆到屋后山采摘野菊花。山里的空气很好，各类鸟儿啁啁鸣叫。不一会儿，暖暖的阳光出来了，融融的。山上的野菊花开得正盛，黄灿灿的，满山坡都是。不一会儿，就可以摘了一大袋。待回家用蒸锅蒸了，再晒干，当茶喝，清香爽心得很。母亲也会做干野菊花，采了一背篓来，晒干，包好，缝在枕头里，清肝明目，有利身体健康。

杀完年猪，杀猪匠与周围街坊邻居都会来到家里，好好地撮上一顿。将火盆生上熊熊炭火，置上铁撑龛，然后将土钵头放在撑凳上，切了萝卜，洗了白菜，少不了，还有芫荽、甜菜，想炊就炊，想下就下。男人们，自然，最少不了的便是米酒。三两小时胡侃海饮下来，有的开始东倒西歪、洋相百出，有的紫涨着脸，言语结结巴巴。人人都在充着自己的狠气，人人都在抖着自己的板眼。嬉笑惬意中，泯灭了往常日子里一地鸡毛的种种恩怨。酒足饭饱后，人们一而再，再而三地向东家道着谢，还提着主人家打发的几个粑粑，喜笑颜开地道别，并期盼着来年一切的丰足与安顺。

到了冬至，家家户户都有年猪要杀，隔三岔五,四邻街坊，都该热闹上这么一回。到了腊月底，该准备的年货也备得齐全了，就只待儿女们归家，一家人和和美美地团圆了。

乡里的年味，总是那么让人向往，让人着迷，于是心里就盼着过年了。不仅是我想着，我九岁的女儿，也是天天嚷着要过年。

又近年边了。母亲的电话一天天地多起来，道道回忆的伏流开始潜滋暗长着。母亲在哪儿，家就在哪儿。其实，我也希望母亲快快回来，母亲回来了，家门就开了，年味就浓了，一些春天的气息也就不远了。

# 满窑木炭弥清尘

人闲山静，叶落林疏。整个冬天，姨父都在山里。山里空气清新，一切皆透着他熟悉的况味，山里也有他亲手烧制的满窑木炭，吱吱地，弥散着尘香。

这次回乡听姨妈唠叨，姨父整日在大山深处砍柴烧炭，他弯腰弓背，满脸灰尘，浑身上下显出被烟熏火燎的颜色，两鬓头发渐露灰白，一双大手乌漆墨黑。活脱脱一个现代版“卖炭翁”。

生活是活给自己看的，许多在外人看来又脏又累的活儿，偏偏有人却乐此不疲。姨父烧制木炭，也并非为生活所累，只是能补贴一下家用也是好的。姨父很勤劳，春天插秧播种，夏天抗旱种菜，秋天收割晒谷，只有冬天是闲着的。整个冬天实在太漫长，总得找点自己喜欢干的事儿，比如说钓鱼，比如说烧木炭。

姨父居住的村子，叫石家坡，约两三百户人，不大不小，和湘西大地上其他普通村落没什么两样。村里年轻人多去了外地，家里剩下了留守老人和孩子们。村子不够开阔，村里的房屋多建在半山腰上，稍微平坦一点的地方，村人就开辟为屋场。房屋多为两手推车式的吊脚楼，青瓦木屋沿着山的走势，一栋栋铺陈开来，鳞次栉比，感觉混乱之中又颇有章法。屋后是茂林修竹，屋前是阡陌纵横。一条盘山而上的公路，蜿蜒到了村子的脚下，这条公路一直通往县城的凤凰山脚下。虽然，现在的乡村少了一些古拙青朴的味道，但到底是真真实实的村庄，虽然普通得千篇一律，也偶尔透着一方水土酝酿出的独特的味道。

站在村庄的高处，可以看见远山巍峨，沟壑延绵。再看得远一点，就是山外未知的让年轻人向往的世界。姨父家的吊脚木屋后，竹松掩映，茂林深深，但少不了会有一些猪圈和羊圈什么的，屋檐下堆砌着鸡笼、石磨、犁头、打谷机等用具。屋前屋后杂物颇多，到底是影响了吊脚楼的美观，却也是村庄中合乎情理的事物，成了乡村最亲切、最接地气的风景。

一湾细瘦的小溪，从屋前的山脚下缓缓流淌。溪水里大大小小的鹅卵石，三五成群，细细密密，或正面朝上，或扑面而下，与溪水捉着迷藏，然后任意搁浅在河滩。数着闲暇时光，数着水流走的故事，数着村庄静谧的日子，一丝不苟地晾晒着村庄渐渐忘却的记忆，追忆那些陈谷子烂芝麻的事儿。没有人始终知道村庄以前发生过什么，也没有人知道大山深处藏着怎样的惊喜。然而，姨父是熟悉这一切的，他生于斯，长于此，如今已成这个日渐颓败的村子里剩余不多的留守老人，他能轻而易举地说出其他老人的年龄，还能说出黄狗的年龄，说出屋后老梨树的年龄、老水井的年龄。看来，无数个百无聊赖的日子，它们始终是他此生最长情的陪伴。

每天清晨，姨父走进大山的心情是豁然开朗的，是心清目明的。一些随处可见的山花野草，遍布在崎岖蜿蜒的山道上。山里安静得很，风吹着松针，窸窸窣窣地掉落下来，铺满了雾水沾湿的山路，黑褐色的松果不由自主地滚落在小路的两边，有的滚到了不知深浅的荆棘丛中。一切都在冬天里孕育着，育养那些即将在春天里姹紫嫣红的生命。

但姨父没有时间欣赏，或者说停下来与自然简短地对话。他要忙着砍伐木材，从这座山头穿越到另一座山头，来来回回，需砍伐大量的木材作为烧炭的必备。当然，烧炭的木材是有讲究的，最好的是聂树、板栗木、白栗、土浆木等，其他杂木树也不错。最最要不得的是松树、杉树、泡桐树等，一烧就成了炭末。

木材砍伐好了，需要建造一个炭窑。山里的炭窑制作非常简易，在开阔的山坡上挖一个简易的炭窑，也可以建造几个炭窑同时烧制。把窑里的土块清理出来，再根据窑的大小放置木柴，将木柴砍得一样长短，最好粗细也差不多，码放整齐，成捆成捆的，然后放置在窑里，最好是竖着放。然后放一些易燃的干树枝，点火，直到木柴充分燃烧起来。当然，木柴不能全部烧完，当烧到一定程度的时候，把窑口封起来，让木柴在封闭环境下，浓烟去尽。等个一两天的时间，再开窑口。如果掌握不好火候，有的炭还余有炭头，没有完全烧过芯，燃烧起来的时候会产生很多白烟，熏人眼睛，称之为烟蔸。烟蔸很压秤，一些精明的人把它加藏在木炭里，鱼目混珠，卖个好价钱。看来烧炭是一门技术活儿，不仅需要体力，更是需要经验和耐心。当然，还有诚信的考验。

姨父烧炭是有讲究的。早上出门烧炭之前，必拜一下祖先，乡下每家每户的堂屋正中央，都会立有神龛，神龛用红纸糊裱一番，做得古朴，两边贴了对联："龙凤呈祥香结彩，银台报喜烛生花"，中间写着"历代祖先之位"。似乎只有烧了香，拜过了祖先，说一些吉利的奉承话（当然得虔诚），才把心放落地，让忙了前前后后半个月而烧制的木炭，顺顺当当地出窑。

姨父烧的木炭，还真是长短粗细匀称，没有烟蔸，炭多白头，火紧，耐烧，受人夸赞。姨父烧的木炭，一部分用来供一大家子冬天和早春里烧，剩余的挑到船上，卖点钱补贴家用。住在附近乡下和城里的侄儿侄女外甥们，家家户户冷天里都需要木炭，大部分是姨父一担一担从山里挑出的木炭。运到县城，船刚靠近码头，收炭的贩子，还没等到木炭挑下船，就给收了去，一边数钱，一边还叮嘱姨父明天再挑两捆来，姨父憨憨地笑着允诺。看来城里人都喜欢乡下的木炭，木炭的价格也越来越贵，从开始的几十块钱到现在的几百元。价钱贵了，而烧制木炭的人渐渐少了。只剩下一些中老年人还在山上，干着这些年轻人不屑的活儿，守着家乡虽贫瘠，但能带来诸多惊喜的大山。

大山沉默不语，始终以不变应万变。姨父沉默不语，继续烧着木炭。

都市的生活压力下，人们似乎都很忙，忙得来不及等待，等待一盆木炭缓缓地燃烧起来。城里、城郊，大部分人选择用电烤炉，条件好的，直接开空调。像鸟笼子一样的烤火器，一插上电，灯管红热，真是方便得很，免去了烧木炭给家电覆上的灰尘和烟味。我家也有几年都没有烧过炭火。记得以前，家里每年也会存上几百斤木炭，一个冬天就踏踏实实、暖暖和和地过来了。母亲节约惯了，舍不得烧大火，火盆里总是一点炭火碎末，只有到了过年或家里来了客人，才会大方地往火盆里添加大块木炭，火光照红了一屋子的笑脸。

一切都在现实的浮躁中渐渐远去。但城里还是有一部分生活讲究的人，一直有着用木炭取暖的习惯，特别是中老年人。邻居谢婆婆说：“那个电火总是烤不暖身的，我非要烧木炭，一盆红旺的火，整个房间都温温和和的，心才踏实。”是呀，比起现在的环保炭、电火箱、空调，烧木炭火真的很怀旧，有着“从前慢，钥匙精美有样子”的怀旧，忽明忽暗的炭火星子流动着家的温暖感，挡住冬天凌厉的风，让寒冷一点一点地逝去，让生活一点一点地亮起来……当然，同时逝去的，还有我们渐渐远去的记忆和初心。

临近年边，适逢表妹百荷结婚。表妹远嫁在重庆，那里和湖南的风俗习惯虽有诸多不相同，但也有冬天烤火的习惯，只是那个地方木材匮乏，少有木炭，能烤上一盆暖和的木炭火是奢侈的。姨父把冬天烧制的炭，从山上一根根精选，一担担挑下来，灌了满满两蛇皮口袋。他要把这些木炭，装到重庆去，带给女儿，让女儿百荷能在这个寒冷的冬天，依然有温暖如家的感觉。我想，这是一位不善言辞的父亲，对女儿最最朴实的爱，这也算是一份特殊而又意义不凡的嫁妆。

姨父一年比一年老了，田地也抛荒种不了了，姨妈来城里帮儿子拉扯孙子，一开学读书就走不开，姨父一人留在乡里的老屋里。他常常一个人在大山里踽踽穿行，偶尔用竹子自制的鱼竿在溪里钓上两条鱼，用清水煮沸，撒点粗盐、老姜，却是鲜美无比的。霜降之后，冬天就近了。姨父依旧日复一日去山里砍柴烧炭，扛着木柴的步伐日渐蹒跚，烧炭的脊背也越来越弯，乌黑的炭木掩饰不了他日渐花白的头发，浑浊了他日渐苍老的双眼，给了他双手开裂的老茧，以及总是洗不白的手指。他已经完完全全地与大山融合在了一起，离不开山里，去城里生活又不知所措。他一个人居住在老屋里却并不感到孤独而叹息，唯有让大把闲着的时光抛洒在大山深处，把满溢清香的各种杂木烧制成温暖的木炭，用心，用情，用一世的手艺。

好在，他还有着一股不服老的劲儿，不曾冷却生活的热情。好在，山坡上，他那满窑的木炭正弥散着尘世的馨香。每当夜幕来临，姨父吸着旱烟袋，老屋的火坑上，燃起一盆旺旺的炭火，点亮乡下日子里蒙满灰尘的长夜。

# 一个叫火场的地方

一直很好奇，一个名叫火场的地方。这地方，应该很适合冬天去，有火的场所，一定会温暖。还有，会不会如麻伊伏的夸父山一样，与燧人氏钻木取火之类的神话有关联呢？

冬日，期末，我被抽到火场九年一贯制学校监考，正好，可以了却这份好奇。

天刚蒙蒙亮，我与同事早早地起床，赶到汽车站，担心误了前往火场的班车。火场，是沅陵一个相当偏远的土家族少数民族乡。路很窄，坑坑洼洼的，加上是雨天，十分泥泞。大山似醒未醒的，重峦叠嶂得有些巍峨，经雨水一洗，连日的萧索顿时有了清新的灵气。岚雾，趁着黎明微薄的曦光，揉抚着远近高底的山头，差不多有点梦幻。雨里颠车，雾里看山，倒有几份新奇与韵致。

正午时分，我们终于在颠簸中狼狈地到达火场。火场集镇不大，镇上多半是“两手推车式”木屋，古色古香的。木屋全用杉木，正堂屋装上“古面”，漆上桐油，清爽亮人。有的木屋分上下两层，廊子上的桁条粗大圆实，下悬一小杉木长槁，槁上挂满红红的辣椒，成串成串的，十分诱人。更有甚者，将“七姊妹”秋辣椒连树捆扎，一束束地骑挂着，像极了一幅色彩缤纷的油画。房屋大都盖着小青瓦，很能与周围的山色风物融为一体。青瓦木屋间，不时嵌有几幢漂亮的小楼房，挺气派。令人诧异的是，离镇不远的田畴，竟然还有一栋红色的哥特式建筑，特别打眼。上去一问，才知那是天主教堂，每周还会做一次弥撒。如此偏远的小镇，竟然还有如此多的基督教信众，简直难以置信。

土家族人，怎么还会信西方的教呢？我有点百思不得其解。

老乡政府的正前方坪场，有株古榉木，枝干粗大，需两三人合抱，方能围拢。树从半腰处分出三枝，每枝都盘曲回环向上，枝虬曲苍劲，给人一种狂放不羁的啸叫，金戈铁马一般。古榉的根部周围，用青石块砌了很大的一个护堆，显得肃穆凝重。树上缠了不少的红布条，树下还有不少香火的余烬。看来，这棵树，差不多是本地的神树了。我向火场九校的一位老师打听起这棵树的来历。不问不知道，一问吓一跳——原来，当年萧克将军率红六军团长征时途经火场，集结九千余名将士做动员令，就是在这棵树下。当地人一直朝圣般地称它为“将军树”。星星之火，可以燎原。看来，这火场，即便不溯远古，也自当是名不虚传。

听说，离火场集镇不远的中村有个老龙洞，在当地有些名气。趁着余暇，我与同事徐行十余分钟，即到了洞边。这洞，既不壮观，也不秀丽，平淡无奇得很，这让我有些失望。几个土家族妇女在洞口边，不紧不慢地，一边旁若无人地闲聊，一边用棒槌有节奏地捣洗着全家老小的各色衣物，清脆的捣衣声顺着洞口的一洼清泉能淌出许远。正准备离开，一个穿夹克棉皮衣的老者来到我们身边，虽有些佝偻，精神却矍铄。也许是发现我们失望的神情，索性放下水桶卷起“喇叭筒”，吞云吐雾地说起这洞的“一本经”：传说，曾有一小孩在这拾得红宝石一颗，许多小孩争相抢阅，结果这孩子一时性急，将宝石误吞入肚。不一会儿，小孩口干舌燥，渴得十分厉害，用缸瓢盛水都无法及时解渴。于是趴在洞口，一气将整条阴河水喝得白浪翻卷，然后，小孩化作龙形，潜入洞中。良久，一蛟龙从洞中呼啸而出，山石崩裂，天昏地暗。蛟龙在空中绕村盘旋三周，最后蹑云而去。老人说得神乎其神，我等听得云里雾里。不过，传说虽归是传说，可于洞，却平添了许多神秘。环视洞口，乱石崩云，古木参天，虽为冬天，依旧是常绿乔木与灌木丛浓荫匝地。洞内淌出的清泉微温，与对面将军溪溪水的凛冽相较，天壤之别。于夏日，则洞口凉风爽人，人着夹襟厚衣，仍不可久驻。洞口有一铭文，镌“龙之源”。时每年的龙舟赛，朱红溪船必来此备“三牲”果品焚香拜祭，以至连夺“三冠”，灵验至极。

从老龙洞沿溪行半个小时，我们先后到了杨公潭与鹿鸣溪两个小村。小村人户不多，绝大多数年轻人外出务工，留下的，自然多是儿童与老人，显得有些人气索然。村人绝大部分都是土家族。土家族自称“毕兹卡”，意为“土生土长的人”。大约两千多年前，他们定居于今天的湘西、鄂西一带，与其他少数民族一起被称为“武陵蛮”或“五溪蛮”。宋以后，土家族单独被称为“土丁”“土民”。

小村房屋，多依山就势而建，呈虎坐形，以“左青龙、右白虎、前朱雀、后玄武”为最佳风水屋场。同时讲究朝向，或坐西向东，或坐东向西。依山吊脚楼，在平地用木柱撑起，分上下两层。上层通风、干燥、防潮，是居室；下层简陋，也不多做修装，多是牛栏猪圈或用来堆放杂物。吊脚楼上有绕楼的曲廊，曲廊配有栏杆。司檐的房顶，檐牙翘角，状如飞鸟。栏杆多造型为四方格，古朴典雅。木屋中间为堂屋，左右两边为饶间，做居住、做饭之用。饶间以中柱为界分为两半，前面做火炕，后面为卧室。村寨的房屋集中连片，顺山势错落有致，屋前院落多栽花种草，院后榉木、枫树、樟树、红栗木等参差互映。山、树、屋、人融为一体，自在和谐。

沿山坡的梯水田与菜地，多半种了油菜与甜荞，青碧滴翠，长势喜人。田旁隔三岔五地立着草垛，当地叫草树。草树很特别，秋时稻谷收割完后，将稻草拢成束，待干透，便在田埂上竖一腿粗的杉木条，然后将金黄的稻草以杉木条为核心密密实实垛成。这草树，既是牛过冬不可或缺的草料，又是村庄不可多得的别致风景。

正是挖红薯的季节。老人、妇女忙碌地将红薯藤割了，成捆地用背篓背回家，咚咚地，剁碎，那是“浆年猪”最好的饲料。挖薯时，一畦一畦的，得挖准位置，为的是不让红薯被锄头挖伤，那样就不宜保存。红薯挖回家，有的做成薯片，有的打成薯粉，还有的干脆一串一串地，挂在司檐横梁上，放枯了吃，特别甜脆。

从鹿鸣溪到石家垭，要走四个多小时的山路。我们边走边看，边看边聊，路旁火红的火棘果一树接着一树，枫叶由火红到金黄到浅绿，深浅浓淡，极富层次。金黄的野菊花，一坡坡的，放肆开放，幽幽地散发出特有的芳香。山上到处是茶林，纯白的山茶花，绽放得很灿烂。甚至，还有粉色的杜鹃也在悄悄地展露娇颜。同事不解地问：“大冷天的，怎么还会有这么多花，无拘无束地开放？”同行的本地老师有些得意地说：“山里就是不同呢，只要接连出上三五个太阳，就成小阳春了。小阳春一到，花儿就会争先恐后地开放。虽然一般不会有人看到，但那些鸟儿会叽叽喳喳的，飞来飞去不停地赞美，它们可听得懂鸟语呢，哈哈。”我想也是的，因为，只有它们，才是自然真正的精灵。

山路很难走。沿途不断遇见肩挑背荷的土家山民。他们去山下买一次日用品，得用上大半天时间。路遇一对老年夫妇，女的背着一背篓食盐、洗衣粉、海带等物品。老妪衣襟斜敞，双手撑腰，虽汗水满颊，依旧显得很精神。老汉用扁担挑着东西，一边是切薯机，一边是一口大耳锅。手里却不空，还提着个鸟笼子。笼子用笼帘半罩着。一只画眉在笼里跳来跳去，不时发出婉转的鸣叫。老汉见我们是外地人，就主动歇下来，卷起一袋烟，随意唠嗑起来。一边抽烟，一边很悠闲很满足地逗鸟。老伴在一旁，舒展满脸的皱纹，并伸出长满老茧的手去给画眉喂食。

我看着这对夫妇，突然羡慕起来——虽然劳苦，虽然清贫，但却夫唱妇随，醇厚、宁静、安怡、自在、满足。后来，在石家垭、桃坪界田间地头，我又遇着好几处正在做“功夫”的山民。他们照例一边劳作，一边带着鸟笼。“功夫”做累了，就到旁边抽烟，然后去喂鸟、逗鸟。那实在是一种真正的诗意劳作。

火场土家族山民，爱鸟、养鸟、斗鸟是出了名的。相传东汉时，朝廷派兵征剿“南蛮”，当地山民势单力薄，难以正面抗击，只好躲进山洞。由于山民爱鸟护鸟，鸟也并不怕人，围在洞口飞来飞去。官兵追至洞口，发现飞鸟如歌，领兵者说：“洞中有人必无鸟，有鸟必无人。”因此，山民躲过了一场劫难。从此，山民视鸟如神。

农闲时，山民喜欢三五成群地斗鸟。逢晴空丽日，斗鸟客肩负手提，翻山越岭，汇集地势稍稍平坦的茶山坡，数十只甚至是数百只鸟笼挂满树梢。霎时，叽叽喳喳，叫声或如冰下流水，或如瀑布飞泻，有时如人对歌，有时如珠落盘。斗鸟客在热闹中各寻对手。

笼中画眉两两相对，往往箭矢般扑向对方，你抓我啄，彼此厮杀。观战的老人、妇女、儿童，会用特有的俗语呐喊助威："快，打箍头（指用嘴尖啄对方头）。""好家伙，打掼嘴（指嘴啄嘴）。""快，辫牵牛（指用嘴咬住对方肚皮往一方拖）。"还有"双龙夺珠""打侧腿""打侧翅""滚绣球"等，人们呐喊、嬉笑、兴奋、失落声此起彼伏，不绝于耳。人们"鸟生养鸟、鸟死葬鸟、鸟葬祭鸟"，"养得鸟中鸟，留住春外春"，一幅幅鸟语花香、"黄发垂髫，并怡然自乐"的图景，让人眼羡得瞠目结舌，感慨连连。

从石家垭下山，不时回望薄暮中的青猴界山峰，好几座山头连绵起伏，形似马头——相传，秦始皇赶山时，苍山如万马奔腾，唯有这几座山峰却不慎奔散，于是流落至此，乃成型。

生活，并不总在别处。青黛寂静的大山，万物生，万物荣，唯草木自知。我忽然想到一个词：草民。真是好极了。火场的山民，用一颗淳厚素简、平和冲淡之心，将山村物事、物语，诠注得周周全全，妥妥帖帖，实在是"草民"的杰作。

看来，冬日，这个名叫火场的小镇，以它的独特，温暖着我笔底的苍凉。

# 第四辑

# 微尘苍茫：一朵雪飘落在云上

有一种脚步，踏过月迷津渡的路，寻找一个可以停歇风的地方，或者有一些世事沧桑话鸟鸣的静。云上的日子，时光柔软的样子，一些雪屑簌簌地撒落在无际的乡愁里，或者进入你的眼里，或者停留在你的心里。

# 云上的日子

走过许多的路，看过许多的风景，读过许多的书，听过许多的述说，带着尘世小小的疑惑，我再次站在风居住的老街道，眯着眼，想看清时光柔软的样子。

日出月落，人来人往。一些俗世的风景，已经翻天覆地；诸多粗犷纯粹的山水，却只沧桑了那么一点点，一点点。

从午后到黄昏，那些与错过有关的瞬间，念起，便是温暖，不语，最是情深。心静下来，便有一朵云慢慢浮现。尘封的记忆如同树木一样，就此扎下根来，静静地等候一个季节的枝繁叶茂。

我曾穿着姐姐宽大的衣服，在时光的镜子里东张西望；在蓝溪河流的末端，看一面湖水如何安静地端坐在群山环抱之间；在湘潭的高岭路上，掬一束宁静的光阴绚烂青春的告别；在岳麓书院遇见单薄的自己，追赶史诗里的英雄，裁剪惶惶岁月繁花的背影；千山碎雪，疏影暗香，凤凰台上忆吹箫，武陵春晚锁重楼。靠近春天的路，每走一步，都无法更改，成为我记忆中的历史。

风后面还是风，天空上面依然是天空，道路前面还是道路。稍有闲暇的时候，清水研墨，酿心煮字，将一段青梅往事，拂在风中，浸在水里，氤在画中。隔世的梅香，随意点染，一张一弛，一平一仄，藏在嫣然女子的古典裙衫。轻捻玉指，一抬手，一放手，踏雪寻梅也好，寒山访松也罢，絮雪埋径，定然都是素素的美好。很多次，回到老家。老家仅存的老街，被高楼林立的新集镇挤得又矮又窄，偏于一隅的衰落，每每会灼痛我深情凝望的目光。

这条老街巷道，由南而北，约一华里。老式的木屋，老式的门楣，老式的窗棂，将一些匆匆忙忙的落寞，打扮得缓慢清寂。青石乱巷，宁静幽深，木门轻轻一锁，仿佛就可以关住千年的光阴。

早晨起来的时候，老街尚未苏醒。空气中有一丝沁心入肌的微凉，淌在院前围墙浅灰的宝石花上。一簇簇、一串串的指甲花香却很清晰，隐隐地，还有麻雀与青菜鸟叽叽喳喳鸣叫的声音。灰墙青瓦的老院子，在几十年的风雨里一直醒着，檐牙斗拱，沉静出一丝温婉起伏的味道。红漆斑驳的窗棂里，有木制楼梯咿咿呀呀地响，深沉缥缈而与世无争。一顿饭工夫，男人们挑着箩筐，扛着锄头，去街后的田里、地里，深耕细作各种菜蔬，妇女们则吆三喝四，呼朋引伴背着背篓，将萝卜、白菜、丝瓜、苦瓜背到新集镇，摆摊赶集，说着家长里短。老太太们则在院子里晒太阳，有的三三两两地聊天，有的独自打盹，有的和猫狗说话，也有的围坐在梨树下悠悠闲闲地打打麻将。

从老街往下走，穿过田埂，便是蓝溪。河面由窄而宽，临近张家山时，乱石嶙峋，流水澄澈浅散。附近有几处沙洲，长满繁茂的灌木丛及青草，黄牛、水牛气定神闲地啃着嫩草，牧童或三五成群地打滚嬉戏，或在河里石罅捕捉鱼虾，嬉乐至极。河岸以外，是有点一马平川的沃野平畴，种着大棚蔬菜，其中麒麟西瓜特负盛名。

老街屋檐挑起来的天空，湛蓝如洗。偶有几朵白云，栖息在宽大油碧的芭蕉叶上，青白相间，抱朴怀素，辽阔悠远。阳光，没有一粒是多余的。大钧播物，纠错相纷，每一棵草，每一朵花，闪亮着珍珠般的露珠。谁家的池塘，田田荷叶，朵朵莲花，风情万种。蓝天和白云涂抹它永恒的底色，野花和芳草带给它盎然的生机，泉水和溪流又赋予它飘动的灵性……

所有的景象，构成万物生长的主题。没有矫情的山盟海誓，却自成一份地久天长：春天，一碧如洗的澄澈天空，悠闪飘逸的朵朵白云，迂回环绕的潺潺溪水，一溪一月，一茶一酒，自成人间佳境；夏日，田头地里怒放夺目的簇簇野花，芦丛中鸣叫欢快的水禽珍鸟，蓬勃了大地的盎然生机；秋季，满眼金黄的落叶，渐行渐远的雁阵，昭示了四季更替的自然规律；隆冬，银装素裹的墙头，凝霜挂雪的垂柳，述说着一个冬天童话的秘密。

在城市的喧嚣里待得越久，便越是渴望这些不同凡响的云上日子。你可以，在一幢独特的茅草屋里栖身，向一只已经朽弃的木船致敬，和一丛迎面相遇的野花握手，为岩石边密布的青苔驻足浅吟。隐约可辨，又遥不可及。这样的永远到底有多远？思绪的风，温柔地，拂来又去，拂去又来。风过院墙，在梦里，我安静地睡在云上，半亩稻田，一息花香，彻底地放逐，将我铺天盖地地埋藏。

人的一生，总是沦陷在不停的出走与回归之中。于是，便有无数人在某个异域的荒城失落，又在某个石板窄巷中回归。一弯石桥，连接着此岸彼岸，一轮朗月，照耀在心中头顶。一些初心，毫无保留地绽放在岁月的枝头。所有能够想到的深深浅浅，所有能够看到的远远近近，都和这条街道云上的日子息息相关。多少年过去，我又几时能看清时光的样子？至多，只不过是在时光中看清了自己。

有一种脚步，踏过月迷津渡的路径；有一种凝眸，放飞童心未泯的期盼；有一种手指，黯然书写长亭送别的销魂；有一种牵挂，临行密密缝意恐迟迟归的衣衫。风为梭，雪为线，雨为丝，云为棉。踮起脚尖，仰望云端上的日子，让时光的年号，留下一个个记忆的驿站……

# 天心阁的午后

立冬过后，天气浸润在一片寒湿里。忽一日晴朗开来，久违的阳光，一粒一粒，散金碎银般洒落下来，缀在大街小巷的栾树、香樟、梧桐间，仿佛一个个别致的神话。出入都正街、太平街的人们一下子多了起来，熙来攘往的，裹住光芒，携着温暖，一些久雨微寒的往事漫漶了五颜六色的裙裾和曾经迟疑的脚步。

从熙来攘往的人群里透出来，就想着去天心阁走走，不为别的，只为撇开浮华，在一枚古长沙的符号与印记中，能安安静静、不慌不忙地让自己的内心坚强。

午后的光，薄得恰到好处。天心阁大门，有周谷城先生的撰联："湘流北去，岳色南来"。伦鉴池边，薰风亭上，一群"老长沙"正闲散在阳光里撮骨牌、打跑胡，也有围圈摆龙门阵的，大抵说些"杨裕兴的面，徐长兴的鸭，德园的包子真好呷，火宫殿里样样有，有饭有菜有甜酒，还有白糖盐菜藕"之类的星城旧事儿。微风拂过，一缕丹桂馨沁的余香缓缓入怀。郁郁苍苍的松树，似乎有些年纪，俨然和院子里的庄严一致。栾树挂满了小果，似薄纸糊成三面的小灯笼，很轻盈，颜色由淡粉变得紫红、浅褐、深褐，风一吹，满树的小灯笼，哗啦啦作响。金黄的银杏叶落满小路，小伞似的叶儿，在斑驳的光影里，一簇簇，油画一样。眼前景让我恍惚，偶忆起《诗经·南风歌》中的句子："南风之薰兮，可以解吾民之愠兮。南风之时兮，可以阜吾民之财兮。"老人们斜阳暖风中的闲适、怡淡、忘忧，似是"昔者舜作五弦之琴以歌南风"的最佳注脚。

天心阁，曾经是整个长沙城的高处，历史的一丁点响动，就可以波及整座城池。"天心阁的午炮，中山亭的钟，冒得咯些就会神不弄通……"昔日老长沙的一句民谣足以道出它的不同凡响。

浮云白日，山川庄严。沿着舒适雅静的石板小路，我默默地向草叶、花木、古城墙打探这座城市的前尘往事。据记载，早在 1938 年的一场大火中，天心阁已经毁掉了，毁得惊天动地，毁得目不忍睹。直到 1983 年，浴火四十五年之后才再次得以重生。此时此刻，眼前的天心阁依然金瓦翘角，朱梁画栋，飞阁流丹。作为荆楚名区，楚天一览，涵江揽岳，风马铜铃上依然潜响着远古的梵音。一江秋水映天心的时候，偶尔还能体验到"高阁登临，湘水净连天际碧；凭栏闲倚，麓山秀向雨余青"的诗情画意，当然，还有"高阁插云、麓屏耸翠、疏树含烟、池塘夕照"的胜景相随。

说实话，我喜欢"天心"这个名字，胜过眼前这个阁楼。据传，"天心阁"原名"天星阁"，源于其地对应天象星宿，供奉文昌帝君与奎星，于是鼎建天心、文昌二阁"以振其势"，后两阁均毁，只余"天心"匾额一块，复建时省"文昌"而存"天心"，遂成"天心阁"。有人说阁名引自《尚书》

“咸有一德，克享天心”，也不无道理。只是其旧制详造日月，无据可考，最早仅可见于明末俞仪《天心阁眺望》一诗：“楼高浑似踏虚空，四面云山屏障同。指点潭州好风景，万家灯火图画中。”一座城池，一栋阁楼，将绝密的身世隐于楚河汉界之间，藏于大化苍茫之内，或许这原本就是天意——天之心也。

“雄镇、壮观、居高明、远眺望”匾额前，几对年轻人正不断地变换姿势与表情拍照，满脸的温馨与温情，因为年轻，他们不会辜负这午后难得的阳光；也因为年轻，他们并不需要过多地注视那些古老的城垣、雉堞与炮洞。他们需要的只是嵯峨的剪影，恣意的盘桓，以及与岁月无关的流连。而我，则不同，也说不清楚到底有些什么不同，只是一登上阁楼，尚来不及远眺，心底流淌的，便是屈子于此放逐而著《离骚》、贾谊南迁悲愤而多感慨、杜甫旅夜老病而孤舟哀吟。当然，少不了还有那些历史烟云中震耳欲聋的炮火硝烟，“气吞胡羯，勇卫山河”“犯难而忘其死，所欲有甚于生”的抗战勇士……

“窗中岳麓分明见，阁外江声空自流。”凭栏远俯，朱张渡口，文津道岸的探赜索隐；千年学府，惟楚有材的于斯为盛。唐杜甫、柳宗元、韩愈、怀素等；宋张栻、朱熹、岳飞、辛弃疾、文天祥等；明清王夫之、魏源、林则徐、左宗棠、曾国藩等，诸多仁人志士，或任职、或讲学、或领兵、或游历，都在这座古城绽放出人杰的光芒、精英的芬芳。难怪有人说“天下惟斯楼问心无愧；湖湘凭此地载道有方”，看来，真的是不无道理。只是，我又在纳闷，是因为文运昌隆的这个地方，还是风起云涌的岁月？一座城市的心脏搏动了千年，它到底有没有累的时候？面对命运如此多舛的楼台烟云，我是应该轻松，还是庄重？是应该愉悦，还是思考？是应该忘却，还是记住？

正这样遐想时，身旁的一个游客，突然指着树梢叫起来：

“柿子！”果然，几枚圆润的柿子缀在枯枝落叶间，特别显眼，有些年纪的柿树落空了椭圆的叶子，几根苍遒的树枝十分努力地，将几盏红灯笼似的柿子悬在空中，如同天空的心脏，闪耀着遥远深邃的光芒。这光芒，既厚如城墙，又薄若蝉翼，让一些生活里的无意义初步呈现，阳光里的思考稍稍显得多余。

幽碧的爬山虎布满斑驳的城垣墙面，阳光黏附在古老的墙砖与新绿的藤叶上，有一种世事沧桑话鸟鸣时的静。一只秋后羸弱的小蚂蚱，青黄着表情，缓缓地沿着古城墙的雉堞向前爬，翅膀窸窸窣窣发出摩擦的声音，两只脚显得有些疲乏无力，唯有一双鼓圆的眼睛始终凝望着前方。一只弱不禁风的蚂蚱，竟然可以铺陈出某种浩瀚的历史与磅礴的生命，这让我既惊诧，又感动，更多的是无言。我想，它一定是聚十万户炊烟从屈贾辞章里爬出来的，挹八百里湖光爬过先秦，明卅六湾秋月经过两汉，一直抵达这个阳光的午后，终点是，这座“潇湘古阁·秦汉名城”最后二百五十一米的城墙。

出西门时，天心公园的草坪上，一群幼儿园孩子正在老师的带领下，一边玩着游戏，一边唱着歌谣：天心阁上飞白鸽，白鸽飞在天心窝，她要悄悄问一声，天的心里想什么？清风送来云朵朵，那是天空发微博，楚天之下山河丽，人间快乐我快乐。听着孩子们欢快童稚的歌声，我心里涌上一股温热：天心阁，是那只小蚂蚱爬过数千年历史烟尘的终点，又何尝不是孩子们将来波澜壮阔生命的起点？！

也许，上天有意造一座金瓦飞甍的阁楼，为栖息月亮或者更多的归心。一座城，一段风云际会，一些秘密成为秘密，一些凭吊成为缅怀。其实，我仅仅是路过，那些半生不熟的楚语和方言，似曾相识的偶然与必然，都在一场午后的抑扬顿挫中拂起一池湘水的禅意。也许，我可以的，在脚印扔下的每一个地方，不慌不忙地策马光阴，不惹闲愁，不惹忧伤，端坐在自己的时间里，自由地飞翔，体面地坚强。

# 远方的井，近处的泉

开春的雨，淅淅沥沥，一直下着，显得耐心十足。街边的树，湿漉漉的，没有高大，也没有矮小，平常油亮苍翠的叶子，因为少了久违的光，多少有些黯淡。几只不知名的鸟，缩在凌乱的叶下，东瞧瞧，西望望，似乎无法阐释，也无法认知这绵延而没有尽头的雨。

我开始有些怀念，怀念去年的雨，停在很远很远的地方，只需挥一挥手，阳光就可以暖暖地温在脸上，然后于小街小巷小斗室，闲闲地读上几页书，泡上一壶茶，在茶香氤氲中，开始蹉跎一个又一个散淡的日子。

茶，并非上好的茶，水却甘醇无比。有人说，无水不可与论茶，茶与水的相遇，总是一场久违的邂逅，一场前世的结缘。八分之茶，遇十分之水，茶亦十分矣。的确，杯中茶是家乡的茶，水却是母亲用背篓背来的白沙井水。

说来，生活真是一场不忘初心的游走。我生在湘西一个叫凉水井的地方，曾经离我很近的家乡老井，现在却成了我的远方。曾经很远的星城，很远的白沙井，却近在咫尺，汩汩清泉，长流不息。

“才饮长沙水，又食武昌鱼，万里长江横渡，极目楚天舒。”想来，当年的润之先生在湖南第一师范读书时，没少喝过这白沙井的水，不然，何以如此明澈，如此高远，如此畅怀?

“长沙城南五里地，鸡犬成村，桑麻可绘。沿城而行，不巷不衢，略行成野地。编茅竹籍，三四茅屋豁出，平芜迤逦。石路数百步，过此以往，半山垄，半田墅。沙石浴雨，列若棋阵，瑟瑟啮履有声，倒树张伞，罅漏日影，布落金点，然泉即出山下焉。满注不溢，取之不竭……”这是清初蔡以偁《白沙二泉记》所载当时情形。由此看来，这井，分明也是一口乡下的井啊，茅篱竹舍，苍树枯藤，泉出其中，汩汩有声，粒粒阳光从树隙筛漏而下，洒落一地，活泼跳跃。泉水叮咚，如奏仙乐。百姓披蓑戴笠，脚踩麻石板，扶老携幼相与取水，一路酣畅淋漓……

数百年过去，白沙井早已不是单纯的一眼井了，它成了皇皇大城的一眼精魂，淙淙自在地流出了月色，流出了歌谣，流出了光阴，也流出了名望。“高阁仰天心，贲临瀛海三千客；古城寻地脉，细品长沙第一泉。”

白沙井，亦算是江南名泉之一了。世称“茶圣”的陆羽曾评定说，济南趵突泉为第一，无锡惠山石泉为第二，苏州虎丘石泉为第三，这些“泉”，都曾在历代文人墨客接踵而至的品茗题留中驰誉四海。白沙井，虽不及天下名泉，嚣嚣而立，其洁性而涌，倒也不争不宠，晶莹甘冽。偏于一隅，却天生丽质，水心如镜，清波照人。如今，在多数泉水枯竭老去，废弃闲置的当下，它依然年轻着，鲜活着，无论冬夏，泉眼不溢不浅，随掬随涨，永不枯竭。后人为了留个念想，更是为了保护水源，修筑了白沙井公园，古朴的石牌坊遒书：白沙古井。且有联：高天聚风月一园，是造物之无尽藏，好为寄兴怡神地；古井媲潇湘八景，看游人之所共适，都在廉泉让水间。园内还收集古今名家书写各种“水”字碑墙，有王羲之、欧阳询等，及古人撰写白沙井的诗文辞赋，让人在取水的同时，品读泉井的悠悠历史。

细雨如丝，雾岚弥漫，城内高楼林立，一派苍茫。我与母亲沿着凤凰台的小道前行白沙井取水。母亲背着背篓，背篓里是盛水的塑料瓶子。雾霭迷离的白沙井，早早地，被枝上成群的鸟儿唤醒，被天心阁晨练的曲声唤醒，被取水的车鸣声唤醒。老樟树隐蔽如盖，迎春花枝点缀披覆，幽幽的泉丝，自沙石中渗出，汇集成四井，青石板围砌，犹有苔痕，北向的两口水很旺，水舀不浅，举瓢如初，南面两口稍稍弱之。经一夜安静，井水清亮，盈盈满满，旺盛蓬勃，汩汩的泉流，甘逾醇酒，凉能醉人，掬一捧，沁甜沁甜，烹茶色味殊绝，酿酒芳香醇厚，煎药疗效上乘，熬汤口感极佳。人们多不辞劳远，风雨无阻，赶来汲水畅饮。

附近取水的人，多肩挑手提，也有开摩托车拖水的，还有开着小车来运水的。汲泉者，各自带着水瓢，依次取水，礼让谦和，其情其景，一如清张九思所见：“汲者至，人肩二桶、手一瓢以待，以至之先后为次。先者两人对坐，迭举瓢，俯仰若献畴，汲满，以次进就，举瓢如初。竟日暮不一息，无哗者。”

白沙古泉，若非眼见，汲水品尝，真不会相信，不大的四口小井汩汩流出的清泉，竟如此渊源神奇。母亲连连感叹：没想到居于闹市中心，也能取到如此清纯沁甜的井水。母亲说这些的时候，语气里分明是用家乡的水井做底气的。家乡绿水青山，高山有好水，瀑飞壮豪情。然而，家乡的老水井，却早已不复存在了。

我与母亲，一边看着舀水的人，一边不禁感叹，心里不免又多多少少有些戚然。老家的凉水井，一口生长于乡下的井，终于枯竭消失于乡下；而同样，一口生长于乡下的白沙井，却能历经战事烽烟，时代变迁，于繁华中日渐旺象。同样都是井，这，井与井的际遇，为什么区别就那么大呢？实在是，既匪夷所思，又难能可贵。

此时，于众多取水的人中，我显得并不十分着急，看着每个取水的人，看他们忙于生活而疲惫的脸，听抑扬顿挫的方言织出的歌谣，一些心底深处被拐跑的风，发出老旧老旧的声音，如井边的鸟群飞出一翅一翅的光芒，字字句句点燃着水边的炊烟，也流淌着风把风吹乱、雨把雨打残的情愫。所有的所有，一如眼前这长流不息的井水，因为不知它的源头与去向，往往越发耐人寻味。

白沙井，这口曾经乡下的井，如今居于闹市，或许，本身也非如它所愿。城南五里，甚至十里、二十里外，如今都是高楼林立，车水马龙。炊烟生长，鸡犬相闻的乡村，于这个偌大的城市，早已是一种奢侈，也是一种梦想。白沙井，即便如此门庭若市，熙来攘往，却依然还能闹中有静，树木荫蔽，水质依然清流如初，实在难得。

于我而言，自小就莫名地，对泉与井，乃至溪水、江河有着不一样的情感。也许是因为从小习惯着席水而居，也许是因为我出生的地方，是一个叫凉水井的地方。事实上，凉水井并不是一口井，而是国道边的一个小镇。虽山高路远，民风蛮赫，却林籁泉韵，土膏肥润，资源丰饶，亦是湘西延绵群山中难得的一小块盆地。一条自上而下的蓝溪，穿过祝家坪的田野，将一望无际的滋养与宽厚给了这方土地。

我一直对出生的地名表示好奇，也问过一些长辈关于其来历。可惜的是，他们大都含糊其词，说得不太清楚，就连母亲也是一样。

母亲是外来媳妇，自然，也不能确切知道这个地方的来龙去脉。我琢磨着，之所以叫凉水井，大约以前是有一口老水井，诸如凤凰山，相传是有凤凰栖居而得名，那里亦有一口凤凰泉。母亲最终还是无法确信地说，是有一口古水井，在镇上与吕家村交界的地方，一口很宽大的水井，长宽约两米左右，方圆几百米的居民都在那儿挑水，水清且旺，满而不溢。人们用木瓢取水，木桶挑水，井口流出的水，妇人洗菜洗衣，水顺势流下去，亦可浇灌一大片稻田。后来，镇上家家户户通了自来水，水井被填，开成了田，分给了一户张姓农民。母亲看过我失望的眼神后，继续说，凉水井还有一口水井，在蓝溪河边一个叫作担水岩的地方，是我们小时候见过的。

是的，我记得那口水井很深，青石板围砌着，四四方方，青苔密布，若丝如缕，衬着一井泉水，泉水越发清幽。小时候，有几次自来水站停水，全镇的人去担水岩挑水，我和姐姐也挑着铁皮水桶去打水，扁担并不配合，在肩上硌得生痛，一路摇摆晃荡，到家就只剩了半桶水。

时光流淌，岁月不居，我喝着凉水井的水渐渐长大，丰腴着翅膀，成熟着思想。乡下孩子读书的目的，似乎就是为了走出大山，去看看外面的世界。我们长养着身体的同时，也徜徉在知识的泽地，在堆积如山的书籍课本里，也知晓了诸多天下名泉。而家乡的凉水井，只在我记忆的角落，甚至连记忆都在渐渐淡去，更别说有过任何的文字记载。回到老家时，总想要去寻回童年的某些记忆。只是，不知哪一年，蓝溪一场洪水肆虐，冲垮了围井的青石板，井水最终还是没了身形，融入蓝溪。井的影子不曾有，童年的记忆也就淡了。

如今的我，终于如愿。曾一心想要走出蓝溪，离开凉水井。十几年的坚持，我来到岳麓山下，湘江河畔，在新的谋生地，母亲渐渐表现出老态，甚至啰唆。她常常交代，我们来自乡村，不要与人争高下，出门在外，处处得谨行微言，闭心自慎。生性率真的我，似乎并没能完全适应。城市自有它的规律与价值观，我却仍然带着山野纯素的泥土气息，带着与之格格不入的论调，似一尾透不过气来的鱼，在城市最闹腾的洪流中东西穿行，幸好，还有一口水井慰以思念之心。

从此，无论刮风下雨，白沙井浩荡的取水队伍里，自然多了我和母亲瘦小的身影。在那些肩挑手提、南腔北调、说着各种方言的外乡人中，母亲是唯一一个用小背篓背水的人。

在我们湘西农村，大凡勤劳能干的妇人，多不离身的一样东西就是背篓。背篓用篾织成。篾有细篾与粗篾之别，背篓也自然有小大之分。粗篾织的背篓大，粗糙简易，多用来在山里背柴和木炭。细篾织的背篓小，精致秀气，小脚女人一样，格外受人爱惜，多用来背棉被衣物。母亲有一个细篾织成的背篓，只是样子拙实，并不玲珑，开口大，底子小，背窝很深，不同于舞台装饰的那种湘西小背篓。两条背带却纤细，用布缠裹着，刺上苗绣，红底黄花，特别显眼。用桐油浸过的背篓，防虫亦防潮，泛着竹子的青光，在阳光下，熠熠的，映照着母亲日渐苍老的脸，也映照着母亲寻常日子里的酸甜苦辣。

母亲用这个背篓背过柴，背过米，背过油盐酱茶，也背过生活的艰辛与不易。背着，背着，母亲的背就渐渐伛偻，我们也都蓖麻一样长高。母亲弃了田地，舍了老屋，跟随我们进了城，住进了楼房。平时逛超市买菜多用提袋，背篓用的日子渐渐少了。尽管这样，母亲仍然传家宝似的珍惜着这个背篓，放在柜子的最高处，用布包裹着。

如今取水，母亲的背篓又派上了用场，这于母亲来说，内心似乎有着小小的激动。母亲这一来一回，得花一个多钟头，但母亲似乎热衷于这个吃力的活儿。她习惯用背篓，细篾背篓，绣花背带，装满三瓶，刚刚好。有时中途累了，就在小广场上休憩一会儿，与一些偶遇的同道中人聊聊家长里短，打发孤独时光，他们的话题大多集中在母亲的背篓上。日子久了，背着背篓打水的母亲，渐渐成了白沙井边一道难得的风景。

以前，背百多斤柴火都不在话下的母亲，现在背上三瓶水，就有些汗流浃背，气喘吁吁，途中得放下背篓，歇息一回。我看着不忍，替母亲背，但母亲心爱的背篓并不听我的使唤，总在我背上滚来滚去，瓶里的水晃来晃去。母亲笑着说，还是我来吧。我实在汗颜，作为湘西苗族的后代，居然不会用背篓，除了乡音，我们这一代，都在渐渐远离一些家乡的特质，淡了家乡的味道，尽管骨子里还有一点根植于土地的坚忍和倔强。但那，也已经很少很少了。许许多多的我们，虽在城市，却并不会贴着这个城市的诸多标签，于乡下，却真的无法回去。回不去的，同样还有，我鲜嫩如初春的树叶一般的女儿。

家乡到底是什么呢？家乡，或许是我们去了好多地方，花了好多好多年，时间久得好像原来仅仅是路过这里，但用时髦的话说，再看一眼，还是想留下。家乡，在许多人心里，有时候，仅仅剩下一个符号，或者只是一个出生地，乡愁的代名词。远离家乡的人越来越多，故乡和他乡的区别越来越模糊，独在异乡为异客的乡愁也越来越淡，淡到只是心底的一声叹息。

我一直想问母亲，为什么不愿回老家了？在她的内心，难道真是他乡即故乡吗？我终究还是没有问，就算问了，母亲能回去吗？我能回得去吗？母亲说过，茶与水的命运，一辈子都扯不清。若无相欠，又怎会相见？从此，母亲在哪的地方，就是家的方向。家的方向，必定是崖上秋歌，草木清欢，陌上花开。

远远的井，近近的泉。尽管这样，如果可以，愿一轴青山守一轮朗月，井水长盈润泽一池清念。汲泉茗居，风止雨歇，若是长街缓行，只要愿意，每一步，依旧都会踏出一个响亮的清晨。

# 风居住的街道

紫陌黄昏，我去过很多的街道。

西安的朱雀街，北京的大前门，上海的南京路，长沙的都正街，当然，还有草堂外的蜀都大道，天涯海角的椰风长廊。老旧的街道，老旧的物事，可以从三千年前的《诗经》起身，穿过驿尘古道，越过魏晋玄风，蹚过唐月宋水，闪耀着自觉的光芒，抵达繁华的今世。

常常，一个人背着简单的行囊，素衣生香，携一程水墨似的缥缈，锦绣般的足迹，将并不奢侈的青春散发出蜿蜒曲折的味道。一条条街道，既可以拥有收藏月光的庭院深深，也可以轻叩素年锦时的春秋迷离。一些美丽，只属于一个人；一些花朵，只属于一个季节；一些记忆，只属于一段过往。

城市里的街道，是没有缓慢的，所有的匆忙，只生长欲望。乌衣巷口，秦淮歌声，栖息在秋天的掌上，被俗世隐瞒，回转身时又被自己撞倒；黄鹤楼前，滕王阁里，晴川历历，云水声声。一个人，逃出乡村的寓言，却无法在一个城市准确无误地匿名。我看见，许多被黑夜埋没了一生的人，骑着梦中那只忧伤的豹子，东奔西窜，姑苏城外的钟声响了，人人都面带忧戚地故意迟到。去往圣城的路上，磕着长头朝觐的人们，眼神干净，姿态安详。月牙泊挂天边，沉默的玛尼堆石头上的花朵，永不凋零。

徐志摩先生曾告诫过我们：医治当前生活的枯窘，只要不完全遗忘自然。先生一张轻淡的药方，我们的病象，就有缓和的希望。在青草里打几个滚，到海水里沐几次浴，到高处去看几次朝霞与晚照，一个人肩背上的负担，就会轻松了去。

北岛有首诗，大意是——即便被打死的时候，我也不愿意躺下，因为那样会使刽子手显得高大。博尔赫斯在小说《等待》里的最后一句话是“他正这样恍恍惚惚时，枪声抹掉了他”——维拉里，一个入住旅店只为等待死亡的人，就这样被绝妙地“抹掉”了。

风起，天凉。可生活不能这样被轻易地“抹”了去。只要愿意，随处一坐，依然可以是一处梦逸的江南。

窗沿的茉莉花突然开放，一朵，两朵，三朵，幽淡的香，若有若无地绵长。三十多年后，我终于来到了一条真正的街道——风居住的街道。

风从先秦两汉吹来过，满街是诗词歌赋的味道。“杨花落尽子规啼”的时候，橹歌微漾，一舟一桨，“随风直到夜郎西”。街是河街，街旁的水湄人影，入夜的笙歌更鼓，精致缠绵。远处的横山竖水，将一些含羞的情节，装扮得云淡风轻。

素黑简白的街道，悠闲轻雅。木色的门楣窗棂，雕琢了一些梅兰竹菊，不经意一次回眸，它们仿佛就会从端居的高处走下来，款款地来到你身边，散发出既远古又近切的芳香。家家门前，种了桃树或是梨树，春天的桃红李白，映在有些斑驳陆离的马头墙上，随便瞄上一眼，都是一幅点染恰到好处的画。

几只小狗狺狺而欢，三两鸡仔闲闲觅食。黄昏则是一缕炊烟，氤氲在朦胧的远方。是谁家的门口，一个微弓的身影站在风里张望？又是谁家的一盏灯，一直亮到黎明？时间的页码，一页页翻过。日升月落，看寂寂山林，听流水潺潺，独处一隅，品茗由浓渐淡，把轻倩的影子缩进茶杯，倾听一场禅意十足的对白。守在岁月清浅的韶华里，眉间心上的宁静以致远，徐徐而至，施然而约，留下一地铅华洗尽的素淡。

街道上，不知哪个方向的风在吹？姑娘们迷醉的眼神，是一弯朦胧缱绻的月华。小伙们，凝神听着薄翼的呼吸，穿透细密的轻涛，由远及近。没有月亮的晚上，星星至少是有的。谁家屋檐下，不知哪朵金秋野菊飘出的一缕淡香，引得双双蝶儿翩跹飞舞，一些有关“窈窕淑女，君子好逑”的故事，娓娓动听。

此时，我喜欢将女儿哄睡后，安静地端坐在电脑屏幕前，点开音乐，听一曲琴音，用一支曼妙的纤笔，蘸满流年光影，在一张素雅微香的纸上，勾勒心中的画面，将那些泼墨渲染的印象，合着记忆里的流香，一起流转于生命的烟火中，寻找灵魂更深处的一抹恬静。

纵然，有时，也不知谁是谁的街道，谁是谁的风景，不过，那又有什么关系？偶尔，心累了，静守四季的炊烟。读着木心“从前慢，钥匙精美有样子，你一锁，别人就懂了”的美好，才下眉头，却上心头，很是清欢馨妙。

“不是你摇曳竹枝的青涩，不是你拂开花蕊的成熟。只一丝儿悸动，便软了故事。一程又一程思想，一浪又一浪褶皱。柳绿花红似的轻盈，细细织锦的葱茏。迎了夏日火辣辣的瞳孔，早也思索，晚也开拓。一个转身，一季秋红。是你吗？拂过我的湖面，吹皱一池春水，你说你不曾离去，为何彼岸花落英缤纷，红了一湖清水？你可听见伽蓝寺的滴雨声？穿透了古巷的青石板，却穿不透时空的氤氲，碎了梦，尽了缘，而情还在，风依旧……”不知谁家的姑娘，伴着矶村由纪子和坂下正夫合作的经典曲目《风居住的街道》，诵起了山栖谷隐的清音妙词。

我蓦地一惊，慌乱中，也是媚了满目的嫣红，润了一地的青葱。生活的街边，有序或是无序，站立着的青绿，左边平静，右边纷扰。归来的，不知远近；离别的，只分黑白。树木掩映着老街的灯光，温暖而又明亮，黎明时大老远地呼唤一声，开门的总是李白的月光。

无风景可看或将风景看透时，低头看一眼风居住的街道，就够了。

喜欢这样，不需要更多的理由。

# 雨中的清流

素来的日子，每天我们都在向每天告别。

黎明的露水在向清晨告别，向晚的烟霞在向薄暮告别，鹧鸪声声，潇湘水云，雨打芭蕉，诸多的物事，用不同的姿态或仪式自然而然完成一场场告别。活在尘世，看见人间，活着的人看见活着，一些死亡倒依然显得年轻。譬如，有一种告别却是一滴不曾抑或无法凋零的泪，这滴泪，洒在哪里，哪里的土地便艾蒿香草般地生长发芽……

去汨罗，蓝墨水的上游，端午源头，龙舟故里。雨潇潇，雾蒙蒙，山如黛，水清奇。在这样的一方厚土、一脉清流中，足以完成一场让灵魂升华的追思与叩问。“停舟细问灵均迹，更有清流是汨罗”。有幸拜谒屈子祠，聆听千秋辞赋，弦歌诗韵，楚音绝响。

苍茫潇湘，一路雨水。行程中，我一直在想，屈原流寓湖湘十八年：自洞庭湖往长沙，又溯沅水，过常德、桃源至沅陵、泸溪、辰溪，后抵溆浦，再返回，过枉渚，经东洞庭，最后魂归汨罗江。这峨冠博带的屈子，用最后一滴泪的绝响，完成了一场没有告别的告别，这最后的壮举，为何在汨罗，而不是湘江？或者是我所居住的沅水？一路的雨滴敲窗，我不解的纳闷与茫然，居然没有发现路旁草木丛生的湿润与悲戚。直到了屈子文化园，下得车来，微雨拂面，楚韵绵缈，金戈铁马的嘶鸣远了，唯有漫漫的求索之路。这一场既知轻又知重的雨，仿佛最近的天问，落在灰黑的屋檐，也落在心间。

平日里，江山社稷，于我太远太重。数篇美文消永日，一窗山水伴流年。读书是我最美的姿势，读中国诗史，读湖湘文略。渐渐发现，我们民族烟云浩渺的文脉里，似乎总有意无意弥漫了一种淡淡的忧思，以及绵绵不绝的诗意与悲壮。或许，这与一个人有关，因为，无论从哪个角度看，溯寻中国文化的源头，都不能不端视三闾大夫的身影。

文化园里的湿地，蒲草丰茂，荷叶田田，菡萏初妍，娉婷婀娜。新下水的龙舟，色彩鲜艳，以红黄为主色，舟身呈鱼鳞状，两端饰以龙头及龙尾，轻巧而纤长。之所以喜欢，是因为那些鱼鳞状的色块，让我想起家乡老屋上的那些瓦楞，逢阳光一照，有光的一面，总是反射出一些亲切的念想，灰暗的一面，却浸润着挥之不去的遐绪。

此时，我想着我的家乡，沅江与酉水交汇之地的千年古郡，沅陵是中国传统龙舟之乡，也有端阳扒龙舟的习俗。与汨罗不同的是，沅陵端午龙舟祭盘瓠，有句俗语叫“五月五，出盘古，端阳前后听锣鼓”。沅陵流传千年的苗族古歌《漫水神歌》唱道：“人家划船祭屈原，我划龙舟祭盘瓠。”每年端午前后，沅水里扒龙船盛行，我外公外婆会从乡里坐船赶来县城，带了小木凳，摇着老旧的蒲扇，早早占据沿河边极好的位置，看着一条条龙船从南岸激流横渡冲向北岸，欢呼雀跃。遗憾的是，外公“走”好多年了，八十多岁的外婆也因为一场意外离开了我们。没有了外婆的蒲扇与粽子，再去看龙船，已是索然寡味。脑海里只能回味着当年屈子状写龙船竞渡时的恢宏场面与气势：“驾龙舟兮乘雷，载云旗兮委蛇”。这是《东君》里的诗句，是不是湘西醇厚剽悍的民风民俗，让屈子感受到另外一种精神境界，吸取了一种奋发向上、昂扬激越的勇气和力量？他在《湘君》中的诗句：“驾飞龙兮北征，邅吾道兮洞庭。薜荔柏兮蕙绸，荪桡兮兰旌。”这是屈子即将离开沅陵，往北方去时的心境表露。遗憾的是，他此次北行，刚到洞庭，就传来楚国灭亡的消息，悲痛情急之下，抱石怀沙自沉汨罗江以身殉国。

微醺的细雨，洒在我的额头、脸颊、手心，这清凉的雨滴，也洒落在屈子祠的前坪、门头、大殿、瓦楞，洒落在玉笥山的树梢，洒落在汨罗江畔的岩石和沙砾上，也铺天盖地地洒落在帆影绰绰的历史烟云与往昔记忆中。

汨罗江，许是需要这场雨的；屈子祠，许是需要这场雨的；整个湘楚大地，也是需要这场雨的。一场细雨，一群诗人，一个盛大的祭祀，不可企及的悲怆，覆压在并不遥远的江畔，一水横陈中，更增添某些庄严与肃穆。此时，空蒙的山与水，天与云，故人不舍，眉眼如初，全浸在这一场无法走出的哀伤里了。

“宁赴湘流，葬于江鱼之腹中。安能以皓皓之白，而蒙世俗之尘埃乎？”形容枯槁的身影，一颗孤独的灵魂，一次卓绝的升华，仰天长啸的屈原啊，中国历史文化中，好大的一滴泪。

斜风细雨中的汨罗，芳草萋萋、涛声激荡的汨罗江，是一江痛苦的雨滴汇成的吗？一滴一滴地，淌成了一条无法告别的河流？是，又不仅仅是。悲怆绝伦之后，它更应该是雨中的清流，是文化清流的源头。伤过，痛过，怨过，就该在五月的粽叶香里，在香草兰蕙的氤氲中，在浊浪和泥流里，有云梦泽国的葳蕤丰茂，澄澈浩渺，有“天问”的振聋发聩，清流独醒，又能有“虽九死其犹未悔”的上下求索，遗世独立。

回城的路上，细雨意外地停了，或许早就停了，只是我没有在意。我陷入莫名的感伤与感慨里，“日月忽其不淹兮，春与秋其代序。惟草木之零落兮，恐美人之迟暮”。告别，终归是一条遥远的必经之路。岁月摇落不可免，只是希望自己，除了志意无成、生命落空的感伤外，该多一些对生命触及的执着与热爱。一路绿意绵薄的归途，也似乎特别顺畅，此时，天地清凉，遥望来时的途往，有关一滴雨中的清流、一场雨中的胡思乱想，任其在心底的某个现场，恣意流淌……

# 乾州慢

一些风景离我渐渐远了，一些时光，始终适合慢在心里。

云烟飘浮，晨光漫开去。启程，出发，汽车穿过隧道，无数个没有预见的隧道，心里掠过一丝惊喜，出行该有愉悦的心情才是，只是我把快乐暂时搁浅了。高速两边空旷的田野，延绵的群山，一河无声无息的流水，呈现在我眼前的，有着一脸深不可测的幸福模样。一路向西，再向西，直到想要停歇的地方，直到和隧道一样颜色的夜晚来临。

“不觉初秋夜渐长，清风习习重凄凉。炎炎暑退茅斋静，阶下丛莎有露光。”不知不觉就过了立秋，不知不觉就要对自由生活告一段落。猛地一回头，觉得这个假期，真正没有流连过几个地方。没有风景的暑假，还是有意义的暑假吗？你许我一个春暖花开，我欠你一次优雅的回眸。

离人群越近，虚浮之气越盛。离山川越近，越心旷神怡。这是我闲时喜欢把自己置身于山水之间的原因。

清歌浅唱，情意沉着。常常在梦里，领略温柔旖旎的江南水乡，广袤野性的塞北大漠，惊叹东岳岱宗的巍峨壮丽，西域边陲的长河落日，感受边塞叱咤的金戈铁马，谛听寒山古寺的悠悠钟声。跨越时空，穿越古今，既忧国忧民，又放浪形骸于天地万物，林林总总，不一而足，内心却总畅想一个柔软的地方，等待一方山水的邂逅。醒来，却总是遗憾的，拥有风景的时候，不曾有你；有你的时候，眼前却没了风景。有时候，我觉得自己的生活像那些不完美的山，不平静的水，不知道究竟灵魂要奔跑去哪里。有没有一个可以停歇风的地方，或者是拥有一条雨随时可以落的街道，或者进入你的心里。

从喧嚣热闹中，寻找一条安静清冷的街巷，是需要耐心的。黄昏正当时，渐起的暮色，思归的心，一切突然变得很不安静，在别人的城市四处乱窜，得不急不缓，得让心灵慢下来，慢下来，躲着时光，躲着人群，藏在乾州古城午后的一碗茶香里。古城不语，却容得下旧日的一些时光，和此时我们疲倦的身影。因为它的远，远在边陲湘西；因为它的闹中取静，成了向往已久的地方；还因为一些人的文章写到过乾城，戏台、文庙、荷塘、蓝苑、老书店，总该去看看的。去乾州古城，得去看看胡家塘的荷。转过很多街角小巷，商铺店面，烟火人家。靠近的时候，一切还是那么静。三三两两，散步的，游逛的，来来往往，熙熙攘攘的人群里，有几个有着我们如此的心照不宣呢？脚步轻轻地，柔柔地，叩响着古老的青石板，彼此心间划过一抹暖暖的晨曦。那些老时光，悄悄地，静默着，似乎从来不曾流走过，却似乎又要被一种新的情绪笼罩，那是无限期的幸福指望。原来生活可以如此素简，一杯清茶，两个名字，就足乐矣。潜沉在时光里，咀嚼幸福，慢慢醒来，旧时光仿佛不曾远去……

荷塘小桥、文庙古宅、有味书吧、蓝苑人家等。这里有江南的清灵韵味，有凤凰古城的闹，有边城小镇的幽，似乎多了一些，又似乎少了一些。原来幸福真的和环境无关，有真性情，彼此心在一起，哪里的幸福都是同一色彩的。从古色生香的土家吊脚楼，到巷子深处蜷伏的青石板，偶尔抬起头看看屋檐窗户的雕花，心底有着莫名的惊喜。那些雕花的门窗，图案造型奇巧，花式繁多，栩栩如生，以鸟兽凤凰为主。

还是去看看胡家塘的荷。中国与荷花有关的胜景不少，可以赏荷的佳处比比皆是。有大名鼎鼎的河北白洋淀、山东微山湖、杭州西湖、北京后海……这些地方的荷花早已名扬大江南北，吸引着众多游人专门去观赏。然而，不要以为赏荷佳处只有这几处，事实上举凡有水的地方，荷花总能造出一片养眼的风景。想着满世界的荷，洁白无瑕，一朵朵，一枝枝，亭亭静立，在七月的夏风里含笑踏波，婆娑起舞，闭目轻嗅，荷香四溢……七月是可以憧憬的，然而季节的轮回总是不留情面的。此时，已是八月白露生。

这里的荷塘实在堪比不上，却自成风韵，大概是有古城老街做背景，一切显得那么超凡脱俗。过了花期的荷，本以为该告一段落，却依然那么深情地活着。塘里荷叶过人头，结实而肥壮，少了点莲叶何田田的温婉，倒有几分湘西汉子的铁血柔情在骨子里支撑着，巨大如伞的荷叶抢去了花的风头，却又觉得这就是理所当然的主角。“白藕作花风已秋，不堪残睡更回头，晚云带雨归飞急，去作西窗一夜愁。”心里一点小失落，因为有你温柔的陪护，因为有不期而遇的友谊，之后就烟消云散了，生活总是在拐角处拥着一些惊喜。我觉得，秋荷自有一种静美，如果逢雨后听荷，又该别有一番意境。秋阴不散霜飞晚，留得残荷听雨声。围着这荷塘的古朴的老宅、半亩方塘、千荷堂等，可以诗书谈唱，有这青砖高墙、灰瓦白檐的院子做背景，两颗心，一杯茶，真的是雅韵荡漾呢。

我以为，我可以这样一直坐下去，在一杯茶里，素简清宁，茶水相依，传奇般地天荒地老。我可以，就像莲一样，错过花季，却依然活出自己的风骨，在俗世红尘里，懂得，呵护，珍惜，用自己，去温暖另一个自己。

山水相依，此生不老。乾州慢时光，一定，是为我而停留。

# 玉泉流沙

山，满眼是山，重重弯弯的山。水，银浪滚雪，流淌成一面面明晃晃的镜子。筒车，在亘古悠悠的岁月中，一圈又一圈，不知疲惫地旋转。

从德夯苗寨出发，进山。沿着石板路，布满苔藓的青石板，登高绵延，仿佛它们也要志意走进大山的深处。沿着筒车、水碾、古渡、小舟，伴以苗家吊脚楼、织布、酿酒、碾米，一派田园诗情，原汁原味。几十户苗寨人家，匍匐在这山脚的一个弯弯里。苗寨按照山的走势，层层叠叠，错落有致，统一的吊脚楼，统一的黑瓦白檐。都说吊脚楼是山歌慢摇的地方，是勾起美丽乡愁的地方。“苗不出境，汉不入峒”，许多奇异的自然和人文生态在此还依然踪迹可寻。不知道需要多少年，那一栋栋吊脚楼才能形成颇具规模的寨子；需要多少年，一个山寨才能够与自然如此和谐，温暖相依。

一路青绿扑面，流水潺潺，波清水碧；一路巉岩怪石，瀑布喧哗，溪声泉响；流泉最是热闹，占尽了山里所有的宠爱。在这个时候，那些不知名的爬虫、宿鸟，也都知趣地安静了下来，山间的舞台，是留给溪水和瀑布的。举目看一眼，四周环围的山，各具情态的姊妹峰，正在幸福地细诉着家长里短。

山回路转，且行且停，在一个拐角处，能听见哗哗的水响，远远看到白色的瀑影，声响越来越大，直到完全震撼了我们的视听。九龙溪峡谷的尽头，一帘瀑布从绝壁之上腾空而下，极高的落差，流水到了下面就散落成流沙状。沿着两边山路，从瀑布下走过，只见瀑布从一个半圆形的“月亮岩”上飞泻下来，淡淡的水若雾似纱般纷纷扬扬飘下来，感觉如入水帘洞一般，有丝丝细雨，沁人心脾。如细沙般的水珠随着风，吹在脸上、手上，奔流到底，便汇成了瀑布下那湛蓝的湖。瀑布在飘、舞、进、退，如浪、如波、如纱、如练。青山倒映，高泉流瀑，宛如瑶池仙境，让人忘记了置身于崇山峻岭的峡谷深处。

在冬季，瀑布大多是温柔的，没有如万马奔腾的磅礴气势，亦没有如万兽怒吼的狂嚣之声，但凭一点似有似无的轻柔，以缥缈的气质萦绕占据了我全部的视线。我想知道，那些上游的溪水流到了悬崖边，即将坠下的一瞬间，心里有没有一点视死如归的悲壮气概？或者说是完成生命里一次壮美的跳跃。我在心里默默地震撼着自然的神奇，好想大声地诉说，让山谷回荡我的声响，但在巨大的流水面前，我只能沉默，沉默有时是最有分量的赞美。据说，这就是落差二百一十六米，目前中国最高的流沙瀑布。

“山重重、山青青，万峰腾龙气雄浑；水弯弯、水灵灵，千转百回流清纯。火辣辣、辣辣火，吊脚楼上歌伴酒，甜悠悠、悠悠甜，小背篓中梦醉人。高山有好水，瀑飞壮豪情，高山有好水，甘泉酿痴情。”有荡气回肠的歌词在我的耳边和心底流过，但我不能高歌流连，我得继续赶路，另一条高山峡谷，在寂寞地等着我们的寻访。

还没有从飞泉流瀑的震撼中收回心思，得原路返回了，继续前行。崇山峻岭中，岩壁耸立，悬崖迫人。顺着玉泉溪峡谷的石板山路，继续徒步，山势越来越紧，山道也越来越窄了，光线由明变暗，渐渐地出现了昏黄，苍茫，不由得仰起头来看看天。天色尚早，太阳隐隐约约在云层里。我们沉默着，继续走路，默然无语是山行最好最惬意的感觉。

玉泉溪大峡谷的尽头，飞流直下三千尺，玉带银泉从九天而落。一条如白练的瀑布从壁立千仞中，飞流直下，洋洋洒洒，如飘飘扬扬的白色玉带，蔚为壮观，故得名玉带瀑布。那些细沙般的水珠随着风，从草丛间、石头上，奔泻到底，汇成了瀑布下绿汪汪的溪泉。那些细小的溪泉啊，不断地汇聚，不断地拐弯，不断地坚持，才有了下游一湖碧绿的玉泉潭水。

停下匆忙的脚步，环顾四周，巨石耸立，山崖巍然，沉默不语，千年万年如创世之初，仿佛在沉思着什么。山也是有思想的吧，它们究竟在想些什么？我没有时间追究下去，我得注意脚下，得在天黑之前赶到天问台。要登天问台，必须经过一条崎岖的山路，没有缆车，也没有盘山公路，只能全靠步行。一路飞泉流瀑，越发响亮，山风、鸟语、水响，在耳鬓厮磨着。沿着陡峭的石板台阶，仿佛攀岩天梯，不知道走了多少级台阶，绕了多少急弯，视野逐渐开阔起来，山明亮起来，天问台到了。

天问台，一块狭窄的高山平顶，当年屈子含悲问天之地。登顶天问台，远远眺望，峡谷奇峰，山如屏障，苍茫邈远，一种轰然出世、脱颖而出的壮美。在苍茫的宇宙自然面前，我们只能无所措，无可求。当年屈原被逐，心中忧愁憔悴，彷徨于川泽之间，游荡在平原丘陵之上，他曾上天问台，仰面叹息，向苍穹发出呼号，之后作出了流传千古的诗篇《天问》。悲愤的屈子把心中的千万疑问，向上苍诉说："遂古之初，谁传道之？上下未形，何由考之？冥昭瞢暗，谁能极之？冯翼惟象，何以识之？明明暗暗，惟时何为？……"可是上苍不语，山谷空寂，于无望中，他最终也不得不一头扎进滚滚的汨罗江中，含悲了结一生，给后人留下千古遗憾。面对同一个宇宙，同样的疑惑，既有前人之问，还应该会有后者之思吧？然而提出问题，比解决问题更困难，也更伟大，更需要智慧，许多问题，已然了结，仍有许多困惑，今天仍然没有得到很好的结果。遐思冥想中，念天地之悠悠，独怆然而涕下。

上山容易下山难。我们必须赶在天黑下来之前回到寨子里，走过那一段奇险的路，中途不敢半点耽搁，一路匆忙的脚步，跨越那些险峻的台阶。走得累了，饿了，抬头看看天色，已近黄昏。黄昏的雾霭，带着褪色的余红，缭绕飘浮在空中，黄昏亦如同一把吊脚老屋里锈迹斑斑的铜壶，挂在老墙的屋檐下。山终于暗了下来，水暗了下来，吊脚楼也暗了下来，油画一般的冷色调。所幸我们已经成功地下了山，渡过了最难最陡的那段险路，脚底轻松，有一种胜利在望的感觉。回头望一望那些被成功征服的山，它们已留在云雾缭绕的半空中。心里留念着，回味着，期待着，不知道下一次攀登会是在何年何月？天问台上的阳光，我还不曾看见，心里突然有了某种遗憾。诚如人生，经历了磨砺，跨越了苦难，人生真的就完满了吗？也不尽然，也许，当下，是唯一可以把握的存在。

很多时候，我们的人生忙忙碌碌，从起点又重新回到起点，看似一场欢喜一场空，好在，心情有了不一样，看山，山已峻，望水，水乃清。

# 老城与古巷

日子久了，老城仅存的几条巷子便熟知起来。

小巷多弯弯的，幽幽的，一路的青石台阶，老屋、院墙、古树、木莲藤、爬山虎等。眼前的景，一旦入了眼，上了心，小小的世界突然就安静下来。屋檐下，院子里，坐着的是几个上了年纪的老者，披了满头的银丝，寂静安详。巷子里，偶尔有骑自行车收废品的中年人，一路吭吭哐哐碰撞之声，夹杂着某些自言自语，挥洒着一个又一个寻常的小时光……

稍有文艺情结的人，或多或少有着一种小巷情结，小时候读戴望舒的《雨巷》，那位撑着油纸伞，独自徘徊在寂寥的雨巷，结着丁香一样愁怨的姑娘，曾在每一个人的梦里缓缓走过。我从江南走过，那等在季节里的容颜如莲花般地开落。我嗒嗒的马蹄是个美丽的错误。我不是归人，只是个过客。

一边吟诵那些美妙的诗句，一边走过一些老城古巷：秦淮河边的乌衣巷，丽江古城的四方街，凤凰古城的回龙阁古街，沩水之滨的靖港古镇，最近又去了乾州古城，还陆陆续续到过一些叫不出名字的街角小巷。并非有意比较什么，每个地方都各有特色，都曾在我的记忆里精彩过、回味过。只是最终，我还是觉得沅陵小城的老街巷子，最为亲切、亲近，有着原生态的朴素之美，没有商业雕琢的气息，大多自生自灭，有些颓然不堪，这大概是浓浓的乡情使然。

可惜了，我只能寻着几条不长不短的巷子。老城没了，沿河大大小小的街道和巷子多淹于水底。一些地势高处还余着那么几处，依稀可见昔日老城的繁华热闹。巷子是静谧的，寂寥的，甚至有些破旧，落伍于周围的诸多建筑，也没有了记忆里的原汁原味。巷子如一位安静的老者，并不去关注周围的精彩纷呈，只在自己的世界里徘徊。不知道是我们成长的步伐太急、太快，还是小巷的时光总是缓慢滞后一些。

重阳的一个午后，难得闲着的我，突然想再去走访那些小街小巷，去那些人烟稀少的地方逃遁一小会儿。从桃花岭出发，顺着古城路往下，继续往下，走胜利公园，往右手边拐到溶里，走下一段狭窄的台阶，进入甲第巷，宜人的静谧，弥漫在整个巷子。

一片民居七零八落地陷在溶里，从上看下去，都是高低错落的青瓦屋顶。偶尔冒出几缕炊烟，最终不知飘向了何处。篱笆围起的矮墙，高大的芭蕉树，飘香的桂花，栅栏边的美人蕉，粉红色的指甲花，开得火红的一串红，偶尔发现沟坎边一两朵彼岸花，心里不由得惊喜连连。大片大片，油光可鉴的芋头叶子，一些不知趣的狗尾巴草，长在院子的角落，实在茂盛得很。长有青苔的石板，长长短短，并不齐整，任其伸展到檐前屋后。白底青瓦的院墙，门楣上刻着“甲第世家”的正楷字样，墙头爬满了结实的野葡萄藤，一大串宝石花从墙头铺泻下来。因为好奇，从门外往里瞧上一眼，里面的老木房，大都漆黑陈旧，破败不堪，似乎怀着上了年纪的忧虑，不知道哪一天将推倒重建，被附近新开发的商品楼房代替。阳光斜照进院子，院子里堆着一些有用没用的东西，在主人眼里，似乎都是有用的宝物。在我的印象里，喜爱培育花花草草的人，皆是良善向美之人。门槛上那只黑色的猫，用惺忪朦胧的眼睛望了我一眼，又接着眯起眼睡觉。三两老人，披了满头的银丝，在院子里摆出椅子，有一搭没一搭地摇着蒲扇，用乡音拉着长长的家常，或讲着如小巷一样曲折悠长的往事。言谈中，有着历尽世事沧桑后的宁静与淡远。不太年轻的女人，即便是劳作了半天，也不肯歇息，扯一把竹扫帚打扫院子，脸上挂着贤惠温和的笑靥，在一来一回的穿梭里，日子过得有滋有味。

“一声梧桐一声秋，一点芭蕉一点愁。”在这样的季节里行走，一个人的穿梭，虽然寂寞，似乎也多了一点意境。一个人站在巷子里，周围的一切都是寂寂的，凄凄的。不论什么时候，我向巷中踅去，如此宁静的黄昏，可以清晰地听到自己的足音。我只是想走一走，看一看巷子里的人们如何过日子，追寻沈从文先生当年的足迹：“我到这街上来来去去，看这些人如何生活，如何快乐又如何忧愁，我也就仿佛同样得到了一点生活的意义。”

继续往前，顺着沿江大道，在一片视野开阔的沅江水域，龙兴讲寺坐落在虎溪山头。大唐龙兴讲寺的左右两侧分别有两条小巷子，左边施家巷，左边马坊界，一左一右环着只有一墙之隔的龙兴讲寺。巷子两边是参差不齐的老旧民居，大多关门闭户，一把铁锁锁住了往昔辉煌的岁月。沿着长长的青石板码头攀缘而上，沿着红色围墙，踩着一连串厚地高天的历史与传说，粗壮高大的古槐和葳蕤着紫红花朵的紫薇，点缀在施家巷的深处，每走一步，就拾起一段记忆，找到一个念想，把那缤纷的诸多愿想一路散落在小巷里，从贞观年间至今，依然如故……我庆幸自己能遇见如此的老街小巷，滋生一种心底的满足。甚至会不由自主地掏出手机照上几张，并不只是发一下微信朋友圈。小巷的特质仿佛是在以一种隐匿的方式，把它的神秘、它的厚重、它的诗意，留给我们当代生活里慢不下来的人们。

寻访，再寻访。从沿江大道上行，当然还有以宗教闻名的马路巷，和如今变成商业街区的尤家巷。印象中，马路巷并不是条热闹的巷子，巷子两边都是很高的围墙，跟中南门的尤家巷比起来，显得冷清多了。如今的尤家巷早已面目全非，商家云集，店铺鳞次栉比，全然没有当年老街的痕迹，仅保留下一处龙头井能唤回一点历史的回忆。犹记得当年路过老街的人们在龙头井排队取水的情形，如今井前鞍马稀落，古井早已是摆设，过路的人偶尔去洗一下手，井水依旧清凉。家家户户都有自来水，没人愿意舍近求远来此提水洗菜。四壁雕刻的石刻壁画，犹如《清明上河图》，依稀可见当年的繁华盛况。马路巷却一直是安静的，虽然身居闹市，却也闹中取静，两边老建筑基本上没有什么年轻人住，有外国人修建的教堂静静地坐落在巷子里，更给那段冷清的路段增加了几分肃穆的气氛。大同文巷、总爷巷已经成为历史，马路巷的记忆依稀还在，现在改名为宗教一条街，整条巷子是一个宗教和近、现代旧式建筑的集中之地。据说当年里面驻扎的教派繁多，至今保留着基督教的永生堂、天主堂、清真寺，还有宗教文化陈列馆、牧师楼、《辰州日报》社旧址等等。这些老旧的砖木建筑，倾斜颓败，在风雨中摇摆，像一位耄耋老者，用沉默无语对抗着时代的翻天覆地。老房子大门多是关闭着，看上去人气不旺，白面围墙上也起了青苔。走过小巷，必会从永生堂经过，每次看到这个建筑，我都会对其精美的外观造型、巧妙的内部结构和细致的建设手法迷恋。尖塔高耸，尖形拱门，还有宗教内容的彩色玻璃，看上去让人赏心悦目。这栋建筑是沅陵县城保存最为完整的欧洲哥特式古典建筑的经典。从马路巷子最上面往下看，有七八十年，甚至上百年历史的中式和西式建筑比比皆是，只是都明显缺乏修缮和保护，在上百年风雨侵蚀之下，这些有着厚重历史积淀的古建筑普遍已经风雨飘摇，破败不堪，看着让人心痛。一棵被围墙包裹的古树，我看不见它的根部，我抬头看它高大的树冠，心仿佛也悬在半空中。巷子里的那些花儿，一点也不高傲，带着某种家常的温暖，小巷里的古槐、枫树、石板、老墙，皆有不慌不忙的态度，一种安静的气场，可以让浮躁的心沉静下来。那些错综复杂的宗教形式，似乎并不矛盾，安然相处。信仰、宗教能让人安静下来，且路过的每张脸上都带着虔诚与肃穆。每一个细节都接着地气，并不高高在上。四处弥漫的肃穆，寂寂的树木，还有一颗颗虔诚的心，都是我从内心里喜欢的感觉。

一年四季有不同的美，都会在老巷里呈现。只是缺少了时间，缺少了寻找的雅兴。不过，我最喜欢的还是春雨中的巷子，城中的飞霞巷、马路巷，都是幽静的去处。只要雨洒街巷，巷中透着古朴，清幽，又倍感神秘。雨后的花草，越发显得楚楚动人。最美的景色，无疑是那一把把流动的雨伞。若在当年，肯定不只是现在花色斑斓的尼龙伞，更多的是一把把油纸伞、青布伞，当然，还会有蓑衣、斗笠，也少不了披着雨衣或是薄膜衣的，人们在雨中或慢步或疾走，上上下下，都会将自己的故事、自己的心情、自己的生活，自然而然与山、与水、与巷、与城，融为一体，既灵泛又厚实，既切近又幽远，尘世的雨霭中忽然就增添了许多醒目、生动的亮色。巷子两边厚厚的黄土夯成的院落围墙，一家连着一家，院子一样地高矮，上面覆着茅草，屋檐排列得整整齐齐，雨水从青瓦的沟槽汇集而下，好一幅宽幕的雨帘。雨滴在石板路上，发出滴答的声响，巷子越发清寂起来。停歇在某一人家的屋檐下，从开着的门往里看，屋子里光线昏暗，只看到一个个狭窄的木门，双扇的，半开半掩着。老人坐在堂屋门口，半眯着眼睛，似乎在打瞌睡，又似乎在听滴答的雨声。抬头看时，对面房顶上升起一缕缕被雨打湿了的炊烟。

置身于小巷的怀抱之中，有点温存，它们是那么安详，坐落在亘古不变的辰州土地上，来的尽管来，去的仍将去。雨势渐渐大了，四围水汽氤氲，小巷是迷蒙的，是优柔的。我轻移，怕是错过了这份古韵，就好像小孩子对什么都很好奇，但是接触了以后，之前的热情就不复存在了。我挽起裤脚，撑着雨伞，很有感觉地行走着。雨水集在台阶上一级一级往下流去，也渐渐地在我内心深处溢落。然而，总是因为日子太薄了，我不想被一滴雨淋湿，所幸，一滴雨只淋湿了我的发际，却始终淋不着我坚实的内心。人生曲曲折折如小巷，心里其实在渴望，说不定在某一处，曲径通幽，柳暗花明。当真正放下自己，才能走进明媚的美。学会仰望，在尺寸之间，看得见最美的世界，才会看得见最好的自己。

用一双眷恋的目光，感受这老城小巷一物一景的情怀和温暖。渐渐在我内心深处溢落的，除了留念，还有一份沉甸甸的思虑。且容我暂时一身尘土，踏芒鞋，倚竹杖，且行且歌。

# 古驿新雨淡淡寻

正值凛冬，天地间浸漫在一派苍苍茫茫的雨雾中。大多数花事都已陆续收束，偶尔几株无名的小草，凄凄地在墙头冷着。

如果这辈子，没有看过大山大河的壮阔，不跟文字发生这样千丝万缕的联系，而是一直生活在偏远的边陲小城，那么，我也许就真的懂得了安静。

当心绪无法宁静的时候，我偶尔会出去走走，去一些可以放逐自由、烛照灵魂的地方。

从沅陵走 319 国道下官庄，山重重，路弯弯，雾雨凄凄，山色蒙蒙。途中会经过我的家乡小镇，继续下行，必定也会经过一个叫马底驿的古驿站。对这个以前尚未熟知的地名，在最近这几年里，我却多出了一些特别的情愫。这种情愫，不会随着古驿道的消逝而烟尘散尽，只会久久地珍存在心底，一辈子。

不仅仅因为马底驿，是古滇黔驿道的重要驿站之一。

古驿道，始于何年？据历史记载，秦汉时期以郡县为中心，辟有沟通郡县之间的古道，这也就是官道。沅陵楚秦时期就置黔中郡，因此，这里的古驿道，至少有上千年的历史。元至元二年（1265 年），世祖开通京都至昆明驿道，马底驿始置驿，属于元朝大都（今北京）通往中庆（昆明）的中央驿道。马底驿古驿道距今已有七百五十年历史。

解放前，沅水流域曾经有六条古驿道。古驿道常常有骑着高头大马的达官贵人、贤仕商贾，住宿歇脚。京官南巡，地方官进京，都要经过这里。因地处交通要道，人流渐多，于是来往客商修建了客栈、商铺、小街道，逐渐发展成集市，驿站街面热闹繁华，各种店铺齐聚。南来北往的客人，有上至一人之下、万人之上的宰相，下至州县的芝麻官常常在此住宿，一派车水马龙、官商云集的繁华景象。有的古驿道，还修有风雨桥，供过往的行人和马匹，躲雨歇脚，也成为驿路上一道别致的景观。现如今都已零落荒芜，从一截残存的青石板铺就的驿路，从颓垣断壁的马头墙，依稀可以看到当年这些道路的繁华，听到当年马蹄嗒嗒的急促回响声。

明弘治年间，“前七子”之一何景明出任云南督学时《题沅水驿》：“小驿孤城外，阴深草树幽。晚凉凭水榭，秋雨坐江楼。绝域鸿难到，空山客独愁。夜深归渡少，渔火照汀洲。”秋雨凄风中，独自饮尽愁绪。明代大儒王守仁途经沅水驿时亦题诗：“辰阳南望接沅州，碧树林中古驿楼。远客日怜风土异，空山惟见瘴云浮。耶溪有信从谁问，楚水无情只自流。却幸此身如野鹤，人间随地可淹留。”荒草烟火，水榭汀洲，瘴云绝域，鸿雁难至，何等幽深孤凄。宋时，率军征瑶的陶弼行军至白雾驿时，大为感叹：“一曲清溪一曲山，鸟飞鱼跃白云间。溪山且要行人到，自是行人到此间。”

马底驿，这个弥漫历史烟尘的古驿站，左有龙门宝殿，右有喜眉大山，上有花翎搭桥，下有犀牛镇潭，中有怡溪水穿驿而过。因驿道窝于崇山峻岭之中，一眼很难看到，故有俗谚云：“望不到的马底驿，脏兮兮的界亭驿，好玩不过郑家驿，看不到头的星天驿。”古驿道的设计非常讲究，大部分路面使用青石板或细小的鹅卵石拼成带有图案的花式，驿道两边，用青砖砌成水沟，以便两边吊脚楼的屋檐水滴落在水沟里，可见设计者的匠心独具。古驿站仍保留的驿馆墙基、小街陌巷、风火墙古建筑、周正的古民居、四方的天井、雕花的窗户、曲尺形的柜台等，无不见证了当时驿站驿馆规模之宏大和独特的古驿站文化魅力。

有时我暗暗地想，人的一生就应该走走这样的古驿道，不管是为了访问一位旧友，寄予一份情怀，还是一次旅行，一次出走。行走在大山深处的驿道上，看着两旁重峦叠嶂，树木葱茏，鸟声啁啾，一群归鸟在空中盘旋与飞翔；看着苍茫辽远的天空和内敛的云层，山间自由穿行的高架桥，相濡以沫的溪水与山峦，心安静于眼前的世界，仿佛找到失散已久的人生意义所在。

嘉靖三年（1524 年），明代三大才子之首杨慎因“大礼议”得罪世宗皇帝受廷杖，谪戍云南永昌卫。逾月，行至马底驿，身心俱损，感怀身世，思念爱妻，写下《宿马底驿》：“戴月冲寒行路难，霜花凋尽绿云鬟。五更鼓角催行急，一枕乡思梦未残。”妻子黄峨回到新都，看到景物依旧，物是人非，作《七律·寄外》怀念丈夫：“雁飞曾不到衡阳，锦字何由寄永昌？三春花柳妾薄命，六诏风烟君断肠。曰归曰归愁岁暮，其雨其雨怨朝阳，相闻空有刀环约，何日金鸡下夜郎？”情辞凄楚，催人泪下。

行走古驿道，心是简单而纯粹的，清澈如古驿道门前淌过的溪水。蜿蜒清澈的怡溪从大山深处流出，带着某种神秘的气质缓缓流经古驿站，又继续远方的探寻。那些曾经的驿路风烟，已被岁月经年的小溪和流水，漂洗殆尽。那些树，那些山，那些云，那些一茬儿又一茬儿的荒草，可曾记得昔日的激荡与苦难？的确，古驿道很老了，真是老得很，像此处的青山，像此时的心境。

马底驿东七十里至界亭驿（属沅陵县官庄镇），界亭驿，也是古滇黔驿道的重要驿站，现在不过是大湘西深处的一个普通村落。窄窄的石板路从几户农家的屋前断续前行，两旁是大块的田地，种着成垄的油菜苗，荒凉的街角，萧瑟的村居，疏少的行人，露出了冬日的空旷。相比之下，相距不远的马底驿因为没有官庄小镇的大力开发，古驿路保存还较好一些，至少目前还有一些残留的痕迹。《沅陵县志》述："秦汉设西南驿道……元增设界亭驿……驿设驿丞，备马 108 匹，健夫 50 人，扛夫 179 人……可达云贵。"难以想象，眼前荒僻的这个小村落，就是古时驿道上的重站；谁能想到，古时这里曾供养着一百多匹驿马和几十个马夫，时时备驰中原边疆两地；谁又能想象，这里曾经酒肆旅馆林立，戏楼夜夜歌舞升平。界亭驿，这条已经淹没入尘土中的石板驿路，在多年前，有着怎样的繁华和热闹！石板驿路两旁，曾是依驿而建的各式民居，汇聚着南来北往的故事，供应着来往旅客吃住赏乐，不时惊见扬鞭策马的差役飞驰而过，只留下一缕烟尘和渐渐远逝的铜铃声。

清嘉庆二十四年（1819 年）农历六月，林则徐被派往云南主考。在那个热不可耐的夏天，由于洪水猝发，官道尽没，三十四岁的林则徐换舟弃车，一行日夜兼程，晚宿界亭驿。他在日记里记载道："十九日……平明过马鞍塘，遇缅甸贡象过此。二十日……巳刻至辰阳驿（即沅陵县城）……云南伴送贡象之员，亦于是日到此，行馆逼狭，邑令张时庵劝余入城住其署中……于县署之后堂下榻。"感于邑令张时庵以纸索书，乃撰书楹帖一联：一县好山留客住，五溪秋水为君清。林则徐从十九日看到象队，一直到二十三日，浩浩荡荡的象队还在沅陵县城经过。这是何等壮观的景象。当年，大清王朝已渐有衰落之势，可携着康乾盛世的余威，这条古道上仍旧是一派繁华景象。

岁月流逝，马底驿和界亭驿远了，远在老去的记忆里。到底有多少驿路故事沉没在岁月的海洋中，人们已经不得而知。那些从无到有，又从有到无的古驿站，似乎都充满了传奇色彩，承载着某些既定的宿命，无所谓喜，也无所谓忧。也许，只有静静地守护着，聆听着，看流水东去的怡溪，看长寿桥与三星桥这上下残留的石拱桥，以及聆听辰龙关的险要和惊心动魄的传说，依稀知道一些有关古驿站的前世今生，聊慰此时无可寄予的漂泊之心。

很多时候，我并非没有遥遥地幻想过，如果人生有另外的出口，每个出口或许都会通往无数种可能性。从一开始，我们都不断地幻想要去远方，因为熟悉的地方不觉得有好风景。而远方，因为遥不可及，即距离产生美，也总是被期待。虽然最终的结果，往往不如人意，远方真实的样子，很多时候令人失望。但其实，能够安稳地沉沦于现实，沉醉于近处的风物，有细小琐碎的闲愁微微激荡着，就像风吹过芭茅草，纤弱里自带一份坚忍，路旁的苦楝树，虬曲的枝丫四处伸展，也是另一种意义的世道分明。明白这些的时候，天已经微微暗了下来。

云烟淡了又聚，聚了又散，雨也蒙蒙如丝若雾。尖风嘶嘶厉厉的寒冬快要走到尽头，春天应该不远了。既然此生注定心有挂碍，注定要遵循某些既定的宿命，便不妨给剪不断理还乱的情思一个如法的出路，这个出路，即是慈悲满怀，不念过去，不畏将来，寻一个安静的去处，在岁月的云烟深处，懂得真正的繁华落尽。

# 误入藕花深处

去浦市古镇，是和几个同事去的，慕名而往。

浦市古镇，在沅水的西岸，是湘西四大古镇之一。沈从文先生的《泸溪·浦市·箱子岩》中写过："由沅陵沿沅水上行，一百四十里到湘西产煤炭著名地方辰溪县。应当经过泸溪县，计程六十里，为当日由沅陵出发上行船一个站头，且同时是洞河（泸溪）和沅水合流处。再上六十里，名叫浦市，属泸溪县管辖，一个全盛时代业已过去四十年的水码头。再上二十里到辰溪县，即辰溪入沅水处。由沅陵到辰溪的公路，多在山中盘旋，不经泸溪，不经浦市。"

穿行在错综复杂的古镇巷子深处，吉家大院、李家书院、青莲世第静静地伫立着，所有曾经的荣耀、喜悦和伤痛都层层包裹在那些斑斑驳驳的老墙之下，光阴的影子下，既有如母亲的慈和，也有一双双哀怨的眼睛，透着岁月悠悠。

老街老巷走得多了，有时也会审美疲劳，

便没了多少感觉，在逐渐失去繁华的老街穿镇而过，那些青石板上刻录着曾经的故事，依稀可循。只有在老宅子青莲世第停留的时间稍长一些，青莲世第是浦市古镇老宅中保存得比较好的一所徽派的木房子，三进两厅，坐落在唐家弄的深处。从图片介绍里看见过它，当真正面对它、走近它的时候，心瞬间静了下来，一堵青灰斑驳的石墙静静地耸立在面前，散发着幽古的气息。我尤其喜欢木楼里面纯木制的各种器件和原汁原味的古朴，还特别留意了一些器物上画荷的图案，依稀感觉，主人痴迷荷，或者说，浦市人爱荷。

同事们在悠闲地逛街购物，素来喜欢独来独往的我，便独自寻着一个安静的去处——万荷园。不曾想到，却不期而遇那么一场盛大的荷花绽放，有点意外，感觉人生处处有着可以期待的惊喜。

七月风荷举，莲花过人头。漫步荷塘边，满眼赏心悦目的碧绿，满眼如丝如水的妖娆。园中栈道曲径，曲径距水盈尺，显一派“人在荷上走，似在画中游”的意境。

湘西大地的荷，我多少是见了一些的，荷叶密密匝匝，莲蓬结结实实。荷花娇艳羞涩，或隐匿于叶的下面，或亭亭于水面，低眉或颔首，微动或娴静之间，总是带着秀气和柔媚。仿佛穿着粉白褶裙袅袅婷婷、顾盼生辉的女子。初看，浦市古镇的荷也没什么特别的，无非红荷妖娆，灼灼动人；粉荷垂露，盈盈欲滴；白荷带雨，皎洁无瑕。一朵朵，一枝枝，在夏风里含笑踏波，婆娑起舞。

自古荷就在唐诗宋词里妙曼成舞，咏荷的诗句倒也不少，如《采莲曲》之类的，我却总是记起这一句：“绿塘摇滟接星津，轧轧蓝桡入白蘋。应为洛神波上袜，至今莲蕊有香尘。”想来应是晚唐温庭筠的诗，写出了荷的轻盈和馨香，宛如洛神仙子，美得脱尘。

我思寻着，荷的美不仅是要用眼睛看，用鼻子嗅，还得用心灵体悟。然而，浦市古镇的荷又是与别处不同的，有着大山大水的背景，还有古街老宅的映衬，在我眼里，她们总有着独特的气质，看着她们，像欣赏一幅古墨彩绘的惊喜。浦市的荷，非小情小调，有豁达之态，亲近着沅水，由沅江水灌溉滋养，任其百亩水田，万荷舒展，和远处如画的景调和成一幅色染山水的丹青妙笔。

那些廊桥边的荷花，那些水岸边的荷花，那些亭亭直立、浓淡不一的荷花……处处闪着娇艳的姿态。有的含苞待放，有的花期正盛，有的娇羞低眉，每一种姿态都是极具个性，绝不雷同的。然而又不仅仅是静态的美，还有跳跃的动态。静美，唯美，大美，总不能找到恰当的词，“那一种情调，真不是用文字语言可以形容尽致的”。远远地，耳畔隐隐有辰河高腔传来，是浦市的女子在吟唱《玉芙蓉》吧，或是吟一曲悠远而老去的戏曲唱段。“浦市码头既已衰败，三十年前红极一时的商家，迁移的迁移，破产的破产，那座大庙一再驻兵，近年来花树已全毁，庙宇也破成一堆瓦砾了。就只唱戏的高手，还有三五人，在沅水流域当行出名。傀儡戏大多数唱的是高腔，用唢呐伴和，在田野中唱来，情调相当悲壮。……”现在的浦市，该不会有沈先生眼里的衰败吧。

眼前只是简简单单的荷，清水出芙蓉的荷，我不想上升高度，或者借花喻人，托物言志，歌颂什么“出淤泥而不染”之类的精神品格。我甚至也没有矫情的一声夸赞，一切只在心里默默感叹。浦市古镇的荷，品质洁，有风骨，有豁达之态，亦有缠绵悱恻之风。屈原曾经被流放到泸溪沅江，行吟泽畔，其制芰荷以为衣兮，集芙蓉以为裳。我想，浦市的荷，总是尽善尽美的样子，有着屈子虽九死其犹未悔的人格特质，也有着大山深处湘西女子的坚忍和淳朴，亦有着用乳汁养育沅水儿女的辛女的奉献和担当。

原来，荷的美，与文化，与地域，与品格，如此血肉相融地关联着。

做一朵有情怀的荷，应该是不容易的。这一类荷花，不只追求眼前的灿烂，还默默地在泥土下孕育着藕块。曾有人以为藕是荷花的根，其实藕是荷花的地下根状茎。藕与莲子都有很高的药用价值，从叶子到花，到果实，都很实在，而藕，更成为人们餐桌上的日常菜品。一面是夏荷优雅绝伦的闲淡，一面是烟火人家的实在，两种视觉的组合，对比，冲突，我突然恍若隔世起来。

忆起朱自清先生的《荷塘月色》来，我认为，长久以来写荷的文章甚多，先生的这篇堪称经典，于是也总能清晰地记忆其中的句子："微风过处，送来缕缕清香，仿佛远处高楼上渺茫的歌声似的。这时候叶子与花也有一丝的颤动，像闪电般，霎时传过荷塘的那边去了。叶子本是肩并肩密密地挨着，这便宛然有了一道凝碧的波痕。叶子底下是脉脉的流水，遮住了，不能见一些颜色；而叶子却更见风致了……"

我突然遐想，沈从文先生如果重回湘西，路过浦市古镇，看到那舒展的百亩荷塘，应该笔下亦会有美丽的文字传世吧。如果在古镇住下来，在月色如水的时候，看一眼夜色映在水墨画卷里的荷，应该是别有一番韵致吧。"这儿荷花真好，你若来……"说这话时，先生心里的荷花一定开遍了。遗憾的是，饱受磨难的先生远去，大师远去。只有灵魂的歌舞，如花之绰约，满载着从容、气度，和芬芳。天色已晚，我们得要顺沅水而下，返回了。

万物生，世界广博而丰富，天地间又何止这一种花，这一种物？一花一世界，一叶一菩提。浦市古镇的荷，安安静静的，婉约而具神韵。你来或不来，该是她绽放风致的季节，她不会错过。她依旧亭亭于水面，依旧雅到极点，妍到极致。荷花败了，有荷叶，荷叶残了，有地下的莲藕。依旧淡定于一年四季的时光缝隙里，风吹过，雨淋过，日头晒过，和古镇老宅一起，身上的色彩已然淡漠，心思却不会输了时光的长河。我想，来自一朵古镇荷花的坚忍与淡然，是可以远远地怀恋与敬畏的……

如此的心情，如此的风景，那是经过荷塘一片慌乱的回眸。既然，那么，准备好来年，不要让荷花的心事，遗落在百亩水塘里，惊动一条游鱼的归去。

# 边城秋色何处苍

写下“边城”两个字的时候，我的心里就涌起宁静与明媚，一如窗外晨光里素白的凤鸣塔。

一条小溪，一个老人，一个女孩子，一只黄狗……看过沈从文先生《边城》的人，从此在心里，住下了一个唯美与纯澈的世界。边城有我眼前的白塔，白塔边也曾有先生的足迹，只是先生无处寻了，边城亦无处寻得，我心之向往的宁静，当然，应该也远远地不知寻处。

人生秋意起，何处寻边城？心里一直的愿望，想要去看看真正的边城，了却一个多年的向往。有一些地方，注定是要留下脚印的；有一些地方，也是值得留下脚印的，比如说二西山，比如说边城茶峒。

边城就是茶峒，或者说茶峒就是边城，因先生小说《边城》而于2003年改名为“边城小镇”。到底是边城成就了茶峒，还是茶峒因先生而名，这个问题来之前我不想弄清楚，回去之后，我还是不会弄明白。清楚明白与否都不是很重要，因为我，到底还是大老远地来了。

立秋过了，不知怎么就到了茶峒小镇，一路晕晕乎乎的，到了边城就是午后。来不及整理好迫不及待的心绪，就一头钻进边城的午后旧时光。果然，是我梦里见着的样子。干净、纯澈、朴拙，一个边陲小镇，几分宁静的世外桃源意境。

那一河清水，流过茶峒的水，就是叫清江的水，是边城流动的灵魂。清江水涨落无常，旧时限于财力，不能搭桥，当地人乘拉拉渡过河。边城因水而岸，因渡口而聚集，渔船、白塔、拉拉渡、老人、翠翠、临河的吊脚楼，这些似乎都是边城的主题元素。可我，却还想着要寻些什么。

清江的上游是贵州松桃，往下流，就是白河了。白河也就是酉水，有初山泉水的清幽，也有猛浪若奔的激越，酉水流经无数名不见经传的山村、溪谷、险滩，最后在风滩水库汇集，流经大坝，再流经二酉山，最后在沅陵太常，汇入浑雄阔大的沅江，最终尘埃落定。

泛游清水江，我的心里生出了许多遐想，眼见的皆是画卷，耳听的全是天籁。两岸高山，深翠逼人，游鱼来去，全如浮在空中。临水而憩，听橹声、水响、人语交织融汇。摇动船桨的大叔，同坐一船的母女，以及岸边跨越“鸡鸣三省”的三角亭子，翠翠小岛远远地在河的对岸，这都让我内心涌着某些温暖的情愫。如果可以，我宁愿在先生小说的意境里，不愿醒，醒不来。在拉拉渡的来回往复中，怀揣着一个简单的心愿，明媚地生活。

清江两岸，阁楼林立，街道热闹，茶馆、鱼馆生意兴隆。在拉拉渡口，只需花两元钱即可过河，到达对岸的毛主席语录塔、三不管岛，据说这是一脚踏三省的地方，属于湖南茶峒、贵州松桃、重庆洪安的交界之地。据说，这三个地方的当地政府都想管理，却都管不到，最后听之任之，岛上似乎充满了某种神秘感，吸引着游人的脚步。连接岛上的是一座风雨桥，走过去就是三不管酒店，酒店外观不俗，规模不小，每天游客不断。对岸的翠翠岛与白塔，只能远远地望着了。远远望着的时候，心里是有点点伤感的，不知眼前重修的白塔，是不是翠翠每天睁开眼睛所见的白塔，一些熟悉的场景，有没有旧时光的影子。

临近黄昏，码头边，街面上，临江摆开席面，吃鱼喝酒，山野小宴，生态朴拙，十分惬意。我们随意挑了一家小店，倒也满意，“湘村鱼馆”的店主很是热情，河鱼的口味不错，因为位置偏僻了一点，也算是寻着难得的安静。街面人来人往，熙熙攘攘，打破了这里本来该有的与世无争的宁静。走在人群里，我总想遇着一个有着翠翠清素面容的女子，却是失望的。我想，这一切的闹，全然不在沈先生的记忆里，想必也不在风里雨里长养着的翠翠的记忆里吧。她若活到如今，到底会继续在河边摆渡，还是落入哪个大户人家？却也不得而知，我只能臆想了。

清水江岸的老水车、白塔、渔船，看上去已经很疲惫了。夜暗了下来，它们终日与水厮守着，年复一年，日复一日，难道不会困顿吗？桨橹荡起一些轻薄的水花，上下翻飞。清江河水不停地向下游流淌着，似乎蹚过了白河，流到了沅江，流经我居住的窗外水岸，仿佛与时光撕扯着，极不情愿地盘旋往复，迂回前行。我的心里到底有了一丝秋寒。

然而，我还是希望，那个在月下用歌声把翠翠灵魂浮起来的年轻人回来，回到她的身边，希望边城茶峒拥有自己最初的模样，宁静而与世隔绝地美着。白塔坍塌又重新修好了，但边城已经不是她所想的样子。不久的不久，边城还会是我喜欢的朴素纯美的旧样子吗？我虽是第一次来这个边陲小镇，心里总是充满善意的，到底也希望着她的好。

我素来流连蓝溪，亲近山水，对沅江酉水的上游及诸多支流的神秘壮美充满了热爱与向往。我曾经有个梦想，就是想沿着酉河往上，寻访上游的诸多故事，也算是探寻、访古之旅。一想起这个梦想，心情就无比地激动。虽然这个愿望一直陆陆续续间断着，碍于现实的芜杂，总是不完整的。鲁迅先生说过：“于浩歌狂热之际中寒，于天上看见深渊，于一切眼中看见无所有，于无所希望中得救。”我想，在我们每个人的心里，都存放着两个世界，一个是真实而平凡的世界，一个就是虚拟的梦想世界。边城又会是哪一个世界？是，或者又都不是。

灯火月色里，突然有丝丝的凉意，缩了缩膀子，得往回赶了。看到街面的宣传广告语：情定边城，梦回初恋。也许，我真的该回去了，有些记忆一旦失去，就再也寻不回。

# 美丽总是愁人的

当我写下这些文字的时候，眉间心上，有淡淡的愁绪在跳跃。

“生活不只是眼前的苟且，还有诗和远方。”被这一句深深打动的时候，我正陷入无休止的作业堆中，每天总有上不完的课，批改不完的作业。生活厚重得似一块墨色方砖，没有出口，没有一丝亮色的撞击。繁重与烦琐不说，情绪压在胸口，随时引发隐隐阵痛与莫名的忧伤。没有远方，好在还有诗，还有文字。常常读书于深夜，这才是真正属于自我的静时光，心里可以随意憧憬远方，流淌诗意江南。畅想古城的小桥流水，大漠的孤烟长河，也憧憬沈从文先生笔下神奇、秀丽、宁静的唯美。

风清气爽，山色自天成。偶然的一次出行，一幅天下凤凰的璀璨画卷，带着四月的清新与明媚扑面而来。

凤凰古城，这个曾被新西兰著名作家路易·艾黎称赞为“中国最美丽的小城”，其实离我并不远，仅仅两个多小时的车程，却相隔了我十多年的思念。从我第一次捧读沈从文先生的作品时，就向往过这个小城，不仅仅因为这个小城出过文化名人：民国总理熊希龄、文学大师沈从文、著名画家黄永玉等，更有如此美妙的风景。这块风水宝地，应该格外得老天爷的庇护与厚爱。

远看，山萦绕着薄薄的轻雾，青翠如黛的峰峦相接延绵，在雾色中朦胧着，若隐若现。这一方山水不离不弃地相依相偎，把这个明珠一样的小城包裹在中间，宠着、爱着。飞檐翘角悬在河壁上的吊脚楼，仿佛天际飞落的琼楼玉宇；水车辘辘转动着，流走沧桑与历史的河流；清可见底的沱江，优雅地拖着丝丝缕缕的水草，任水面上撕碎的阳光闪烁着，如星辰，如镜面，倒映着两岸的小楼；渔舟轻摇慢橹过后，波纹一圈圈随即荡漾开去，恰似不断延展我向往已久的思绪。

绿如晶莹、柔和清亮的沱江是这个小城的灵魂。依水而建的各式精巧的吊脚楼，古旧的筒车，桐油漆面的渡船，水中搭连着的跳岩及木桥，间隔不远的几座宏伟的大桥，凤凰大桥、虹桥、雪桥等。岸边的古城墙，围绕一江碧透的水，守护着古城，古城因水而生动，因水而灵气。江边青石板上歇息着船夫，还有清洗海带和蔬菜的女子，有妇人在洗被捣衣，阵阵杵声悠远着时光里的寂寞。戏水的时尚青年，着苗服拍照的姑娘们，替人编织彩辫的苗家阿嫂，到处洒落的银铃般的欢声笑语，无不是一幅生动的画面。

一位卖花的苗家阿婆，坐在桥边，靠着护栏，粗糙的手里扎着精美的花环，插上各种山野小花，用丝线捆扎，一个花环就做好了。买一个，五元钱，戴在头上，感觉与自然又亲近了一些。缠了高高头巾的土家大婶，靠着街角打瞌睡，她似乎并不担心东西被人偷去，身边摆着小摊，摊子放满小饰品，哗哗的江水没有吵醒她的酣梦，游人也没有吵醒她。我穿梭在纵横交错的青石板小巷，各种店面，各种招牌，各种苗绣小饰品以及琳琅满目的银饰，装点着古旧暗淡的小楼，照亮了整条街巷。光顾编织草鞋的小店、卖布鞋的小店、卖棉麻中国风服饰的小店，买来穿在身上，在小巷的深处拍几张照片，找到一种与古城融合的亲切与随意。

累了，坐在河畔的青石岩板上，感受一份岁月沉静的悠远。忍不住将手伸进河里，感觉河水轻轻滑过手指的缝隙，清凉清凉的。于此情景中，亦如读沈从文先生的书，他用平和、淡泊的手笔描写湘西那些充满鲜活个性的老乡，纯美如翠翠般的女子，让人倍感亲切，真切怀想，思绪悠长……

但我来不及融入喧嚣的街市，享受沱江泛舟的浪漫与惬意，穿行阡陌巷弄里，感受古城老街的风景与建筑，光临那些遗忘时光的角落。我得让匆匆的脚步，奔赴听涛山脚下，去拜谒沈从文先生墓地。

一路寻找听涛山，经过一点小曲折。路上问了几位年轻的导游，都不十分清楚沈从文先生的墓地在何处，顺手一指，大概以为我们询问的是沈从文故居。绕了好几条街巷，好在有一位当地大姐的指引，我才找到了方向。那位看似没有读过书的大姐能念出“照我思索，能理解我”这样的文字，让我心生触动。

听涛山麓，沱江水岸，一溪清冽，迂回迤逦。和古城街道上过分的喧嚣热闹相比，这里很安静，甚至有些偏僻、凄寂。我找到这个地方的时候，没有其他同行者，心里隐隐有点哀凉。环顾四周，有的地方还在建设中，堆满沙石和水泥，还有一棵棵没有栽种的松柏树，放倒在必经的小路上，在青青挺拔的翠竹掩映中，迈过长长的八十六级石阶，途中经过一块石碑，上有黄永玉先生手书：“一个士兵要不战死沙场，就是回到故乡”。最后到达一块狭长的平地，静静伫立着一块五彩石碑，碑状如一朵云，上刻着先生手迹："照我思索，能理解我；照我思索，可认识人"。绕过石碑，五彩石的背面，是先生姨妹张允和女士的诔文："不折不从，亦慈亦让。星斗其文，赤子其人。"不太新鲜的花环，堆叠在五彩石碑上，地上有燃过的香烛和烧过纸钱的痕迹。我才确信，这里就是沈从文先生的墓地，极为朴素，完全出乎我的想象。但这里十分清静，与山水自然相融为一体，一切皆能体现先生的淡薄个性。或许正因为如此，先生有一颗赤子情怀，有一双自然般清澈的眼睛，可以透过烟尘云雾，望见千年不变的岁月时空，在他那浪漫抒情而又忧郁的文字里感受生命的厚重，感受如沱江水一般澄澈美好的初心。已过清明，这里来过，或者曾经来过无数拜谒先生的人。我把从苗家阿婆手中买来的花环，悄悄地放在先生的五彩石碑上，默默期许着一些遥远的愿望。在这一时刻里，我想起先生的句子："美丽总是愁人的。"我无意回顾先生坎坷的一生、思索的一生、挣扎的一生。我想，先生最后能回到魂牵梦萦的故乡，一江清澈的沱江水在脚下长流，就是幸福的吧。

沿着还没有铺砌石阶的小路继续上行，先生石碑后上方的一块崖壁上，刻着"听涛"二字，旁边一个浅浅的山洞，并不知"听涛"二字的本意。据说孩童时期的先生贪恋山水，经常逃学来到这里玩耍，这里名叫听涛山，说是山腰上有个风洞，稍稍有点风吹过，便传来似松涛阵阵的响声。此处安静，临着沱江，大概也有着听流水潺潺的诗意吧。

此时，我并不急着下山，只想安静，哪怕几秒钟。站在听涛山上，放眼看去，不远的远山，清凌凌的流水，扩建的风雨桥，两岸不断新修的吊脚楼。看着日头渐渐淡去光芒，氤氲着烟霞的天边。采一束路边的紫云英，下山的时候，悄悄地放在刻着简介的石牌下。还有几朵小花，顺着沱江的水流，顺势而下，轻盈地旋转着卷入了水中，也似乎卷走了内心一些说不清的惆怅。

天色已经不早，沱江的水流并不匆匆，水车悠然地转动，一切并没有外界时光催赶的匆忙。我来与不来，这一切，都真实存在着。返回的途中，意犹未尽，又去寻找先生故居。得知沈从文故居位于古城南门附近，也可以说是集市闹区，附近有古城博物馆、张氏姜汤、青年旅社等。转过无数条街巷，终于到达故居的大门口，却是下班的时间。只好在门口草草拍了一张照片，对着“沈从文故居”牌匾几个大字，出神了好一会儿，就又混入来来往往的人群里，在渐渐黑下去的斑斓夜色中，忘记了心底的一丝遗憾。

因为有了遗憾，且总担心自己的笔力不够，表达不了心里无法释然的悲，也写不尽凤凰古城的美，赏不完这些不可多得的老城风景，逛不完琳琅满目的小店。其实，来凤凰的游人何其多，并不都是冲着拜谒先生而来，多少有着一些想要释放的情绪，三五成群，找一家酒吧，或是咖啡小店，静静地邂逅一个午后的时光。一个逃离现实的乌托邦，想着都轻松快意。

夜色弥漫，沱江两岸的灯光星星点点地从一扇一扇吊脚楼的窗棂里闪烁出来，随即汇聚成了一条天上的街市。灯光璀璨中的夜凤凰比白天更热闹，多了妩媚与神秘，四海八荒，人群相拥而至，这里有了最美的夜景，最宜居的浪漫。人们似乎更适合到这种夜色下，没有任何的隐藏，特别是更年青的一代，更适应生活于这些忘记时空的灯火辉煌里。

凤凰古城只会越来越美，越来越热闹。好在，我又回到沈从文先生说过的“美得让人心痛的”沅陵小城。还好，家乡还是一如既往地宁静，至少目前没有人打搅它的清宁。这样想着的时候，心里有了些许安慰，往日无以叙说的慨叹都已释然。

又近四月，远方依旧不远，美丽依旧愁人，怀想依然在默默怀想。

# 雪，落在云上

## 一

冬至过后，尖风呲呲的。黛色小楼参差挂在山坡上，迷离蕴藉得很。窄旷的天空里，流涨着一些灰白的云，云层缺处，依稀露出远山朦胧起伏的轮廓。几丛竹树，疏影曲斜，拥了一大堆的寒色。

隐隐地，我在盼望着一场薄雪的到来。

老街，一溜的青瓦黑房，瓦楞上几茎不知名的草当风抖着。曲尺形的木柜台早已坍塌，上面积满了灰。风一吹，麻雀、老鼠的爪痕便拂了去。窗棂上，木刻的笨鹿颇安详，清寂的莲花透出陈年的香。有细碎的人语从门缝里挤出，夹杂柴火的毕剥声与灶上的青烟。从祝家坪的田埂翻过去，蓝溪边有不怕冷的三五个小孩，正捡着瓦片或是各色薄而圆的石子打水漂。滩声长流，泠泠成韵，“嗖”一声，两声，生脆的嬉闹声，贴了水面传出很远。

在小城里居得久了，我喜欢回到蓝溪，

回到一些熟悉的事物上，走一走，听一听，看一看。在老家，隐隐地，我在盼望着一场薄雪的到来，可以轻描淡写地，覆了这一切。虽然，老家有一些痛楚的事，一直咬着我。譬如，从那黑屋檐上坠落的父亲；留了好吃的，自己不吃，却只是在一旁尽咽口水的父亲；我从此再也无法见到的父亲。

门开处便都是山。山不高，也不太翠。前些年，因了碎石厂、水泥厂以及其他一些加工厂的兴办，喧嚣过好一阵子。山水风物，因之少了许多的俏幽与雅致，包括人，也少了往昔的淳厚与风趣。见了面，勉为其难地寒暄客套几句，然后匆匆忙忙地，各走各的路，各忙各的事儿，面带忧戚，少有笑容。倒是屋后的那棵棕榈树，常年翠色逼人，似乎与沧桑世事并无关联。我亲近它，它也亲近我，斜伸的伞叶在风中摇曳，沙沙的，吟弄出稀有的歌声，挺能让一个无岸无渡的人，心底涌出暮云落日的柔软。

云气忽散忽聚，风愈来愈细。薄暮时分，远处人家的灯火，渐次亮了，忽明忽灭地变换出许多场景。每一栋屋，每一扇窗，窗内的每一个人，怕是都在编织或回味一个有关生存、生活的故事吧。只是，其间出入尘光的困苦与艰辛，外人很少知晓罢了。

半盏闲逸，几分清凉过后，我抬头看看天色，想留嫣然的笑意在这个刚刚好的时间与地点。突然，我的脸颊倏忽被什么东西十分清凉地抚了一下，只一瞬，我惊喜起来，是雪花，果然是雪花，我镇日期盼已久的雪花。

雪，在暮色中悄然而下，极轻，极柔，极静。一开始，只是一瓣，两瓣，似是浮在空中，如梦如幻，遥不可及。接着，多了起来，倾欹无序，飘摇无主，精灵般尚未落地，即不见了踪影。我微眯着眼，循着她的疏影、她的英姿、她的婉转、她的雅致。我甚至想着她遁迹于白云深处的苦恼，晏然自处的清寂，以及负障无浔的诗铭。她想下时，肯定早就下过，只是阳光宠着她，白云惯着她，熏风环着她，使她无暇步步青莲，打探四野无声微闻犬吠的尘间，嗅一嗅隔世的梅香，奏一曲高才雅量的微茫，做一次忘我沉醉的飞翔。

暮色中，雪，愈来愈大。立于雪中，我索性闭了眼，只想听，雪落的声音。听雪，需要造化，需要心情，其实，我没有资格。因为她来自天际，在通往春天的路上绽放，需要整整一个四季。春天之外，她博大的温馨经久不息，在云端，在树梢，在屋脊。

雪不是花，可人们却习惯叫她花。花喜欢在柔软的枝头，剥开春的羞涩，斜觑婆娑的绿荫。雪却轻歌曼舞，纷纷扬扬，洒落一地朝圣的雅声。许多个年头了，她就这么衣袂飘飘，如埙如笙，古朴幽婉，质本洁瑞，润开在瓦楞、寂野、梦境，携带一个个云端的故事，细腻温柔地落，以一种花的方式。

## 二

对雪，一直情有独钟。因为喜欢，我也叫了一个有雪的名字。不是因为别的什么，仅仅，因了这朵来自尘世间以外不是花的花。似花，非花，似与不似间，很美，很妙。

我知道，这样的一瓣雪花，她需要穿越楚辞汉赋，飘过唐诗宋词，飞渡千山万水，才会抵达繁华的今世。曾经很多的日子，她偎依在我素衣生香的怀抱，在江南梦逸的远方、云水生寒的陌上，让我可以把所有的厌恶厌恶过了，把所有的喜欢喜欢过了。拥吻着辽远雪域中旷世的花朵，品味着秀影扶风的姗姗臻情，即使读不懂年轮，读不懂困惑，有了她“质本洁来还洁去”的贞心不渝，有了她高洁深沉的温婉和坚定，让我不至于在重重叠加的日子里心灵仓促遇难。

天，黑得真快，灰白的雪容，一转眼铁灰色了。隔壁二伯家依然有三两句零星的话响过来，内容却与雪无关。我将微薄的身躯沦陷在板壁散发出新鲜桐油味的火床上，檀木炭很旺，烤得人浑身上下很舒服。温热之后，我依然想着窗外的雪，以及与雪有关的诸多。

那是个雪天。一个生长闲情的江南小镇。溪水异常曲折地澄澈，溪石细沙间，漱流款款。岸石大小密布，覆了絮雪，黑白错杂，富有韵致。走在踏雪寻梅或是寒山访松的路上，寻一份雅致，寻一份心境。我想如王安石一样遇着一树梅花的命运，遥知不是雪，为有暗香来；也如林和靖一样，孤山之上，有着“梅妻鹤子”不与尘世同步的情结；或是，给久不联系的朋友打个电话，江南无所寄，聊赠一枝春；或是日暮苍山远地停驻良久，柴门闻犬吠后，成为与世无争的风雪夜归人。

去往别处的路途，总有一些事情发生。沿溪行，路愈远愈窄，树愈远愈密，天愈远愈低；路、树、天的尽处，毗连处，渲染着一抹暮霞。此时，雪，依旧“未若柳絮因风起”，不一会儿，我的飘肩长发、羸弱削肩上全是雪了。依依小道，轻吹着薄浸的魏晋玄风，除我之外，不知这飞舞的精灵挂在了谁人的眉梢？又落在谁的心头？

雪中的江南，仿佛是落日楼头的一首诗，舞榭歌台的一段曲，寻常巷陌的一个梦。当然，它也是一处红巾翠袖的风流才情与一袭淡妆浓抹总相宜的文化。清风寒雪，散落着江南深浅不一的足迹。乌篷船、辑里丝、龙泉剑、印花布、油纸伞，盛产太多才子佳人故事的江南，有的是桨声灯影里的笙歌曼舞，断桥续缘的凄婉缠绵；有的是秋水伊人的山盟海誓，斜阳草树的丝丝哀叹。这样的江南太温柔，吹气如兰，只消一次絮雪埋径的风吹雨打，就会仓皇北顾。

燕赵悲歌，易水初寒。透过历史的烟云回望，无数的关山阻隔，无数的忧愁风雨。章台旧巷，街灯忽明突暗，寂寞梧桐深院，人们踉跄前行。皂靴、雨鞋、布鞋、马靴一溜溜地打在红树青山斜阳古道上，深寂地脆响。人人都知道，这条路上已不是某一个人单单地走过。悲壮的岳武穆，为天下杀此贼的樊忠，要留清白在人间的于谦，莫不成就了一场江南霁雪的风骨。

也许，在江南的雪梦里，人们一直是渴望“闲观好山当户碧云晚，静赏古层贮月松风凉”的，然而愁看京口三军溃，痛说扬州十日围，碧血未消今战垒，白头相见旧征衣。三百年的历史。多尔衮的铁蹄下，一个史可法又如何能够穿越黑暗的极限？更有黑色的玄武石上，淌尽多少江南人的血泪？

雪地里，我似乎想多了，显得有些惶惑不安。我实在更应该在这浮华疏离的净地，多思忖一些雪后春天的事情。那些嫩嫩的，绿绿的，由浅入深，由单调到缤纷，由浑浊到亮丽的色彩，足可以再次风韵雅然整个余下的人生。

## 三

又是一年飘雪时，或品味“谁将平地万堆雪，剪刻作此连天花”之雅韵，或感悟“六出飞花入户时，坐看青竹变琼枝”之情调，雪似梅花，梅花似雪，似与不似，都很奇绝。这是文人雅士别有一番韵味在心头的观感。对于农人来说，更在乎的是“雪盖山头一半，麦子多打一石”，很实在。我二伯对于柳宗元的“千山鸟飞绝，万径人踪灭。孤舟蓑笠翁，独钓寒江雪”是很痛恨的：“这样的雪天雪地，还钓什么鱼，那不是疯子，就是哈宝儿。”我父亲对于“绿蚁新醅酒，红泥小火炉。晚来天欲雪，能饮一杯无？”也是无动于衷的：“大块吃肉，大碗喝酒，想喝就喝，要那些个穷讲究干吗？”很长一段时间，以至于我，对那些“消雪煮酒遑论谁英雄，偎火闲散听雪落，围炉执樽絮江湖。暖酒半盏人不醉，耳热酒酣颜春风”的事情，都少了许多感慨。母亲，想得更多的是，雪天的牛怎么过冬，喂养的猪如何再加半捆稻草，去年的旧棉衣是否该缝得再厚实一些，有些倾颓的屋是否能承受得住下得正紧的雪……

后来，我读了书，甚至读了很多的书。与诸多的仁人智者，谈老街里的许多许多，也谈小巷外的许多许多。在无数个白天与黑夜，谈音乐、谈文学、谈摄影、谈绘画、谈人生，也谈往昔、谈将来、谈入世、谈出世，让自己的内心悠然绽放出丰富微妙的浅墨浓香。从而，知晓“春风东来忽相过，金樽渌酒生微波”的妙处，懂得“帘外雪初飘，翠幌香凝火未消”的韵味，也明白诗书重读伴雪夜，疏怀淡淡平常心。人世浮沉俯仰之间，抚琴三更弹冬韵，雪夜红梅梦里春。俗世红尘，更需要一个玉色乾坤蓬勃生命，一个贞心世界映照生活。

天刚蒙蒙亮，我迫不及待地起床。推开门，亮晃晃的，一个毫无浊滓的世界焕然一新于我的面前。出入尘光中，说不完的千般旖旎，道不尽的万种风情。单单只需踏在那厚厚的白雪上，那脚下发出的“吱吱”声，就可如痴如醉了满怀的惊喜。一时间，生活的疲惫，不堪的重负，前路的迷茫，未知的惶恐，全在这片我所盼望的薄雪中，化为晶莹剔透的静怡宽笃，像涟漪，像神话，像传说，散发出某些灵魂的香味，弥久不散。

薄雪覆着青瓦，院墙透着湿润，篁竹压弯了腰。偶有细风拂过，修竹极温和地耸耸身子，一些雪屑簌簌地洒落在无际的烟霞里。楼前篱栅有猫碎着步子，三两只狗悠闲地东张西望，反复琢磨着这个突然有些陌生的熟地，显出一丝不安与紧张。村人袖着手，双眼炯亮着，彼此温温地笑，劈柴生火，相互热情地吆喝着：“来我家烤火呀。”孩子们在雪地照例堆着雪人，打着雪仗，那种欢乐是难以言喻的。

老街的雪，很细很细，只是日子，很长很长。从这头，到那头，雪落在云上，也落在我的心里。我看着他们，也看着自己，看着看着，便看住了一片幸福，看住了一阙时光。

**图书在版编目（CIP）数据**

蓝渡 / 张雪云著. -- 北京：作家出版社，2020. 5（2023.1重印）
ISBN 978-7-5212-0530-5

Ⅰ. ①蓝… Ⅱ. ①张… Ⅲ. ①散文集 - 中国 - 当代
Ⅳ. ①I267

中国版本图书馆CIP数据核字（2019）第093269号

**蓝渡**

**作　　者：**张雪云
**责任编辑：**史佳丽　李亚梓
**特约编辑：**赵　蓉
**装帧设计：**守义盛创
**出版发行：**作家出版社有限公司
**社　　址：**北京农展馆南里10号　　**邮　　编：**100125
**电话传真：**86-10-65067186（发行中心及邮购部）
86-10-65004079（总编室）
**E-mail:zuojia@zuojia.net.cn**
**http://www.zuojiachubanshe.com**
**印　　刷：**中煤（北京）印务有限公司
**成品尺寸：**142×210
**字　　数：**234千
**印　　张：**9.75
**版　　次：**2020年5月第1版
**印　　次：**2023年1月第2次印刷
ISBN 978-7-5212-0530-5
**定　　价：**39.00元